신이여 바람이여

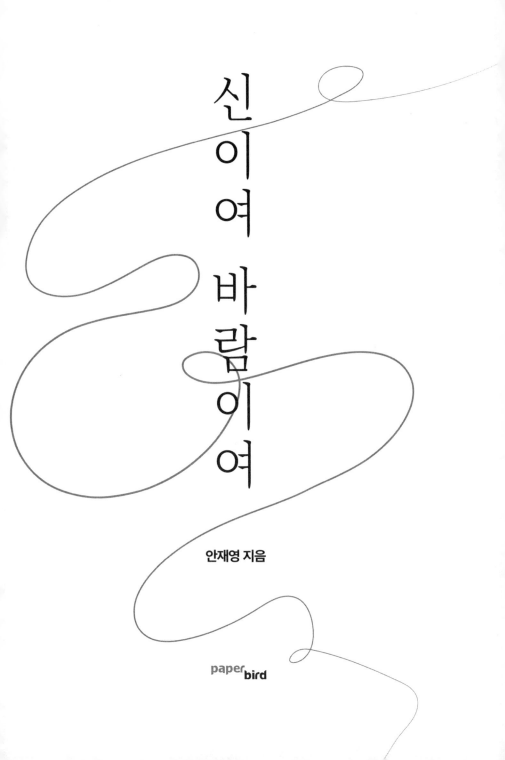

신이여 바람이여

안재영 지음

paper bird

차례

해가 지다

고리타분한 이야기….

인간은 생을 얻음과 동시에 죽음을 약속받는다. 물론 살아있는 것은 모두 죽음을 예정받는다. 이는 참으로 진실한 약속인지라 어김이 없고 다만 약속의 지속 시간만이 다를 뿐이다. 어떤 이는 이 절대적인 약속을 음미하기도 전에, 혹은 그 눈에 세상의 기억을 담지도 못한 짧은 숨으로 절대적인 약속을 체험한다. 또 어떤 이는 소 되새김질하듯 그 약속을 씹고 되씹고 게워낸 후 또 씹어 그를 친구처럼 이불처럼 가까이 두는 경우가 있다. 그리고 또 어떤 이는 자신의 때가 아닌 절대적 약속을 서둘러 불러,

모든 살아있는 것과 모든 죽어있는 것을 떠난다. 생각해 본 적 있는가?

'죽다.'

방정맞았던 이슬이 겨울에 발길을 잡혀 살얼음이 되어 깡마른 누런 잔디에 엉켜있다. 바삭바삭 살얼음 깨지는 소리와는 달리 내 다리는 무겁게 나를 따른다. 차가운 공기가 후끈 가열된 목구멍으로 들어온다. 공기가 칼이라도 든 것인지 목구멍이 베이는 느낌이 든다. 꼴깍 마른침을 삼키고 천천히 코로 길게 숨을 들이켠다. 폐장으로 들어간 차가운 숨이 뜨거운 내 피와 만나 뜨뜻해지는 듯하다가 이내 턱까지 차오른 숨을 담아두지 못하고 소리 지르듯 숨을 게워낸다. 폐장만 잠깐 머물다 온 끈적한 숨이 대기에 뿜어져 나오고 내가 살아있음을 허옇게 눈에 보여준다. 아, 살아있구나! 내 얇은 갈비뼈에 갇힌 주먹만 한 심장은 오늘은 기필코 하늘을 보겠노라 내 흉벽을 거세게 두드린다. 내 귀는 부단한 심장소리에 시끄럽다. 아, 살아있구나! 생각해 본 적 있는가?

'살아있다.'
'살다'가 아닌 '살아있다' 말이다.

어머니를 만나러 가는 길은 언제나 고되다. 살아생전에 아버지와 겸상도 하지 않고 사셨으면서 뭐 그리 좋다고 죽어서는 옆에 묻히셨는지, 차라리 그리 좋아하던 나를 위해 가까운 공동묘지에 가시지. 한 걸음 한 걸음이 고달프다. 내 몸에서 죽은 것이나 진배없는 왼쪽 다리. 나는 이놈이라도 없으면 보기 흉하다고, 아무 쓸모없는 놈을 40년이나 달고 다녔다. 내 몸이 이러하니, 나도 쓰에노스케도 고생이 참 많았다.

쓰에노스케는 다름이 아니라 40년간 한 번 부러지지도 않고 쭉 내 오른발과 발맞추어 걷던 지팡이를 말하는 것이다. 처음 한 1, 2년은 '지팡이', '막대기', '목발'이라고 불렸는데, 이놈이 손에 익고 나와 함께 시간이 늘다 보니, 어디 크게 상하지도 않고 열심히 하는 모습이 사람 같기도 하고 기특하기도 하고, 또 앞으로도 잘 부탁한다는 의미에서 이름을 하나 지어주었던 적이 있었다. 사실 쓰에노스케의 나무가 쓰치우라에서 몰래 분질러 온 것이라 이놈의 이름도 일본식으로 지어 줬다. 이놈에게도 창씨개명으로 조선 이름을 지어 줄까 하다가, 문득 창씨개명에 치를 떨던 내 자신이 생각나서 그냥 일본식 이름을 그대로 붙여두었다. 굳이 조선말로 고쳐 부르자면 지팡이돌이? 뭐, 이런 식의 이름이다. 오늘부터 쓰에노스케는 영구 휴가를 가지게 된다. 혹은 소집 해제를 받았다고 할까? 내게 가족이 있다면 나 대신 그놈을 쓰치우라에 보내달라고 할 터이지만, 내 뒤치다꺼리를 해줄 이가 없다는 것이 내 처지에 대한 올바른 이해가 아닐까?

쓰에노스케는 10년 동안 나와 함께 이 미끄러운 잔디 길을 올라왔다. 그리고 나와 함께 어머니 무덤 앞에 퍼질러 앉아, 혹은 대자로 누워서 내가 하는 두서없는 소리를 나의 어머니처럼 가만히 듣기만 했다. 하지만 오늘 그는 현관문 앞에 비스듬히 기대어 그간의 지친 몸을 쉬고 있다. 내가 쉬게 했다. 내가 현관문을 열 때 어디 가는지, 왜 자신은 데리고 가지 않는지 할 말이 많은 듯 보였다. 기어코 내가 그를 잡지 않자 팽 소리를 내고 자빠져 버렸다. 가만히 자빠진 그를 내려다보다가 다리를 끌고 가 그를 세워놓고 다시는 돌아서는 나를 붙잡지 말라며 낡은 신발로 받쳐놓고 문을 닫았다. 문득 그 녀석이 걱정된다. 나의 뒤치다꺼리를 하러 나의 가족이었던 누군가가 내 집에 들어오면 그 녀석은 어떻게 될까? 지팡이로서의 생을 마감하고 길가를 나뒹굴까? 그러다 다시 누군가의 발이 될까? 쓰레기가 될까? 소각장의 오물과 함께 태워질까? 급하게 내가 걸어왔던 길을 다시 돌아본다. 모양상으로는 걸어왔다는 말보다는 기어서 왔다는 말이 더 잘 어울리는 길, 보기 흉하게 내가 걸어온 흔적이 보인다. 정말 흉하다. 역시 함께 올 것을 잘못한 것인가? 다시 어머니가 계시는 곳을 향해 고개를 돌린다. 쓰에노스케는 잊자.

등 뒤에서 바람이 불어와 나를 떠민다. 내 등을 떠밀던 바람은 나보다 빨리 어머니께 당도해서는 어머니가 계시는 무덤의 마른 풀을 흔든다. 이제 거의 다 왔다. 저기 어머니가 계신다. 쓰에노스케 없는 나를 보는 건 어머니 또한 40년 만일 것이다. 어머니의 무덤이 보이자 내 발걸음이 엄마 손이라도 잡은 아기처럼 앞으로 앞으로 쏠려가더니 결국 어머니 앞에서 넙죽 자빠지고 만다.

어이쿠!

살얼음 낀 흙바닥에 얼굴을 처박았다가 얼얼한 얼굴을 들어 고쳐 앉아본다. 얼굴에 묻은 찬 얼음과 흙을 털어내고 입에 들어간 흙을 뱉어낸다. 고개를 휘젓다가 오랜만에 먹어보는 흙 맛이라는 생각이 든다. 웃기지만 난 흙 맛을 안다. 나무가 잘 자랄 흙, 지렁이가 많은 흙, 죽은 흙, 분재에 쓰기 좋은 흙, 바닷가 모래, 뻘… 단 한 번도 원한 적은 없지만 청년 시절 흙이 입에 들어가 있지 않은 날이 많이 없었다. 이 또한 40년 만에 먹어보는 흙 맛이다. 어머니 묘지 앞의 흙에서는 어머니 맛이 나는 것도 같아서 송구스러운 마음이 든다.

아버지 묘가 눈에 들어온다. 얼른 고개를 돌려 어머니를 바라본다. 사실 어머니를 바라본다기보다는 둥근 흙덩이를 바라보고 있다. 어머니는 이 흙덩이 아래 시커먼 오동나무 관 안에 백골이 되어 계시겠지. 막상 둥근 흙덩이 아래를 바라보려니 덜컥 겁이 난다. 얼른 거칠게 마른세수를 하고 안주머니에 손을 넣어 갈색 유리병을 꺼냈다. 날씨는 차가웠지만 이 유리병은 내 가슴 주머니에 들어있던 덕에 내 손가락보다 따뜻하다. 이걸 마시면 얼어붙은 입술에 온기가 돌 것 같았다. 따뜻할 때 마시는 게 좋을 것 같아 뚜껑을 반쯤 열었다가 다시 닫고는 좀 더 데워볼까 하고 가슴팍 주머니에 밀어 넣었다. 다시 흙덩이를 바라본다. 얼마간 눈을 감지 않았는지 눈알이 시큰해 온다. 차가운 바람이 기어코 눈물을 좀 보겠다고 눈알을 만지작거린다. 눈을 꽉 감아본다.

흐릿하게 어머니의 모습이 보이는 듯도 하다. 그리고 소중한 이들도….

다들 왜 이제야 오느냐고, 미래를 살아본 소감을 묻는 듯한 목소리가 재잘재잘 귓가에 울린다.

더 이상 시간을 들이는 것도, 체온을 유지하고 있는 것도 낭비다. 얼른 바람과 같은 온도가 되어 그들에게 가고 싶다. 새삼스레 왜 난 모두가 있는 그곳에 가는 것을 서두르지 않았나 하는 후회가 들었다. 얼른 가슴팍에 찔러 넣고 있던 손에 유리병을 쥐고 힘차게 병을 꺼냈다. 그리고 망설임 없이 단숨에 뚜껑을 열고 사나이답게 들이켰다. 굳이 다 마실 생각은 없었지만 벌컥벌컥 숨도 안 쉬고 들이켜다 보니 빈 병 입구를 빨고 있는 꼴이 되어버렸다. 빈 병을 허망이 던지듯 내려놓고 다시 흙덩이를 응시한다.

맛은 샴푸 맛 같기도 하고 비누 맛 같기도 하고, 좀 짜기도 하고, 쓰기도 하고…. 머리가 핑 돈다. 예상은 했다. 죽음으로 들어가는 길에 고통이 없을 수 있으랴? 훗, 이 몸이 누구신가? 일본 군인 노릇 하던 몸이 아닌가? 이런 것쯤이야 가렵지도 않다. 아… 식도의 부분이 이 즈음이구나 하는 생각이 든다. 위에 떨어진 농업의 비약이 위를 턱 하고 막아버린 듯하다. 위가 축구공을 맞은 듯 고통을 호소한다. 내 입은 신음의 통로가 되기위해 열리더니 뭔가를 게워내기 시작했다. 아… 나의 손은 비명을 지르는 배를 움켜쥐고 내 몸은 살얼음 낀 잔디밭에 털썩 나뒹굴어 버린다.

아… 이 고통 어디선가…

표현할 수 없는 언어

"읍!"

"이 새끼들아! 제대로 안 서?"

날카로운 교관의 목소리가 귓전에 띄엄띄엄 들렸다. 군홧발로 흠씬 걸어차이는 건 잘 견뎠는데, 복부를 걷어찬 그의 일격은 나를 한껏 움츠러들게 했다. 충격에 오그라든 내 몸과 달리 내 눈알은 십 리나 튀어나갈 것처럼 부릅떠져 별로 보고 싶지도 않은 광경을 내게 보여주고 있었다. 개돼지처럼 얻어맞고 있는 까까머리들….

쓰치우라의 교관들은 학도병으로 들어온 우리가 책상에 앉아 책이나 보다가 제대로 서는 법도 배우지 못했다고 했다. 그래서 자신들이 두 발로 제대로 서는 법을 알려주겠다며 시끄러운 교육을 자처하고 나섰다. 그들의 사랑에 넘치는 교육은 언제나 혐오스러울 만치 지독하다. 서있는 법을 가르쳐 준다더니 쓰러트리고 있는 것은 무슨 경우인지 머리가 아찔하다. 모진 발길질을 버티지 못하고 먼저 나가떨어진 이들은 아예 구타의 대상이 되어 자근자근 밟히고 있다. 밟지를 말아야 일어날 거라는 사실을 교관이라는 놈들은 모르는가 보다. 일어나려는 움직임이 보이면 철심이 박힌 구둣발로 그들을 맥없이 또 주저앉힌다.

언제까지 움츠리고 있을 수는 없다. 저렇게 구두에 밟히는 땅덩어리같이 되기 싫으면 일어나야 한다. 일어나야 함을 누구보다 잘 알고 있지만 내 의지는 찢어지는 고통에 좀처럼 생각대로 움직여 주지 않았다. 일단 숨을 쉬어야 하는데, 대기에 흘러 다니는 먼지투성이의 공기조차 쉽사리 내게 들어와 숨이 되어주려 하지 않았다. 숨을 쉬어야 허리를 펼 수 있다. 제대로 서야 한다. 언제부터인지 벌려져 있던 입은 숨을 들이마시기 위해 억억거리고 있지만 헛수고를 너무도 고생스럽게 하고 있다. 일어서야 한다. 머리가 계속해서 나에게 허리를 펴라고 지시하고 있었지만 군기가 덜 든 나의 몸은 내 말조차 듣지 않는다. 벌리고 있던 입이 숨 쉬기를 포기하려 할 때쯤, 머리가 멍해지고 눈앞이 흔들거렸다. 맞아서 아픈 배의 고통이 끊겼다 아팠다 한다.

얼마간 몸을 부들부들 떨며 입을 벌리고 있을 때 선선한 먼지바람이 내 입으로 불어왔다. 먼지바람이 미세한 흙가루와 함께 내게 숨이 되었고 번뜩 정신이 들었다. 좀 더 움츠려 있기를 원하는 나의 몸을 저버리고, 나는 군인 교본에 나오는 그림과 같은 자세로 몸을 일으켜 세웠다. 실로 바른 자세다. 몸을 곧게 폈다고 아픔까지 펴지는 것은 아니다. 나는 짧은 손톱이 손바닥을 파고들 정도로 꽉 주먹을 쥐었다. 그렇게 아주 잠깐 온몸을 뒤흔드는 지진 같은 고통이 머리끝에서 발끝까지 나를 훑고 지나갔고, 그 여파로 식은땀이 내 몸 전체에 흘러내렸다. 하지만 나는 바른 자세를 유지하고 있다.

이런 나와는 달리 구마모토 선배는 아직도 구부린 몸을 펴지 못하고 있었다. 선배도 나처럼 입을 벌리고 숨을 쉬려 노력하는 것 같았다. 옆에서 그를 일으켜 등이라도 쓸어주면서 하나 둘 하나 둘 숨쉬기 운동이라도 함께 해주고 싶지만 나는 이 자세를 흐트려서는 안 된다. 선배에게도 얼른 바람이 불어주길 기도하는 것 말고는 딱히 내가 할 수 있는 것이 없다.

구마모토 선배는 나보다 한 학년 선배이다. 우리는 와세다 대학에서 경제학을 전공했다. 선배는 조선인인 나를 아주 귀여워한 듯싶다. 혹은 그의 지식과 사상의 범위에서 내가 불쌍해 보였는지도 모른다. 그는 늘 이것저것 조선에 관해 묻기도 하고, 조선어를 물어보고 비슷한 말을 들으면 아주 신기하다는 듯 수첩에 적어두기도 했다. 진지하게 선배에게 언어학과에 가보는 게 어떠냐고 이야기한 적이 있을 정도이다.

늘 옅은 미소를 띠고 있는 구마모토 선배는 건실한 육체를 가진 장래가 촉망되는 청년이었다. 아니, 전쟁만 끝난다면 그는 일본을 이끌어 갈 리더가 될 것이다. 전쟁이 없었다면 벌써 이름을 날리는 학자가 되어있었을 것이다. 그에 대한 이러한 생각은 비단 나뿐만 아니라 우리 학교에 있던 모든 교수와 학생들도 인정하고 있는 사실이다. 그는 순해 보이는 외모와 달리, 머릿속으로는 늘 치열하게 여러 사상을 연구하고 일본을 위해 가장 올바른 것이 무엇인가를 고심하는 대학자였다.

그는 개인적으로 마르크스에 찬동하지만 현실에 그의 사상을 옮길 수는 없고, 옮겨서도 안 된다고 말하곤 했다. 그에게 있어서 마르크스는 단지 공경이고 취미일 뿐, 그것은 장기적으로 그의 조국의 장래에 도움이 되지 않으므로 그를 지지하고 나설 수는 없다는 것이었다. 그의 손에는 늘 묵직한 책이 서너 권 들려있었고, 일본에 따끈따끈한 책이 들어오면 꼭 먼저 읽어야 속이 시원한 사람이었다. 그는 번역을 기다릴 필요도 없지만 기다릴 여유도 없는 사람이라, 웬만한 책은 원서로 직접 읽었다. 일본어로 표현할 수 없는 언어가 가진 고유의 의미를 섣불리 일본어로 옮기려는 것이 오히려 작자의 사상을 망친다고 말하곤 했다. 나는 그런 선배를 보면서 그저 고개만 설레설레 저을 뿐이었다.

그렇게 많은 서양 서적을 읽으면서도 수백 년간 일본에 자리 잡고 있는 중국의 철학을 간과해서는 안 되며 그것이 일본 사상의 그릇이 되었으므로 그를 제대로 이해해야 한다고 말했고, 나 또한 중국 사상이 오래전부터 자리 잡은 조선의 백성으로서 열심을 다해 아시아를 지배해 온 사상의 뿌리를 연구할 필요가 있다고 붙잡아 두고 책을 읽혔다.

그런 선배에게 경제학이 싫으면 철학과에 가는 것도 잘 어울리겠다고 이야기한 적이 있다. 선배는 자신이 배우고 있는 경제와 자신이 고심하고 있는 분야는 결코 독립된 것이 아니며, 급변하는 세계를 이해하고 경제의 원리를 이해하기 위해서라도 서양을 발전시켜 온 사상을 깊이 알 필요가 있다고 말했다. 그리고 그것이 일본의 발전에 기여할 수 있도록 일본에게 가장 알맞은 시선을 가져야 하며, 그로써 구미의 열강들과 자본으로, 물질로, 사상으로 이겨야 한다고 했다. 이른바 '역지사지'와 '재탄생'이라고 했다.

이런 선배가 조선인이었다면 얼마나 좋을까 하는 생각을 수십 번 했다. 나에게는 정말 치 떨리게 싫은 나라 일본을 조국이라며 아끼고 사랑하는 그. 조국을 사랑하는 데 그치지 않고 조국의 발전을 위해 자신에게 주어진 역할을 수행하고자 배우고 정진한다는 그. 만일 조선에 이런 사람이 있다면 조선은 일본의 압제에서 더 빨리 벗어날 수 있지 않을까? 그리고 조선이 일본을 앞질러 눈부신 성장을 하고, 미국이나 다른 서양의 여러 나라와 어깨를 나란히 할 수 있지 않을까?

나는 선배 같은 인물이 되어 조선을 위해 기여할 수 있을까? 선배가 일본의 발전에 기여하기 위해 경제학과를 선택했다면 나는 내 아버지의 억지에 기여하기 위해 내 조국을 짓밟은 나라 일본에 와서 경제학과를 다니고 있었다. 근본부터가 다른 출발이었다.

나의 아버지는 경상도 진주에 '신진주'라는 호텔을 운영하고 있다. 그 덕에 나는 배고픔이나 떨어진 옷을 모르고 어린 시절을 보냈다. 하지만 머리가 좀 크고 나서 나의 유복함이 조국에게 등을 돌리고, 조국의 독립을 위해 힘쓰는 어진 이들을 괴롭히는 데에 원천이 있다는 것을 알게 되었다. 있을 수 없는 일이다. 있어서는 안 되는 일이었다. 나는 아버지를 비난했고 아버지의 목소리조차 듣지 않으려 부단히 노력했었다. 하지만 그는 그의 매국 행위에 대한 나의 혐오를 세상 물정 모르는 어린아이의 배부른 소리, 혹은 그럴 시기의 여느 청년의 반항이라고 단정 지었다.

'콩 심은 데 콩 나고 팥 심은 데 팥 난다'라는 말이 나를 향해 의심의 눈초리를 보낼 때 나는 불상놈이라도 된 것처럼 목에 핏대를 세우며 타인 앞에서 아버지를 비난했다. 그럴 때면 사람들은 너무나도 격렬한 나의 모습에 매국노 밑에서 우국지사가 났다며 나의 어깨를 두드려 주기도 했고, 나에게 그런 아버지를 둔 것에 대해 기죽지 말고 살라는 말을 해주기도 했다. 그들은 내가 나의 아버지만 해결되고 나면 많은 신진주 호텔의 재산을 나라의 독립을 위해 쓸 것이라고 믿고 있었다. 나 또한 그리 생각하고 있었다. 하지만 그들은 나보다 심성이 착하여 그래도 아버지니 살아 계실 때 자식으로 해야 할 일은 하라고들 했다.

나의 이런 비밀 결사 활동을 모르는지 아버지는 내가 고등학교 마지막 학년에 들어갈 즈음, 일본에서 남은 고등학교 생활을 하고 거기서 대학을 나오라는 말을 했다. 왜놈의 학문 따위는 배우기 싫다고 단호히 말했다. 뭐, 사실 조선에서 교편을 잡은 인간 중에 왜놈 아닌 놈이 어디 있고 매국노 아닌 놈이 어디 있으랴. 이런 생각에 잠깐 눈을 감았을 때 나의 아버지는 이미 필요한 준비는 이미 다 끝내놓았고, 그것이 네가 말하는 조선을 위하는 길이라는 달콤한 유혹을 하기도 했다. 조선에서 받은 고등교육은 일본과 다를 것이 틀림없었다. 그도 그럴 것이 어떻게 하면 말 잘 듣는 복종 교육을 하는가를 연구하고 실행하는 조선 내의 학교 교육과 자국민을 대상으로 하는 일본 교육이 같을 수 없다. 또 나는 내가 일본에서 대학 시험을 치른다고 그 대학에 들어갈 리 없다고 믿고 있었다.

내 방으로 들어가 책을 집어 던지고 혼자 고래고래 소리를 지르고 있을 때 어머니가 내게 오셨다. 인자한 얼굴, 부처가 있다면 이런 얼굴일 것이라고 늘 생각한다. 광주가 고향이신 어머니가 어쩌다 진주까지 시집을 오게 되었는지, 그보다 어머니 같은 분이 왜 저런 아버지와 혼인했는지 아직도 잘 모르겠다. 아니, 그걸 떠나서 어쩌다가 어머니 집안에서 아버지 집안에게 딸을 주었는지, 외조부는 도대체 뭘 한 건지, 약주라도 한 잔 하시고 혼담을 정하신 것은 아닐지 늘 궁금하다. 이런 궁금증을 해결해 줄 외조부와 외조모는 이미 세상에 없으시다. 내가 힘껏 집어 던져놓은 책에 눈길을 주시던 어머니는 가만히 책을 주워 책꽂이에 꽂으셨다.

"책을 함부로 하면 안 된다고 하지 않았니…. 이 책은 내가 좋아하는 책이란다."

어머니는 어머니 세대의 여성들과 달리 책을 즐겨 읽으셨다. 한학자이신 외조부는 어머니에게도 어려운 글을 가르치셨고, 어머니는 책 읽기를 소일로 여기셨다. 아버지는 늘 호텔 일로 바쁘시고 집에는 하인들이 있어서 어머니는 아버지 식사 준비 말고는 따로 손을 쓸 일이 없으셨다. 그래서 늘 하시는 일이 내 방에 들어와 보았던 책을 보고 또 보는 일이었다. 난 한 번 열어 보지도 않은 책이 이미 길이 들어 펼치기 쉬워져 있었다.

"너는 가서 배우고 돌아오너라. 어미도 널 그 무서운 땅에 보내긴 싫구나. 하지만 그곳에서 식민지 국민을 양성하는 교육이 아닌, 제대로 된 교육을 받고 이 어미에게도 네가 보았던 책과 네가 들은 이야기를 해주지 않겠니?"

어머니의 눈은 나를 보내기 싫어하는 눈이었지만 내가 가야만 하는 눈이기도 했다. 어머니는 내 얼굴을 찬찬히 보시고는 다시 떨어진 책을 꽂으셨다. 그때 나는 어쩔 수 없다는 것을 알게 되었고, 이왕 가게 되는 거 조선인으로 일본인 뒤에 놓이는 일은 없어야겠다고 다짐하며 현해탄을 건넜다.

나름의 강한 결의가 있었기에, 일본에 건너와 줄곧 보지도 않던 책을 보며 공부를 했다. 그리고 지금은 잘나가는 대학생이 되어 인생의 스승과도 같은 선배를 만났다. 인자하게 웃고 있는 모습이 나의 어머니와 좀 닮은 선배는 나의 어머니와 마찬가지로 책을 아낀다. 그리고 누구보다 배우는 것을 즐긴다. 선배가 접할 수 있는 도서를 어머니가 접한다면 어머니는 어떤 여성이 될까? 나의 어머니 같은 선배…

드디어 선배가 숨을 들이켠 모양이다. 한 번 휘청하더니 빠르게 몸을 곧추세웠다. 선배가 사랑하는 조국, 선배는 선배가 사랑하는 조국을 위해 몸을 바치고 있는 것인가? 신나는 발길질에 지친 교관들이 귀찮은 목소리로 '바로 서기' 교육을 마치고 우리를 막사로 돌려보냈다. 거의 모든 이들이 늘 그렇듯 입안에 고인 붉은 피를 꿀꺽꿀꺽 삼키고 있었다. 옷에는 피가 배어나오지 않은 이가 없었다.

샤워장에서건 기합을 받을 때건 홀딱 벗은 그들과 나를 자주 보게 되는데, 정말 팥이 군데군데 박힌 백설기밖에 떠오르는 게 없다. 이렇게 자기 나라 군대를 학대하는 나라가 또 어디 있을까. 나는 조선인이니 그들 나름대로 학대 이유가 되겠지만, 물론 나 개인적으로는 절대 수긍할 수 없지만, 이들은 일본이 자랑하는 일본의 유수 대학을 나온 말 그대로 엘리트들이 아닌가? 어제까지 펜을 잡던 이들이 왜 이런 개 취급을 받아야 하는지, 왜 구마모토 선배 같은 위대한 그릇이 이런 곳에서 구정물을 뒤집어 써야 하는지 모르다가도 모를 일이다.

막사로 돌아가서도 신음 소리를 내어서는 안 된다. 입이 터진 것은 신병으로서 당연한 일이었다. 아니 천황의 군대가 되기 위해서는 군기가 바짝 들어야 하고 그러기 위해서는 정기적으로 맞아야 한다고 했다. 그래야 어떤 죽음도 두려워하지 않는 일본 무사의 혼 '야마토다마시'가 굳건하게 깃든다고 했다. 일본의 혼 따위는 나랑 상관없다고 소리치고 싶었지만 그랬다간 그 앞일이 눈에 보이는 것처럼 선한지라 차마 목구멍까지 올라오는 소리를 뱉을 수는 없었다. 나의 조선에는 '한얼'이 있다. 나에게는 그것만 있으면 충분한데 내가 왜 또 다른 혼을 가져야 하는가? 그리고 지금 이곳에서 자행되고 있는 작태가 야마토다마시 확립의 일이라면 일본의 혼 따위 개밥으로 줘도 된다. 아니, 개도 더럽다고 안 먹을지 모르지, 이딴 일본 혼!

　오늘은 바로 서기 특별 훈련으로 교관들도 좀 지친 모양인지 9시 점호가 끝나고 바로 그들의 방에 불이 꺼졌다. 그들의 방에 불이 꺼진 것을 확인하고 막사로 돌아와 이불을 덮고 엎드려 누운 이들은 각자 뭔가를 열심히 쓰기 시작했다. 대체로 이들은 점호 전, 불이 꺼지기 전에 책을 읽거나 일기나 편지를 썼다. 이런 판국에 대학교에서 끝내지 못한 연구를 마쳐야 한다며 쓰다 만 논문의 뒷 내용을 연구하는, 내가 보기에는 정말 구제 불능인 이도 있었다. 불이 꺼지면 논문 따위는 쓸 수 없을 것이다. 편지도, 일기도 쓸 수 없을 것이라고 일반적으로 생각하지만 군대는 다른 곳이다. 불이 꺼져도 몇몇은 글을 썼다. 그러다가 며칠이 지나자 더 많은 이들이 어둠 속에서 펜을 들었다. 오늘이라고 예외는 아니다. 뭔가 할 말이 많은지 환한 달빛을 등불 삼아, 어둠에 익숙해져 넓어진 동공을 길잡이 삼아, 오랜 기간 펜을 잡아온 경험을 무기 삼아 어둠 속에서 그들은 굳게 입을 앙다물고 글을 쓰고 있었다.

　엎드린 구마모토 선배가 어둠 속에서 팔을 움직이는 모습이 보였다. 입대 후 선배는 부쩍 말수가 없어졌다. 나 또한 선배에게 특별히 말을 걸고 싶은 생각이 없었다. 입을 열면 욕 아니면 눈물이 나올 것 같아서 그냥 입을 닫고 있었다. 그의 생글거리던 눈가는 그 선을 잃은 지 오래이고, 늘 새로운 책과 새로운 사상과 번뜩이던 생각을 내게 말하던 그의 입 또한 굳게 닫히게 되었다. 하지만 선배는 책 읽는 것을 손에서 놓지 않았다. 입대할 때 들고 온《젊은 베르테르의 슬픔》을 몇 번이고 다시 보고 있다. 선배는 괴테가 쓴 이 책을 괴테가 애당초 써놓은 대로의 독일어로 읽고 있었다. 선배 말로는 제1 고등학교 시절 독일어 첫 시간에 배운 것이《젊은 베르테르의 슬픔》원서였다고 했다. 그때 자신의 무식을 깨달았다나?

선배는 말을 잃은 대신 늘 뭔가를 썼다. 점호 전에 언뜻 지나가다 본 것은 독일어로 되어있는 긴 문장이었다. 자신의 생각을 말하던 것을 좋아하던 선배가 어느샌가 누군가가 자신의 생각을 보는 것을 꺼려하거나 두려워하게 된 것인지도 모른다. 어둠 속에서 잘도 펜을 놀린다. 선배뿐만이 아니라 여기 엎드린 거의 모두가 종이 위에 뭔가를 열심히 쓴다. 그들의 눈엔 종이에 쓰이는 글씨 따위는 선명하게가 아니라 흐리게도 보이지 않을 것이다. 하지만 그들은 아주 오랜 기간 동안 책을 읽고, 읽은 책에 대한 이야기를 기록하던 이들이다. '독서 일기'라고 했던가? 그런 그들에게 글 따위는 생각과 종이, 펜만 있으면 불이 있건 없건 바르게 내려 쓸 수 있는 것이었다.

그렇게 어둠 속에서 글을 써 내려가는 이들은 모두, 1944년 1월 정월의 즐거움이라고는 맛보지도 못한 채 쓰치우라에 갇히는 신세가 된 이들이었다. 입대가 정해진 마당에 정월이 기쁠 턱이 없었다. 오히려 정월이 다가오는 것이 끔찍했고 날짜가 지나가는 것이 치가 떨렸다. 이곳 쓰치우라에서는 학도병 출진으로 대학생을 징병하여 전쟁에 내보내려고 교육시키는 중이다. 사실 교육이 아니라 학대를 하고 있는 것이지만, 어찌 되었든 입대라는 절차에 의해 반강제적으로 군에 들어오게 된 우리들은 거짓말처럼 얼마 전까지 푹신한 침상에서 포근하게 잠을 자고, 개운하게 일어나 각자의 규칙대로 생활을 하고, 각자의 방식으로 책과 열렬한 사랑을 나누고 있었다. 바람 좋은 날 야외에 나가 생각을 즐기기도 하고, 마음 설레는 여인과 커피를 마시기도 했다. 정말 거짓말 같은 날들이다.

내가 배치받은 막사에는 모두 하나같이, 거짓말 같은 열흘 전을 가진 이들이 있었다. 내 바로 옆에서 열심히 뭔가를 쓰고 있는 이는 도쿄제대 철학과를 졸업했다고 했다. 그리고 내 건너편에서 역시 뭔가를 남기고 있는 이는 교토제대, 구마모토 선배와 나는 와세다대, 저기 문 쪽에는 게이오대, 그리고 아직 듣지 못한 몇몇 이들….

여기 학도병들에게 있어 사랑하는 탐구와 사색에서 떨어지기에 열흘은 충분히 견딜 수 있을 만한 시간이 아니었다. 훈련이 심하고 고될수록, 그들은 어둠 속에서 익숙한 손놀림으로 글을 써 내려갔다. 난 육체의 피곤함과 고통으로 펜을 드는 것이 아니라 엎드리는 것조차 힘들었다. 힘들었다는 말보다는 아프다는 말이 더 적절한 것 같다. 자세를 바꿀 때마다 하루하루 맞았던 곳들이 시간차 공격을 해온다. 내 몸은 기록하지 않아도 되는 체벌 일지가 된 셈이다. 일주일 전에 맞은 상처는 이제 겨우 멍 색깔을 바꾼 듯 보이고, 그 전에 맞은 상처는 오늘 맞은 상처들로 인해 더이상 고통의 명함도 내밀지 못하는 상태가 되었다. 내가 이런데 그들이라고 편할 리는 없다. 나는 원래부터 놀기 좋아하고 하라는 공부는 안 하고 돌아다니던 녀석이라 체력적으로도 그들보다 우위에 있었다. 뭐, 나의 아비가 조선인 등쳐먹으면서 번 돈으로 어릴 때부터 잘 먹어서 그런지 체격 면에서도 웬만한 사람에게는 뒤지지 않는다.

이런 내가 손가락 하나 들기 힘든데, 그들은 어떨지 상상하려고 노력하지 않아도 몸으로 고통이 전해져 온다. 하지만 그들에게는 무서운 집념이 있는 듯했다. 꼭 뭔가를 써서 남겨야 하는, 그런 기록의 집념. 오늘 밤도 그들은 입을 다물고 열변을 토하고 있다. 그들의 손놀림 소리는 종이에 닿는 그들의 펜 소리로 알 수 있다. 강하고 빠르다. 꾹 눌러쓰면서도 결코 느려지지 않는다. 그들은 소리치고 있는 것이다. 나처럼 입 밖을 넘지 못하는 소리를 고래고래 지르고 있는 것이다. 아주 목이 터져라 그렇게 소리를 지르고 있는 것이다. 만일 야마토다마시가 있다면 집념 아닐까?

뼈가 조각나는 육체의 고통조차 분쇄시켜 버리는 집념.

혼란스러운 마음

　어느 나라든 군대라는 것에 일정한 강압과 폭력이 따름은 익히 알고
있었다. 나의 조국은 일본에게 나라를 빼앗긴 이래 자국의 군대는 해산
된 지 오래이고, 뿔뿔이 흩어진 군대와 항일 운동가들은 북쪽으로 올라
가 일본이 독립군이라 부르는 조선의 군대를 조직하여 대담하고 눈부신
활동을 하고 있다. 내가 일본이 아닌 북으로 올라갔다면 이런 대접을 받
았을까? 세상에 자신의 군대를 이렇게 학대하는 나라가 있는지, 만일 있
다면 일본뿐이리라는 확신을 다시 새긴다.

　오늘도 누웠던 침상에서 다시 일어나야만 했다. 원인은 완벽한 청결에
대한 불복종이었다. 늘 그렇듯 완벽이라는 말은 타인을 방해하거나 괴롭

히는 좋은 구실이 된다. 우리는 속옷 바람으로 차가운 1월 밤에 내던져졌다. 한창 잠이 들려고 하던 차인지라 추위가 뼈를 갉아 먹는 느낌을 받았다. 낮에 맞은 자리에 차가운 바람이 닿아 이를 깨물지 않고서는 두 발로 서있는 게 불가능할 정도였다.

"대가리에 먹물만 가득 찬 풋내기들아! 너희들은 군이 제시하는 아주 기본적인 것조차 제대로 이행하지 못했다. 지나가는 개를 갖다 놓고 가르쳐도 너희보다 가르치는 보람이 있겠다고 나는 확신한다."

언제부터인가 우리는 지나가는 개, 진흙탕에 뒹구는 돼지, 그리고 갖가지 사물과 비교당하는 굴욕을 겪고 있었다. 처음 그런 말을 들었을 때는 속에서 천불이 올라와 상사의 멱살이라도 잡고 싶었지만 이제는 정말 개들이 우리보다 배우는 바가 빠른가에 대한 고민을 하게 되었다. 우리는 이유 같지 않은 이유로 흠씬 두들겨 맞아야만 했다. 일명 야마토다마시 정신봉, 우리의 약해 빠진 육체를 천황의 신병(神兵)으로 키우기 위한 도구, 맞으면 맞을수록 일본 혼이란 놈이 주입되는 듯한 뉘앙스를 풍기는 몽둥이.

일분일초마다 생각한다. 내가 왜 이곳에서 이런 개돼지 취급을 받으며 살이 터지도록 두들겨 맞아야 하는지를…. 힘 약한 나라의 백성으로 태어난 죄로 아무것도 마음대로 할 수 없는 것인가. 물론 조선인인 나만 울분이 쌓이는 것은 아니다. 이곳에 모인 모든 일본인도 그러하다. 하긴 적지 않은 일본인들이 천황 폐하의 신병이 되는 영광스러운 일에 이 정도의 고통이 따르는 것은 큰 문제가 되지 않는다는 말을 공공연하게 하곤 한다. 그리고 상사의 말 그대로 머리가 먹물로 가득 찬 우리들은 서로를 설득하는 논쟁을 벌이기도 한다. 그들은 일본인으로서의 고뇌가 있는 것이다. 내게는 그들과 다른 고민이 있다. 그들이 군대의 학대와 천황에 대한 충성의 방법에 대해 고민할 때 나는 또 다른 고민을 해야만 했다. 내가 왜 일본의 군인이 되어야 하는가. 그들에게는 그들이 일본 군인이 되는 것이 당연한 일이다. 일본인이니까 일본 군인이 되는 것이지, 다른 이유가 있겠는가?

나는 왜, 왜, 왜, 왜, 왜!

나의 고민에 리듬을 타듯이 몽둥이가 나의 엉덩이를 가격한다. 소리를 내어서는 안 된다. 할 수 있다면 몽둥이에 의해 몸이 흔들려서도 안 되며, 이를 꼭 깨물고 신음 소리 하나 새어나가지 않도록 마지막 입술까지 봉쇄해야 한다. 오늘은 교관들이 좀 피곤한 모양이다. 아니면 내가 중앙에 있어서 그런지 이틀 전보다는 덜 아프다. 아니면 맷집이 강해졌든지.

매를 맞고 아무렇지도 않게 일어서 몸 전체에 퍼지는 충격에 아주 잠깐의 전율을 느낄 때, 입대하기 전의 일들이 떠올랐다.

43년 12월, 징병을 위한 신체검사에 응해야만 했다. 나는 조선에 돌아가 입대 여부를 부모님과 결정해야 한다며 입대를 늦추거나 피해볼 생각이었다. 그러나 징병관은 내게 조선에도 곧 징병령이 내려질 것이고, 한

시라도 빨리 입대하는 것이 유리하다는 말로 날 구슬리려고 했다. 그리고 내가 조선이라는 별개의 나라의 국민이 아니라 조선이라는 지역의 일본 국민이라고 힘 있게 말했다. 나라가 어려울 때 그 나라 국민이 군인으로서 젊음을 바치는 것은 지당한 일인데, 이를 회피하는 것은 조선이라는 지역의 민심이냐며 꽤 비아냥거리는 말을 지껄였다. 그래도 일단 부모님과 상의는 해보아야 한다며 그를 피했었다.

그 일이 있은 후 서둘러 도쿄 내에 거주하는 조선인 대학생들끼리 이 문제에 대한 대책을 마련하려고 내 하숙집에 모여 이야기를 하고 있었는데, 징병관은 어떻게 알았는지 그곳에 들이닥쳐 징그럽게 입대를 강요했다. 그리고 우리가 사라지면 조선으로 간 것으로 간주하고 각자의 집 앞에 헌병을 배치할 것이라고 했다. 그래도 자진해서 입대하기 싫다면 다른 입대자를 찾아볼 것이라고 했지만, 다른 입대자라는 것이 생판 모르는 남이 아니라 각자의 형이나 동생을 데려온다는 내용이었다. 우리 중에는 나를 포함한 외동이 몇몇 있었는데, 외동이라고 그 위협이 빗겨나가는 것은 아니었다. 오히려 부모밖에 없는 집에 과연 무슨 일이 일어날지 상상만 해도 등골이 오싹해졌다. 그들은 그렇게 사람이 없나 싶을 정도로 지겹게 쫓아다녔고, 우리에게 입대가 정말 피할 수 없는 사실임을 인식시켰다. 그러한 받아들이기 버거운 명제를 참으로 여길 즈음 우리는 육군에 가면 안 된다는 또 하나의 압박에 시달려야 했다.

일본의 대학생들이나 일본인들이 육군을 아주 저급한 군대라고 공공연하게 이야기하고 다닌 것이다. 그들은 군신으로 초대받은 고명한 살인

자들에 대한 미담은 눈물을 훔치며 말하면서도, 육군은 일본의 높은 프라이드를 떨어트리는 행동을 하고 다니며, 그 생활의 고단함또한 고개를 저으며 말하곤 했다. 우리는 덜컥 겁이 났다. 이왕 군대에 가야 한다면 해군이나 공군에 가야 한다고 생각했다. 육군의 더러운 생활이 겁이 난 것이 아니다. 만일 우리 중 누군가가 육군이 되어 만주에 발령받게 된다면… 그렇게 된다면 정말 끔찍한 일이 벌어지게 된다. 일본의 총과 칼과 무기로 조국의 염원인 독립을 위해 투쟁하고 있는 나의 동포를 겨누어야 하는, 조선인이 조선인의 독립을 방해하는 치 떨리는 일이 생기는 것이다. 우리는 절대로 그런 일이 있어서는 안 된다고 언성을 높였다.

물론 육군을 갈지 해군을 갈지는 개인의 지원에 따라 다르지만, 체력이 받쳐주지 않으면 해군에 가더라도 인간 대접은 받을 수 없다는 것을 알고 있었다. 군사훈련은 훈련대로 받으며, 군인들의 옷을 세탁하거나 음식을 나르거나… 내 나라를 어지럽히고, 여러 아시아 나라 사람들을 도륙 내다가 피의 광기를 주체하지 못 하고 미국까지 침공한 나라, 그 나라의 군인을 위한 봉사는 사절이다.

여기에 모여있는 조선인은 조선 땅을 향해 떳떳하게 고개 하나 들지 못한다. 부끄러워서… 조국의 사내로서 조국을 위해 이 한 몸 바치지 못하는 것이 부끄러워서, 그런 데다 나라를 빼앗은 나라에 가 그 나라의 글과 사상과 정신을 배우고 있는 것이 부끄러워서, 아무것도 하고 있지 않은 것이 부끄러워서… 하지만 이 일본 땅에서만은 고개를 빳빳이 들고 다닌다. 비록 이곳 사람들이 우리에게 노골적인 혐오나 차별을 던진다고 해도, 우리는 창씨개명한 이름이 아닌 조선 이름으로 서로를 부르고 또 조선말로 이야기한다. 그렇게라도 조선인임을 지키고 조선을 지켜보리라 다짐하고 있는 우리에게 징병은 징병 그 자체가 아닌 동포의 문제가 걸려 우리를 더욱 고개 숙이게 했다.

생각해 보면 이때처럼 세계정세를 밤새 이야기한 적이 없었다. 일본 정부가 뿌리는 홍보성 전단지 한 장을 들고 와서는 이 전단지를 뿌린 진정한 이유를 찾으려 머리를 맞대었고, 미국의 생산력과 일본의 생산력에 관한 이야기를 하며 종전 날짜를 예측해 보려 노력했다. 도조 히데키는 2차례에 걸쳐 징병안을 바꾸었고, 학생들을 서둘러 졸업시킨 후 입대시키려 했다. 학생의 손이라도 빌려야만 하는 전쟁! 일본의 패전은 확실했다. 문제는 그 시기였다. 일본이 패전하는 시기는 과연 언제인가. 우리는 짧게는 6개월, 길게는 2년이라는 충격적인 시간 내에 일본이 패전할 것이라고 전망했다. 아마도 그사이에 입대한 우리는 훈련 기간 중에 전쟁이 끝나는 천재일우를 만날 수 있을 것이라는 희망찬 이야기를 나누기도 했다. 그리고 우리의 훈련 기간 중 전쟁이 끝날 거라는 확신을 가지고 꿋꿋하게 견디자는 말을 덧붙였다.

입대는 피할 수 없다는 것을 알고 있었다. 우리는 일본의 빠른 패전을 기도하자는 이야기를 주고받았다. 그리고 괜히 조선에 가 부모를 놀라게 하거나, 조선 땅에서 징집되어 더욱 고단한 생활을 하지 말자고 했다. 이제는 입대 자체보다 체력 검사에서 '갑종'을 받아 합격해야 하는 문제에 던져지게 되었다. 우리들은 대부분 소위 말하는 '일본에 나라를 팔아먹은' 혹은 '일본에 빌붙은' 나쁜 놈 집안의 자식들이어서 어릴 때부터 잘 먹고 자라 체력적으로 나쁘지는 않았지만, 혹시나 하는 두려움이 손을 오그라들게 했다. 결국 처음의 조선으로 밀항하자는 이야기는 최종적으로는 우리가 입대하게 되면 우리의 가족 내에는 추가적 징병이 없을 것과, 가족의 안전을 보장받는 맹세를 받아내는 것과, 갑종으로 합격을 하자는 것으로 결론이 지어졌다.

이렇게 해서 순순히 체력 검사를 받았고 우리는 대부분 무사히 육군을 피할 수 있었다. 하지만 육군으로 발령을 받은 이도 있었다. 그는 후쿠오카에 있는 육군비행학교라는 곳에 발령받아 우리를 아주 복잡한 심경으로 몰아넣기도 했었다. 하긴 해군이든 육군이든 결국 비행기에 태우기 위한 군인을 키우는 곳이니 금세 납득했다. 그가 왜 후쿠오카까지 가게 되었는지는 잘 모르지만 어찌 되었든 우리는 계획한 바를 어느 정도 이루었다.

나는 신병(新兵)이 되었다. 신병이 된 첫날 이곳에 모인 많은 젊은이들은 무거운 죽음을 저마다의 심장에 얹어 놓게 되었다. 그것이 신병(神兵)이 되는 첫 단계였던 것이다. 남보다 많이 배우려 한 것은 남보다 큰 미래를 꿈꾸었기 때문이라고 확신할 수 있다. 구마모토 선배처럼 조국의 발전과 미래를 위해 자신이 사용되길 바라며 자신을 갈고닦은 그런 사람들, 하지만 그들은 신병이 됨과 동시에 그 초록빛 꿈을 꺾지 않으면 안 된다는 사실을 직시하게 되는 것이다. 그 시작은 입대 직후, 훌륭하게 죽는 법을 배운 때였다.

우린 입대 직후, 훌륭하게 죽는 방법을 교관으로부터 배웠다.

"대일본 제국의 영광스러운 군인이 된 것을 환영한다. 이로써 우리는 천황 폐하의 누추한 방패가 되어 천황 폐하와 대일본 제국을 위해서 목숨을 바칠 수 있는 천황의 군대의 영예를 누릴 수 있게 된 것이다. 이는 제군들 자신의 영광뿐만 아니라 제군들의 가문 대대로의 영광임을 감사히 받아들이기 바란다."

막사에 가기도 전에 나와 다른 신병들은 훈련장에 줄지어 서있었다. 키가 땅딸막한 교관이 목에 핏대를 세워가며 신병으로 입대한 일에 대한 자랑을 늘어놓았다.

가문의 영광? 천황?

그게 다 무슨 소용인가? 내가 왜 이길 수도 없는 싸움에 내던져져야 한다는 말인가? 이기고 지고를 떠나서 왜 내가 일본과 미국의 전쟁에 동원되어야 하는가? 내가 왜? 내 아비가 매국노여서? 그래서 내가 나라를 배신한 이의 아들로서 이곳에서 조선인을 대신해 일본인에게 벌을 받고 있는 것인가? 나는 아비와 다르다. 비록 내가 일본에서 일본의 글과 말로 학문을 배우고 있지만 나는 엄연한 조선인이다. 지금까지 단 한 번도 조선인임을 숨긴 적도 없고, 일본인이 되려 한 적도 없다. 그런데 그런 내가 왜 일본의 군대가 되어야만 하는 것인가?

나의 조국은 조선이다.

"…그러므로 우리는 일본의 정신을 지키고 천황 폐하의 영예로운 황군으로서 절대로 적군의 손에 살아서 포로가 되어서는 안 된다. 황군의 군사는 황군의 군사로서 죽는 법이 있다. 지금부터 우리는 더러운 미군의 손에 포로가 되는 치욕을 당하지 않기 위해, 폐하의 군대로서의 자존감을 지키기 위해 아름답게 죽는 법을 배우겠다."

자신의 키와는 너무나도 상반되는 장황한 연설 끝에 우리가 시작한 것은 양말을 벗고 바닥에 주저앉아 총구를 몸 쪽으로 돌려 방아쇠를 발가락으로 당기는 연습을 하는 것이었다. 총의 각도는 턱과 목의 경계에 있는 부분, 그곳을 잘 겨냥해야 고통 없이 즉사할 수 있다고 했다. 실탄이 들어있지 않은 총구가 목을 스치자 등골이 오싹해지는 것을 느꼈다. 딸깍 딸깍 발가락으로 방아쇠를 누를 때마다 들리는 빈 총소리는 나를 움찔 움찔 놀라게 했다. 내 옆에 앉아 어안이 벙벙하게 나와 같은 연습을 하고 있는 이도 움찔움찔 놀라는 모습이 눈에 두드러지게 보였다. 이곳에 앉아서 스스로의 목에 총을 겨누고 있는 모든 이들은 지금의 나와 내 옆의 이 청년과 같을 것이다.

여러 명의 교관은 우리 옆을 지나며 총구가 향해야 할 정확한 위치를 일러주는 데 바빴다. 그리고 총이 흔들리지 않게 다른 쪽 다리는 단단히 허벅지 안쪽을 눌러야 하고, 총구를 잡은 손이 흔들리면 총알이 빗나가 아주 고통스럽게 죽거나 죽는 것보다 더 고통스럽게 살 수 있다는 무시무시한 말들을 욕을 하듯 내질러 댔다. 대략 1시간 정도가 지나자 모두가 훌륭한 폼으로 한 치의 흐트러짐도 없이 자신의 목을 겨냥해 유연하게 발가락을 움직여 총구를 당길 수 있게 되었다. 나 또한 마찬가지였다. 평소에는 쓰지 않는 발가락이 결리기는 했지만 아주 쓸 만한 솜씨였다.

그다음, 총을 내려놓고 한 것이 수류탄을 이용한 아름다운 사망 방법이었다. 안전핀을 뽑고 철모로 한 번 충격을 주면 짧게는 3초 길게는 6초 정도를 넘기지 않고 수류탄이 터진다고 했다. 철모와 부딪친 이후에 재빨리 자신의 왼쪽 가슴에 수류탄을 갖다 대면 정말 순식간에 고통 없이 죽는다는 이야기였다. 다시 이곳에 모인 모두는 모형 수류탄을 들고 교관이 지시한 것을 그대로 따라 했다. 개중에는 불발인 수류탄이 있으니 그럴 경우에는 망설이지 말고 다른 수류탄을 쓰라는 설명을 교관은 빠트리지 않았다. 그는 안전핀은 입으로 뽑는 것이 가장 효율적이라고 덧붙였다. 안전핀을 입으로 뽑고, 철모에 수류탄을 한 번 부딪친 다음 재빨리 왼쪽 가슴! 가짜 수류탄을 왼쪽 가슴에 가져다 대고 하나, 둘, 셋을 조용히 센다. 잠깐의 고요와 함께 살아있는 심장의 고동이 손에 전해져 옴을 느꼈다. 아, 이렇게 펄떡펄떡 살아있는 아이를 왜 죽이려고 하지? 왜 적과 싸워 살아남는 방법이 아닌, 죽을 방법을 가르치는 군대가 있는 거지?

"잘 들어라 제군들! 전장에 나가면 간교한 적들에 의해 함정에 빠지거나 퇴로를 차단당해 포위되거나 동굴이나 참호에 갇혀버리는 경우가 있다. 이때 우리는 적군에게 항복하는 것이 아니라 이 방법을 쓰는 것이다. 이 방법을 써야 한다! 이는 천황의 군대로서 마땅히 지켜야 하는 일이며, 이를 지키는 데 계급의 높고 낮음은 관계없다. 만일 그대들의 상관이 명예로운 죽음을 저버리고 옥쇄(玉碎)의 영광에서 도망치려 한다면 그대들이 가진 무기로 일본을 대신해 그 비열한 이를 죽여도 좋다. 아니, 그러한 자는 반드시 죽여 제국을 배신하고 황군으로서의 영예를 짓밟은 죄를 목숨으로 갚도록 해야 할 것이다.”

그렇게 훌륭하게 죽는 방법을 배우고 나서야 우리는 오리엔테이션다운 오리엔테이션을 받게 되었다. 첫 시작이 그렇게 참혹했던 것에 비해 오리엔테이션은 단체 생활에 있어서 너무나도 당연한 것들이었다. 침상을 만드는 법, 의복을 적절하게 배치하는 법, 부츠와 구두를 손질하고 항상 번쩍번쩍한 상태로 유지하는 법, 그리고 무엇보다도 완벽한 질서와 청결함이 요구되는 것들이었다.

우리가 꾸려나가야 하는 하루하루에 대한 계획은 군인으로서 바르고 건강한 생활을 위한 어떤 지침과 같았다. 아침 6시에 기상해야 하고, 10분 후에 아침점호가 있고, 아침 식사 전 20분 정도 체조와 구보를 한다. 식사 후 담당 장교에게 그날그날의 설명을 듣고, 상사에게 본격적인 교육을 받는다. 점심 식사 후 오후 4시까지 교실 수업, 체조, 전투 훈련과 비행 연습 등을 하고, 오후 6시까지 야간 점호에 대비하여 완벽한 청결함을 구현하기 위해 분주하게 막사를 청소하고 관물대를 그림같이 정리해야 했다. 처음에는 무슨 청소 시간이 2시간이나 주어지나 했지만, 2시간은 짧은 시간이었음을 숨이 차도록 느꼈다. 우리는 우리의 막사뿐만 아니라 교관들의 개인 막사 또한 윤이 나게 청소해야 했고, 그들의 옷에 다림질을 해 각을 잡아놓는 것도 우리의 몫이었다. 청소가 끝나면 저녁 식사다. 저녁 식사 후 교관의 정신교육을 빙자한 연설을 들어야 했다. 그 연설의 길이에 따라 자유 시간의 길이가 결정되는데 짧으면 30분이고 길면 2시간을 웃도는 경우도 있었다. 그 후 9시 정각에 막사 앞에서 야간 점호가 있다. 야간 점호가 끝나면 소등이 있고 잠자리에 든다는 군인으로서 무리 없는 계획이 제시되어 있었다. 하지만 이것은 오직 계획일 뿐이다. 계획은 수많은 변수와 변동을 동반한다.

오늘도 늘 겪는 변수를 또 한 번 겪었다. 우리는 청결을 이유로 밖에 불려나가 엉덩이 찜질을 당했다. 뜨거운 열을 내뿜으며 고통을 호소하는 엉덩이에 손을 대고 못난 주인을 만나 고생한다며 쓰다듬어 주고 치하해 주고 싶지만 직접 손을 댈 수 없다. 열중쉬어를 하고 있는 손을 좀 내려 엉덩이를 지그시 눌러본다. 아프지 마라, 아프지 마라. 혹은 나는 아프지 않다, 아프지 않다. 언제부터인가 무당이라도 된 듯이 나에게는 주술을 거는 버릇이 생겨있었다. 정말 이 주술의 효과는 아주 기차게 짧다. 1초? 2초? 잠깐 효과가 있기는 있어 자주 사용하고 있다. 아프지 마라, 아프지 마라.

"너희같이 작은 규칙 하나 이행 못 하는 애송이들을 믿고 있는 일본의 미래가 걱정이 되지 않을 수 없다. 그러나 오늘의 불미스러운 행동으로 너희를 크게 책망하지는 않겠다. 훈련이 고되다 보면 지켜야 하는 일이 귀찮아질 수도 있다는 것을 잘 안다. 나 또한 너희 같은 신병 시절이 있었다. 나 또한 신병 때는 너희들처럼 세상 물정 모르고 망아지처럼 날뛰고 다

넜다. 하지만 군인으로 훈련을 받으며, 또 잘못을 정정하며 오늘에 이르렀다. 그리고 지금에 와서야 내 신병 생활을 후회하고 반성하고 있다. 너희도 마찬가지일 것이다. 지금은 자신의 명령 불이행이 얼마나 큰일인지 모를 것이다. 하찮게 생각하기도 하겠지."

웬일인지 상관은 2단계로 접어드는 야마토다마시 주입 절차를 그만두고 연설을 하고 있다. 뭔가를 다 이해하고 있는 듯한 분위기를 풍기며, 결코 교관들의 폭력 행위가 그릇된 것이 아니라 신병인 우리가 우리의 입장에서 잘못된 일을 하고 있음을 깨우치지 못했다는 식의 말이었다. 그의 목소리에는 비아냥이 가득했지만 직접적인 분노는 없었다. 듣는 사람을 더욱 불안하게 만드는 어투. 뭔가 다른 이야기를 꺼낼 낌새가 보인다. 서론이 길다. 서론이 긴 것이 더 불안하다. 우리는 곁눈질로 서로의 눈치를 살폈다. 뭔가 더 큰일이 터질 것이라는 예감이 모두를 엄습하고 있었기 때문이다. 계속 말을 이어나가던 그는 갑작스레 두 다리를 곧게 모아 차렷 자세를 하며 먼 곳을 눈을 부릅뜨고 바라보았다. 올 것이 왔다. 하지만 왜 야간 점호가 끝난 시간에 그걸 해야 하는지 모를 일이다.

"너희들의 군인 정신을 똑바로 함양하기 위해 지금 이 자리에서 순번 대로, 우리 황군을 위한 조칙 5개조를 암송하고 각자 경건한 마음으로 막사로 돌아가 천황 폐하의 신병이 된 영광을 가슴에 새기며 잠을 자도록 하겠다."

황군을 위한 조칙 5개조, 제국 맹세… 1882년 메이지 시기, 천황의 군사를 위해 만들어진 제국 조칙. 일본인들 사이에서 조칙은, 그 말 한마디 한마디가 신성하게 여겨지고 있다. 그래봤자 메이지 천황의 수하들이 머리를 굴려가며 만든 것이 뻔한데, 그들은 무슨 조칙을 천황 받들듯이 한다. 일본 군인이라면 몇 장에 달하는 그 조칙을 자다가도 벌떡 일어나 암송할 수 있어야 한다. 그리고 늘 그 말을 생각하며 조칙에 담긴 철학을 이해하고 이를 행위로 옮길 수 있어야 한다는 것이다. 신병인 우리가 전부 읽는 데만 15분이 넘게 걸리는 전문을 다 암송하는 것은 아니었다. 우리는 전문에 비해 간단한 다섯 개 주요 조항의 훈시 내용만을 암송했다.

하나, 황군은 충성을 근본적 의무로 생각한다. 강한 정신을 갖지 못한 황군은 아무리 기술이나 지략에 뛰어나더라도 꼭두각시 인형에 불과하다. 충성심이 없는 황군은 뛰어난 조직력을 가지고 빈틈없는 훈련 과정을 거쳤더라도 위태로운 오합지졸 군중에 불과하다. 충성이라는 근본적 의무를 행함에 전심을 다하고, 그 의무가 태산보다 무겁고 죽음은 새털보다 가볍다는 것을 마음에 새겨라.

하나, 부하는 상관의 말을 천황 폐하가 직접 내린 명령으로 생각해야 한다. 직속상관을 포함한 모든 상관들-본인의 직속상관이 아닐지라도-에게 경의를 표하라. 반대로 상관은 부하를 경멸하거나 오만한 태도로 대해선 안 된다. 군인으로서의 업무 수행에 필요한 경우를 제외하고 상관은 부하에게 사려 깊고 친절하게 대한다. 그럼으로써 모든 계급이 융화되어 천황 폐하께 봉사하는 것이다.

하나, 황군은 용기를 목숨과 같이 해야 한다. 우리는 고대로부터 용기를 숭상해 온 민족이며, 용기가 없다면 비록 민간일지라도 그 이름을 바로 세울 수 없었다. 하물며 전투에서 적군을 대면해야 하는 군인이 어찌 한시라도 용맹스러움을 잊을 수 있겠는가?

하나, 성실함과 강직함은 모든 사람의 평범한 의무이다. 특히 황군은 성실함과 강직함이 없다면 하루도 군인으로서의 본분을 수행할 수 없다. 성실함은 약속을 지키는 것을 의미하고 강직함은 의무 이행을 의미한다. 어떤 일에 성실하고 강직하려면 일을 시작함에 있어, 그 일을 이행할 수 있는지 없는지를 주의 깊게 생각하는 것이 먼저 수행돼야 한다. 분명하지 않은 일에 분별없이 동의하고 어리석은 의무로 자신을 속박하고서 자신이 성실하고 강직하다고 말하려 한다면, 아마도 빠져나올 수 없는 곤경에 처한 자신을 발견하게 될 것이다.

하나, 황군은 소박한 목표를 가지고 있어야 한다. 소박한 목표가 없다면 자신은 지치고 경박스러워질 뿐 아니라 사치스럽고 호사스러운 것만을 탐하게 된다. 따라서 이기적이고 추악하며 저급하고 비열한 인간으로 타락하게 된다. 결국 충성도 용기도 그런 타락한 세계에서 자신을 구해낼 수 없게 된다. 부디 황군들이여! 이 훈령을 가벼이 여기지 말라.

이것을 암송할 때 한 번이라도 실수하는 자는 자결하도록 되어있다. 그러니 만약 이것을 외다가 우리가 어떠한 작은 실수라도 하면 우리는 그 자리에서 맞아 죽어도 여한이 없어야 하는 것이다. 이 군인 칙유라는 것은 상관이 우리를 괴롭히는 가장 쉬운 요소였다. 하지만 그것도 힘들어지게 되었다. 신병으로 들어와 지금껏 외워온 문장이다. 더 이상 틀릴 일도 없다. 상관들도 더 이상 군인 칙유를 이유로 우리에게 구타를 휘두를 일이 없어졌다. 하지만 우리는 긴장하지 않으면 안 된다. 이것을 외는 동안 기침을 해서도 안 된다. 너무 빨리 말하려 해서도 안 되고, 기억을 더듬는 식의 느린 어투도 용서받을 수 없다. 마치 라디오 뉴스의 아나운서처럼 줄줄 외어야 한다. 다만 군인답게 우렁차게, 하지만 경건하게….

신병으로 들어온 지 두 번째 밤이 되던 날은 평생 잊을 수 없는 날이다. 물론 여기에 들어와 있었던 지금까지의 나날은 일분일초라도 잊고 싶지 않은 날이 없다. 첫째 날은 자살 훈련과 단체 생활에 필요한 오리엔테이션을 했고, 일정에 대한 안내를 받았고, 청소 상태를 이유로 밤새 흠씬 두들겨 맞았고, 둘째 날부터 정해진 교육을 받게 되었다. 우리가 아침 식사 후 받은 첫 번째 교육이 바로 이 군인 칙유에 관한 내용이었다. 우리는 그에 대한 역사와 그것의 철학, 그것을 대하는 군인의 자세에 대한 뜨거운 강연을 들었고, 큰 소리로 따라 읽기까지 했다. 그리고 꼭 암기해야 함을 강조받았고, 또 맞아가며 암기를 했다. 문제는 그날 밤에 일어났다.

그 전날 청소를 이유로 매타작을 당한 것 때문에 우리는 우리 막사의 먼지뿐만 아니라 상관들 막사의 테이블과 재떨이 각도에 이르기까지 대대적인 청소를 시행했다. 그렇게 야간 점호를 맞이했을 때 교관은 우리의 청소 상태에 트집을 잡을 것이 없음을 알았다. 그때 교관은 '어쭈, 요놈들 봐라' 하는 표정으로 철사처럼 서있는 우리를 둘러보았다. 그러고는 세상에서 가장 편안한 표정을 지으며 말했다. 인자한 아버지의 얼굴이 있다면 저런 얼굴이 아닐까 하고 잠깐 생각이 들 정도의 표정이었다.

"그래, 어제 막사 관리에 관한 특별 지도가 효과를 발휘하는가 보군! 좋은 경과다."

적어도 이때까지는 상관이 인간적인 사람이라는 생각을 했었다. 전날의 일은 다만 초반에 군기를 잡기 위한, 자신들로서도 세게 나간 결과였을 것이라는 생각이 들었다. 그는 연신 달달한 미소를 짓더니 우리를 찬찬히 둘러보고는 말을 이었다.

"오늘 교육 내용들은 잘 숙지하고 있는가?"

갑작스러운 질문에 우리는 반사적으로

"네, 존경하는 교관님!"

하고 대답했다. 전날의 야간 매타작과 오늘 하루의 일과로 우리는 단시간 군기가 바짝 들어있었다.

"그래애?"

교관은 말꼬리를 살짝 올렸다. 그와 동시에 그의 한쪽 입꼬리도 올라갔다. 불안했다. 저 표정은 전날 우리를 구타할 때 그 모습이다. 손이 차가워지기 시작했다. 열중쉬어를 하고 있는 내 손을 꼭 잡았다. 그리고 오늘 배운 내용에 대해 떠올리기 시작했다. 제일 먼저 군인 칙유 5개조가 머릿속을 스치고 지나갔다. 4조까지는 안 틀리고 외울 자신이 있었다. 하지만 그 뒤가 문제였다. 마지막 5조는 순서가 엉망진창이다. 이걸 듣자마자 조선인인 내가 왜 이런 걸 해야 하는지, 이런 걸 굳이 만들어서 외우라는 심사는 뭔지, 아주 웃기는 소리들 하시네, 하는 잡생각을 너무 많이 했다. 그냥 아무 생각 없이 외우기나 할 것을, 불만도 비판도 나중에 할 것을… 갑자기 머리가 멍해지고 기억이 나지 않았다.

"그럼, 오늘 배운 것 중 가장 중요한 조칙 5개조를 외워본다. 실시."

우리는 잠깐 당황했다. 그리고 서로의 눈을 바라보다가 입을 떼었다. 모두 다 함께 외운다면 모르는 부분은 입모양만 제대로 맞추면 된다는 안도감이 들었다.

"하나, 황군은 충성을 근본적 의무로 생각한다. 강한 정신을 갖지 못한 황군은 아무리 기술이나 지략 뛰어나더라도 꼭두각시 인형에 불과하다. 충성심이 없는 황군은 뛰어난 조직력을 가지고 빈틈없는 훈련 과정을 거쳤더라도 위태로운 오합지졸 군중에 불과하다. 충성이라는 근본적 의무를 행함에 전심을 다하고, 그 의무가 태산보다 무겁고 죽음은 새털보다 가볍다는 것을 마음에 새겨라."

처음 시작은 굉장히 불안하였지만 굵직한 사내의 목소리가 느릿느릿한목소리가 되어 암송을 시작했다.

"하나, 부하는 상관의 말을 천황 폐하가 직접 내린 명령으로 생각해야 한다. 직속상관을 포함한 모든 상관들-본인의 직속상관이 아닐지라도-에게 경의를 표하라. 반대로 상관은 부하를 경멸하거나 오만한 태도로 대해선 안 된다. 군인으로서의 업무 수행에 필요한 경우를 제외하고 상관은 부하에게 사려 깊고 친절하게 대한다. 그럼으로써 모든 계급이 융화되어 천황 폐하께 봉사하는 것이다."

상사는 눈을 감고 우리의 암송을 들었다. 군데군데 소리가 약해지기도 했고 뭔가 뭉개지는 소리가 들리기도 했으며, 금방 떠오른 듯한 급한 목소리도 있었다. 그럴 때마다 상사는 눈살을 찌푸렸다. 불안해지기 시작했다. 우리 모두 열중쉬어를 한 자세로 5개 조항을 외며 그의 눈치를 살금살금 살폈다. 내 옆에 서있는 이는 3번째 조항을 욀 때부터 거의 말을 하지 않았다. 그리고 우리의 외는 소리는 점점 줄어들었고 중간중간 다른 단어를 말하는 이도 있었다. 아니, 틀린 단어를 말하고 있었다. 상관의 아래턱이 옆으로 비껴있었다. 완전히 뚜껑 열리기 직전의 모습이었다. 그렇게 엉성한 3번째 조항이 끝나고 4번째 조항을 욀 때 4번째 조항을 외는 사람은 나와 구마모토 선배, 그리고 두 명이 더 있었다. 그렇다고 모두가 그 조항을 완벽하게 외운 것은 아니었다. 나와 구마모토 선배, 그리고 한 사람이 그 조항을 완벽하게 외웠다. 이제 마지막 조항이다.

"하나, 황군은 소박한 목표를 가지고 있어야 한다. 소박한 목표가 없다면 자신은 지치고 경박스러워질 뿐 아니라…."

어떻게든 기억을 쥐어짜려고 했지만 소용없었다. 아무리 잘난 대학에 다니더라도 외운답시고 그렇게 잠깐 보고 외울 수 있는 사람이 있을까? 구마모토 선배도 마지막 조항을 다 외워내지 못했다. 마지막까지 남아있던 그는 세 번을 더듬더듬하더니 정확한지는 잘 모르는 5번째 조항을 완성시켰다. 나는 나름대로 내 머리를 칭찬해 주고 싶은 생각이 들었다. 역시 구마모토 선배는 대단하다는 생각도 머리에서 떠나지 않았고, 마지막까지 힘들게나마 구절을 완성시킨 그가 위대해 보이기까지 했다. 우리들은 모두 마지막 구절을 끝낸 그를 눈이 휘둥그레져서 쳐다보았다. 그도 어느 정도 만족하는 듯한 눈치였다. 하지만 상사는 조용하다 못해 고요했다. 또 뭔가가 일어나겠구나! 우리는 상사의 눈치를 가만히 살폈다. 그는 서서히 눈을 떴다. 그의 눈은 방금까지의 아버지가 아니었다. 그의 눈에는 피의 광기가 서려있었다.

"이 쓰레기 같은 돌대가리들아! 전원 밖으로 집합!"

그는 거의 절규에 가깝게 소리쳤고, 우리는 태어나서 그렇게 무시무시한 밤을 맞은 적이 없었다. 뺨을 세게 맞아 입안이 터지지 않은 이가 없었고, 귀밑이 찢어진 이도 있었다. 그런 무지막지한 구타를 당하며 우리는 제국을 모욕한 죄를 범했다는 사실을 알게 되었다.

"이래가지고 천황 폐하의 신병(神兵)이 될 수 있겠나!"

나의 치에코

쓰치우라에 들어온 지 2주가 지났다. 고통과 절규의 시간이 벌써 그렇게 흘렀는가 하는 묘한 기분이 들었다. 훈련소에 들어온 지 2주가 지나면 가족 면회를 할 수 있게 된다. 아침점호와 구보, 식사 교육이 끝나고 마침내 오후 4시, 기다리고 기다리던 면회 시간이 왔다. 과연 올 수 있을 것인가? 나는 그녀를 알고 있다. 분명 쓰치우라에 왔을 것이다. 그녀는 그런 사람이다. 하지만 과연 그녀가 들어올 수 있을까? 가족이 아닌 연인이 이곳에 들어올 수 있을 것인가? 나는 기대 반 걱정 반으로 문 쪽을 바라보았다. 아직 바늘이 오후 4시에서 움직이지 않았을 때 문을 열고 제일 먼저 들어온 이는, 치에코! 치에코였다. 이런… 나의 치에코가 온 것이었다.

치에코, 치에코, 치에코, 나의 머릿속은 치에코를 부르는 소리로 가득 찼다. 내 옆에 있던 다른 이들은 넘어지듯 들어온 이가 자신의 가족이 아니라는 데 실망하는 듯했지만, 저 젊고 아름다운 여인이 과연 누구를 만나러 왔는지 궁금해하며 문과 그녀를 번갈아 보고 있었다.

나는 얼른 면회실에 앉았다. 면회실은 말 그대로 면회를 하는 곳이었다. 면회실이라고는 죄수 면회실밖에 모르던 나는 훈련소 면회실에 들어가서 적지 않게 당황했다. 정말 죄수 면회실 같은 곳이었으므로, 나의 당황은 모두의 당황과도 맥을 같이했다. 치에코는 나보다 더 크게 당황한 듯했다. 뭔가 아주 원망스럽게 유리창을 쳐다보고 고개를 젓더니 이내 내 얼굴만 뚫어져라 쳐다보았다.

"치에코…"

우리는 서로를 바라보고 가만히 앉아있었다. 많은 말이 머릿속을 뛰어다녔다. 하지만 그것들이 입 밖으로 튀어나와 말이 되지는 않았다. 다만 난 가만히 그녀의 이름을 부를 뿐이었다. 그녀의 눈은 이미 요동치는 호수가 되어있었고, 언제 눈물이 흘러내려도 이상하지 않을 만큼 가득 눈물이 고여있었다. 그녀의 눈물을 닦아주고 싶지만 그녀와 나 사이에는 커다란 유리가 놓여있다. 다만 나와 그녀가 할 수 있는 것은 곁에 나있는 작은 구멍으로 옷깃을 잡는 것뿐이었다. 난 할 수 있는 한 쑤욱 손을 구멍에 밀어 넣었다. 치에코도 얼른 손을 내밀어 내 손을 잡았다.

"어떻게 온 거야?"

나는 흔들리는 목소리를 잠재워 가며 그녀에게 물었다. 치에코의 손은 부드럽다. 나의 거칠어져 버린 손이 미안할 정도이다. 치에코는 잠시 이를 앙다물더니 눈물을 콕콕 찍어내고는 또 다시 젖을 눈을 마른 눈인 양 하고 싱그러운 미소를 지어보이며 말을 이었다.

"우린 부부잖아요."

나는 그녀의 손을 잡은 채 멀뚱멀뚱 그녀의 눈을 쳐다보았다. 물론 우리가 결혼을 약속한 사이는 맞지만 아직 정식 부부는 아니었기에, 나는 마른침을 얼른 삼키고는 덤덤한 척 말을 이었다.

"예정이지."

그러자 치에코가 하얀 이를 드러내며 웃었다.

"그러니까 부부지."

더 이상 묻지 않아도 치에코가 어떻게 여길 들어오게 됐는지 알 것 같았다. 분명 내 아내라고 거짓말을 했겠지.

부부라…

내가 지금 치에코와 부부라…. 순간 유리창을 깨부수고 그녀를 껴안고 싶은 충동이 솟구쳤다. 나는 하는 수 없이 그녀의 손을 꽉 쥐었다. 그녀는 나의 그런 생각을 다 아는 듯했다. 그리고 손 하나를 빼 내 손위로 자신을 손을 덮었다. 치에코는 나의 눈을 그윽하게 바라보더니 내게 다가와 구멍 뚫린 유리창에 대고 낮게 속삭였다.

"떨어져 있는 젊은 부부만큼 힘든 일도 없죠?"

치에코 녀석, 난 터져 나오는 웃음을 참을 수가 없었다. 한바탕 크게 웃고 싶었지만 이곳은 내 그런 웃음을 받아줄 곳이 아니라는 것을 알았기에 바람 빠지는 웃음만 흘릴 수밖에 없었다. 치에코의 손을 붙잡고 있는 동안 나는 그간 이곳에서 있었던 그 어떤 일도 생각나지 않았다. 다만 떠오르는 것은 그녀와 함께 보냈던 시간들이었다.

나도 몰랐다. 내가 일본인 여자를 사랑하게 될 줄. 나는 늘 가던 찻집에서 커피를 마시며 책을 보고 있었다. 여기저기 자욱한 담배 연기와 함께 마시는 커피가, 내가 잊으면 안 되는 내 나라 조선의 상황 같아서 정신이 해이해질 때마다 이곳에 앉아서 책을 읽곤 했다. 사실 말도 안 되는 이유이긴 했지만, 어떻게든 나를 괴롭히고 싶었던 게 사실이었다.

그때 유리창 반대편에서 콩콩거리는 노크 소리가 들렸다. 번뜩 눈길을 돌렸을 때, 치에코가 나를 향해 웃고 있었다. 치에코 말로는 그렇게 담배 연기가 가득한 곳에서 글자가 보이기는 하냐며 장난을 쳐보고 싶었다고 했다. 그리고 무엇보다 자신은 담배 냄새가 나는 남자는 싫었다나? 그래서 굳이 나를 찻집에서 불러내서는 담배 냄새 안 나는 남자로 만들고 싶었다고 했다.

처음엔 그녀의 말이 무슨 뜻인지 알 수 없었다. 하지만 나를 향한 그녀의 눈빛과, 발갛게 붉힌 볼을 보고 짐작할 수 있었다. 그녀가 나와 시간을 쌓아가길 원한다는 것을. 나는 그게 싫지 않았다. 숨 쉬기조차 힘든 곳에서 쓴 커피를 마시며, 유명 학자들이 써놓은 철학서를 읽던 나에게 치에코는 해방 같았다.

"저 조선 사람입니다."

"…저 일본 사람입니다. 제가 일본 사람이라서 싫으시면…. 어쩔 수 없지만, 아니, 싫어도 저랑 10번만 만나주시면 안 될까요?"

내가 조선인이라고 했을 때, 치에코는 분명 망설였다. 나는 그녀가 망설이는 이유를 조선인에 대한 비하나 경멸쯤으로 생각했는데, 치에코가 망설이는 이유는 내가 생각하는 그런 것이 아니었다. 치에코는 내가 자신이 일본인이라 싫어할 것이라고 생각하고 있었다. 하지만 그래도 자신과 10번을 만나줬으면 좋겠다고 반쯤 눈물 고인 눈으로 날 쳐다봤었다.

그렇게 아무런 기별도 없이, 치에코가 나의 삶에 들어왔다. 웃기게도 일본인이라면 치를 떨던 나는 치에코를 아주 손쉽게 사랑하게 되었다. 10번을 채 만나기도 전에, 나는 그녀의 미소의 노예가 되었고, 그녀가 날 먼저 알아봐 준 것에 대해 감사했다.

"내 앞으로 오모니께로부터의 편지가 왔는데, 당신이 가져오라는 노트에 끼워놨어요. 흘리지 않게 조심해서 들고 가야 해요."

치에코의 목소리가 또르르 내 귀에 흘러 들어온다. 나는 얼른 눈을 끔뻑이며 치에코를 향했다.

오모니….

입을 열심히 동그랗게 모으고 어머니를 오물거리며 발음하는 치에코. 문득 치에코에게 어머니를 가르쳐 줬던 날이 생각났다.

봄 공기가 나와 그녀를 나른하게 만들어 강둑 잔디밭을 이불 삼아 누워있게 만들었던 오후, 느닷없이 그녀가 어머니를 조선어로 뭐라 하는지 물은 적이 있었다. 내 머릿속에 무수히 맴도는 그 말을 아무렇지도 않게 꺼내어 "어머니"라고 발음하자 그녀는 난처한 듯 인상을 찌푸리더니 "오므니"라고 발음했다. 그녀의 "므"가 너무 짧게 들려 순간 나의 자상한 어머니가 오니(귀신)로 들리는 바람에 나도 그녀만큼 인상을 찌푸리고 말았다. 치에코는 그런 내 얼굴을 살피더니 다시 발음해 보라고 성화를 부렸다. 그래서 나는 좀 더 크게, 좀 더 분명하게 한 글자 한 글자 끊어서 "어, 머, 니" 하고 말했다. 내 입 모양을 유심히 보고 내 발음을 열심히 듣더니 치에코는 나보다 더 큰 목소리로 "오, 모, 니" 하고 또박또박 끊어서 발음했다. 지기 싫어하는 치에코는 이번엔 어떠냐는 식으로 나를 가만히 쳐다보았다.

나는 생각에 빠졌다.

치에코가 나의 어머니를 "오모니"라고 부른다. 나의 어머니의 눈이 짧게 동그래지다가 신기한 듯 고마운 듯한 미소가 얼굴에 퍼지고, 두 팔을 벌려 치에코를 따뜻하게 안아준다. 나는 치에코에게 "오모니"가 맞다고 고개를 끄덕였다. 하지만 내 소탈한 웃음이 수상한 듯 나에게 다시 어머니를 발음하라고 시켰다. 나는 "오모니"라고 발음했다. 치에코는 나의 "오모니"를 수긍할 수 없다고 말했다. 귀여운 치에코, 나의 치에코. 나는 치에코에게 나의 어머니는 그대에게 "오모니"라고 불릴 때 가장 행복해할 것이라고 말했다. 치에코가 나의 눈을 한참 바라보더니 미소를 짓는다. 산산한 봄바람이 그녀의 머리칼을 만지고 지나간다. 그녀의 머리칼을 만지는 바람에 질투를 느끼고 바람이 흩어놓은 그녀의 머리를 넘겨본다. 그녀의 머리칼은 밤하늘의 융단으로 만들었을 것이다. 그녀의 눈동자는 수많은 사람이 사랑을 맹세했던 별일 것이다. 그녀의 미소는 세상에 빛을 가져 다주는 태양이다. 그녀는 그녀로서 아름다웠고, 그녀로서 나의 우주였다. 아름다운 나의 치에코, 치에코, 치에코.

"쇼세이상?"

그녀가 나를 부른다. 낯설다. 하야시 쇼세이. 나의 조선 이름인 임종성을 일본식으로 읽은 이름이다. 일본에는 두 자 성씨가 주류를 이루고 있고 한 자 성씨는 극히 드문데, 그 드문 한 자 성씨 중에 내 성의 한자인 임(林, 하야시)이 있는 것이다. 나름 다행스러운 일이었다. 이름은 좀 읽는 법이 이상하지만 성만 들으면 의심 없는 일본 이름이었다. 여태껏 나는 나의 조선 이름으로 세상과 맞서기를 피한 적이 없었다. 그러나 그런 나를 움직이게 한 것은 입대 전 그녀의 부탁이었다. 군대는 학교와 달라서 분명 나의 조국을 이유로 나에게 눈에 보이는 차별을 할 것이라고 했다. 나는 견뎌낼 수 있다고 했으나, 내가 조선인이라는 이유로 고통받는 것은 자신이 견딜 수 없다고 말했다. 자신을 위해서 건강히 돌아와야 한다고 했다. 상처 하나 없는 내 몸에 상처가 생긴다면 그 또한 자신의 고통을 증가시키는 일이라고도 했다. 자신의 모국이 나를 괴롭히는 것을 견딜 수 없다는 것이었다. 그리고 우리 둘만 있는 경우가 아니면 나를 일본식 이름으로 부른다고 했다.

"응."

나름 경쾌하게 대답했다.

"노트 받아요."

그녀는 잠깐 손을 놓고 노트를 건네주었다. 나는 노트 안에 어머니의 편지가 들어있다는 생각에 벌써부터 가슴이 두근거렸다. 어머니의 편지가 오다니, 그것도 치에코를 통해서. 내가 가장 사랑하는 두 여인의 사이 좋은 모습을 보니 마음이 밝아지는 느낌이었다.

노트를 건네준 그녀가 나를 천천히 살핀다. 방금까지는 눈에 눈물이 고여 내 얼굴이 자세히 보이지 않았던 눈치였다. 그렇게 나를 살피다가 미간에 주름이 잡혔다. 그러고는 이를 꽉 깨물며 입을 굳게 닫았다. 그녀는 아무 말도 없이 내 머리끝부터 눈에 보이는 상반신 전체를 뜯어보기 시작했다. 나는 그녀가 무엇을 살피는지 알고 있었지만 말릴 길이 없었다. 다시금 그녀의 눈가가 젖어갔다.

"군인이라서 그런 거야. 다른 이유에서 그런 게 아니야. 나뿐만 아니라 다 그래."

하며 살짝 옆 사람 쪽으로 고갯짓을 했다. 내 옆쪽에 앉아있는 처음 보는 신병은 누가 봐도 시퍼런 멍이 눈언저리에 들어있었고, 그를 만나러 온 어머니는 아까부터 소리 없이 통곡 중이셨다. 신병은 울고 있는 어머니를 달래보려 했지만 손쓸 방법이 없었고, 그의 아버지로 보이는 이는 아내를 타이르기에 여념이 없었다. 어머니는 고개를 끄덕이시다가도 격하게 고개를 흔들기도 하셨다.

그를 아주 짧게 보던 치에코가 시간이 아까운 듯 내 얼굴을 다시 주시

했다. 내 말이 그녀에게 그렇게 위로가 되지 않은 듯 그녀의 볼을 타고 눈물이 흘러내리고 있었다. 지그시 눈을 감고 깊은 한숨을 내쉬는 치에코, 뭘 그리 삭히고 있는 것일까?

"당신이 좋아하는 음식을 싸 오려고 했는데, 오빠가 그러면 당신이 더욱 곤란해진다고 기를 쓰고 막길래 아무것도 싸 오지 못했어요. 서운해하면 안 돼요. 오빠 말로는 저녁 식사 하러 간 사이에 막사를 뒤져 음식을 다 가져가 버린대요. 그리고 엄청난 일이 벌어진다고 하더라고요. 상관이 빼앗아 먹기라도 하는가 보죠? 칫"

치에코는 그 깊은 눈을 초롱초롱 빛내며 내게 물었다.

"엄청난 일이란 게 도대체 뭐죠?"

치에코가 사용하는 엄청난 일이란 단어는 나에게 냉소적인 미소를 흘리기에 충분한 말이었지만, 나는 애써 고운 단어를 찾아 치에코의 궁금증을 해결해 줘야만 했다.

"그거야 가족의 정성을 빼앗기는 일이지."

치에코는 뾰로통한 얼굴을 하고는 작게 입을 오물거렸다. 형님은 군대를 다녀온 적도 없으면서 어떻게 그 엄청난 일을 알고 있는지 궁금했다. 그리고 그녀를 위해 엄청난 일에 대해 비밀로 해준 듯해서 고맙기 짝이 없었다. 도쿄제대 약학 전문대학에 다니시는 형님은 나를 별로 마음에 들어 하지 않으셨다. 치에코가 조선인인 나를 만나러 다닌다는 사실을 알고 자기 학교의 잘나가는 일본인 남자들을 치에코에게 몇몇 소개시켜 주기도 했으니 말이다. 하지만 그는 사랑스러운 치에코를 이길 수 없다. 그녀의 부모님도 그녀를 이길 수 없다. 그녀는 그 자체로 누군가를 굴복시켜 버리는 아름다움을 가지고 있기에, 그녀의 뜻을 꺾을 수 있는 이는 없다. 나 또한 그녀 앞에 내 뜻을 헌신짝처럼 던져버리고 일본인인 그녀를 사랑하지 않았던가. 어찌 되었든 그녀와 나의 혼담이 오갈 때 그는 나를 동생의 약혼자로 인정한 듯 보였다. 가족 전원이 만나는 자리에 한 번도 얼굴을 내민 적이 없어 만난 적은 없지만, 치에코를 통해 감기약을 보낸다거나 지금처럼 군대에 대한 팁을 일러주기도 한다. 나에게 군대에서 조선 이름을 꺼내지 말라고 일러준 것도 형님이었다.

"음식 걱정은 하지 마. 나라를 지키는 군인을 굶기거나 덜 먹이는 나라는 없어. 식사는 삼시 세끼 아주 잘 나오고 있으니까 걱정하기 없기다! 알았지?"

그녀의 눈빛은 뭔가 억울해 보였다.

"형님께 정말 감사하다고 꼭 전해야 해. 아버님 어머님도 무탈하시지?"

그녀를 본 감격에 그녀의 가족 안부를 빠트려 버렸다는 게 생각났다. 이래서야 동방예의지국의 남아로서 기상이 서겠는가? 나는 짧은 반성을 했다.

"아버지랑 어머니가 걱정이 많아요. 두 분이 오늘 오신다고 했는데, 우리 방해하면 안 된다고 내가 오지 말라고 그랬어요."

그러고는 처음 이곳에 들어왔을 때처럼 유리를 허망하게 쳐다보았다. 또다시 웃음이 나왔다. 아마 그녀는 면회소가 이런 분위기일 거라고는 상상도 못 한 듯했다. 물론 나 또한 상상도 못 했다. 이렇게 우리를 가로막는 유리가 있을 거라고는 말이다. 그 흔했던 입맞춤도 이곳에서는 불가능하다는 것을…

"이럴 줄 알았으면 아버지고 어머니고 오빠고 다 데리고 오는 건데!"

역시 치에코다. 치에코는 꽤나 정열적인 재회를 꿈꿨는지 모른다. 바보…. 그녀의 눈에는 나에 대한 걱정과 나의 상처 많은 얼굴에 대한 염려와 늘 그렇듯 일본을 대신한 사과의 말이 가득했다. 하지만 곧 그것이 이 귀한 시간을 잡아먹는 널리고 널린 이야기임을 깨우친 듯 눈을 두어 번 깜빡였다. 그렇게 깨달은 모습에 난 안도감을 느꼈다. 그녀는 아주 잠깐 생각에 빠진 듯한 모습이었다. 내가 그런 그녀를 그저 즐거운 듯 보고 있을 때 그녀는 자신의 주머니에서 작은 사탕 하나를 꺼냈다. 그러고는 보란 듯이 입안에 쏘옥 집어넣었다. 난 약이 오르기는커녕 그녀의 그런 모습조차 사랑스러워 보였다. 그녀는 그런 나를 보고 씨익 웃더니 주위를 한번 살피고는 입에 있던 사탕을 빼내 손에 얹어주었다. 난 그저 눈만 깜박이고 사탕과 그녀를 번갈아 보았고, 그녀는 싱긋이 웃으며 고개를 짧게 끄덕거렸다. 당황한 나는 주위를 한번 둘러보고는 기침 때문에 입을 가리는 것처럼 사탕을 입 안에 넣었다. 그러고는 헛기침을 두 번 했다.

"이런… 감기 걸린 거예요?"

그녀가 능청스럽게 말했다.

"아니 잠깐 목이 간지러워서."

나도 그녀 못지않게 능청스러운 놈이다. 그녀의 타액이 나의 것과 섞여 내 입에 퍼지고 있다. 사탕이 무슨 맛인지는 잘 모르겠다. 하지만 달다. 달콤하다 못해 짜릿한 맛이 난다. 그래, 이 맛은 그녀와 나누었던 입맞춤 맛이다. 어떤 입맞춤도 오늘의 이것보다 뜨겁지 않으리라!

치에코, 치에코, 정말 천재다!

난 치에코의 손을 꽈악 움켜쥐었다. 시간이 다가오고 있었다. 이제 헤어져야 하는 시간이 눈치도 없이 성큼성큼 다가오고 있었던 것이다. 그녀는 떨리는 내 눈을 안다. 그녀는 나와 마찬가지로 내 손을 꽈악 잡았다. 그래, 그녀를 말릴 수 있는 게 있다면 국가라는, 감정이라고는 없는 괴물일 것이다. 우리는 한동안 손이 부르르 떨리도록 힘을 주어 아쉬운 손을 맞잡고 있었다. 이 손을 통해 내가 하고 싶은 말이, 나의 사랑이 전해지도록. 아마 그녀도 그러할 것이다. 그 짧은 순간 난 그녀의 수많은 걱정과 당부와 사랑의 맹세를 들을 수 있었다.

"앞으로 2개월 하고도 2주가 남았어. 그러고 나면 여태껏 하지 못한 많은 것들을 하자."

그녀는 고개를 끄덕였다.

"네, 여보."

내가 먼저 그녀의 손을 놓았다. 그녀도 더는 내 손을 잡으려 들지는 않았지만 아주 잠시 우리는 허공을 움켜쥐고 있었다. 서로 먼저 가라는 잠깐의 실랑이 끝에 내가 먼저 가는 것으로 결론을 지었다. 난 그녀를 이길 수 없다니까. 뒤돌아보지 않기로 약속했다. 그녀는 언제고 다시 만날 수 있는데 그런 아쉬운 행동들은 현명하지 않다고 했다. 나는 벌떡 일어서서 어머니의 편지가 떨어지지 않도록 노트를 거꾸로 세워 들고 묵직하게 움직이지 않는 다리를 억지로 옮겼다.

뒤돌아보지 말자. 그러지 말자. 그러지 말기로 했으니, 그러지 말자….
나는 면회소 문을 열고 밖으로 나갔다. 그러고는 문 밖에 숨어, 가는 그녀
를 조용히 지켜보았다. 이러지 않기로 해놓고 나는 그녀를 한순간이라도
더 보고 싶은 마음을 억누를 수 없었다. 예상은 했지만 그녀가 운다. 내가
지나간 길에 내가 남겨두고 온 내 마음을 보고 그 별빛 같은 눈에 은하수
눈물을 쏟아내고 또 쏟아낸다. 그녀가 하도 서럽게 울어서 옆에서 떠나간
아들을 향해 울던 아주머니가 그녀를 달래준다. 다행이다. 그녀가 기댈
어깨가 있어서. 그녀는 아주머니의 인도에 따라 면회소를 나갔다.

그녀가 떠난 자리에 몸이 으스러지게 우는 그녀가 남아있다. 나는 먼
지만 공허하게 떠도는 그곳을 흐린 눈으로 쳐다보다가 크게 심호흡을 하
고는 막사로 돌아갔다.

내 자리에 앉자마자 나는 어머니의 편지를 열어보았다. 나는 일본에
오고부터 어머니와 정기적으로 편지를 주고받았다. 사실 늘 반가운 것만
은 아니었다. 물론 반갑기는 반가웠지만 어머니의 장문의 편지에 나도 어
머니만큼의 장수를, 어머니처럼 수려한 문체로 채워야 한다는 부담을 가
지곤 했다. 그럴 필요가 없다는 걸 누구보다 잘 알고 있지만, 당신의 아들
의 문체를 어머니가 보시고 흐뭇해하시길 바랐기에 나는 어머니께 쓰는
편지 하나도 고쳐 쓰고 또 고쳐 썼었다. 그러나 오늘은 의외였다. 어머니
의 편지는 달랑 한 장이었고, 언제나 빽빽이 채워 줄 아래까지 쓰던 글은
편지 반 장을 조금 넘길 뿐이었다.

사랑하는 아들에게.

몸 건강히 잘 지내고 있니? 아버지와 나, 그리고 우리 직원들 모두 몸 건강히 잘 있단다.

남강에 얼음이 얼었단다. 난 우리 아들이 일본에 가고부터 겨울이 싫어졌단다. 네게 부는 북풍이 싫고, 네가 추위에게 너의 건강을 내어주는 것이 무엇보다 싫단다. 할 수만 있다면 동장군께 간청하여 네게 가는 추위를 모두 내 곁으로 보내달라 하고 싶단다. 정말 할 수만 있다면. 너는 태어나서부터 장이 약한 아이였는데, 배는 잘 덮고 자는지 걱정이다. 어미는 오늘 교회라는 곳에 다녀왔단다. 듣기로는 세상에서 가장 강한 능력을 가진 신이라고 하더구나. 아직 그 신에 대해서는 잘 모르지만 사랑이 많고 전능한 신이라고 들었단다.

이 어미는 오직 그 신이 너만 지켜주면 된다 기도드리고 왔단다.

아들아, 네가 지금 어떤 색의 군복을 입고 있든 너를 비난하는 사람은 아무도 없단다. 너는 태어나면서 지금까지 언제나 나의 기쁨이었고 자랑이었단다.

아들아, 오직 네가 할 일은 너의 건강과 너의 목숨을 잘 챙겨서 치에코와 어미 곁으로 돌아오는 것이란다. 이만 줄일게.

진주에서 엄마가.

어머니의 편지를 읽고 사실 좀 충격을 받았다. 우선 짧은 내용에 충격이었고, 뭔가 정돈되지 않은 듯한 문체도 충격이었다. 그리고 무엇보다 내 시선을 사로잡았던 것은 문장 끝마다 진하게 퍼져있는 잉크 자국이었다. 문장 끝뿐만 아니라 글자 중간중간에도 아주 오랫동안 꾸욱 눌러놓은 잉크 자국이 번져있었다.

옆에서 보지 않아도 어머니가 어떻게 편지를 쓰셨는지 눈에 보이는 듯했다. 어머니는 분명 며칠 동안, 내가 없는 내 방에 가서서 여기저기를 쓰다듬고 울기도 하셨을 것이다. 그리고 내 책상에 앉아 나에게 편지를 쓰셨을 것이다. 가만히 앉아서 잉크를 콕 찍어 펜을 들고 '사랑하는 아들에게'라는 부분을 쓰고 한참을 말을 고르셨을 것이다. 그러다가 또 울기도 하셨겠지. 마음을 먹고 펜을 들어 써보려 하지만 잉크는 말라있었을 것이고 잉크병을 아주 오랫동안 바라보셨을 것이고, 인사말을 쓰고는 안녕을 묻지 않아도 고달픈 내 모습을 생각하며 억지로 나의 안부를 물으셨을 것이다. 계절 이야기를 꺼내서 분위기를 환기시켜 보려고 하셨겠지만, 아마 언 남강을 보며 내가 어릴 적 썰매 타던 기억이 나셨을 것이다. 그러곤 잠시 펜을 놓고 내 생각을 하염없이 하셨겠지. 군대라는 곳을 잘 모르시는 어머니는 주위의 순사를 보고 대충 저런 대우를 받지 않을까 고민하셨을 것이고, 호텔에 찾아오는 군인들에게 신병 훈련에 대해 꼬치꼬치 캐묻고 다니셨을 것이다. 그러고는 식사는 어떻고, 옷은 어떻고, 잠은 어떻고, 대우는 어떻고를 어느 정도 전해 들으셨을 것이고, 그것을 편지로 묻는 것이 나를 더 괴롭힌다는 것을 알고 계셨을 것이다. 그래서 한참을 쓰고 싶은 말들을 편지 위로 홀로 중얼거리기만 하셨을 것이다.

또 일본에 대한 나의 적의로 내가 위험한 짓을 하지 않을지 걱정하셨을 것이고, 사람들의 비난에 괴로워할 날 위해 거짓말을 쓰셨을 것이다. 그리고 내가 어떤 모습이든 사랑한다는 말을 전하고 싶으셨겠지만, 그 또한 지금의 내 상황을 고려할 때 직접적으로 쓰지 않는 게 좋을 것 같아서 말을 이리저리 바꾸셨을 것이다.

결국 나의 어머니는 여기저기 영험한 신을 찾아다니다가 교회까지 흘러가셨을 것이다. 일본 유학 생활을 하면서 한두 번 지인을 따라간 적이 있지만, 그것을 어머니께 이야기한 적은 없었는데, 나는 과연 어머니가 교회와 맞을지 고개를 갸웃해 본다.

오늘 처음으로 서툰 어머니의 글과 깊은 슬픔을 보았다. 나에게 표시 내지 않으시려는 듯했으나 어색한 어머니의 짧은 글에서 그녀의 아주 긴 모습을 읽을 수 있었다. 어머니….

나는 오늘 나를 사랑하는 두 여인을 한꺼번에 만난 기분이 들었다. 어머니, 그리고 나의 어머니를 오모니라고 부르는 치에코를.

동료와 적

면회 온 가족들을 만난 이들의 눈빛은 저마다 빛나고 있었다. 모처럼 만나는 사랑하는 사람에 대한 반가움, 우리가 아직 인간이라는 존귀한 감정, 그리고 그들과 헤어져야만 하는 슬픔이 우리의 눈을 눈물로 적셔 빛나게 하고 있었다. 물론 아무도 찾아오지 않은 이도 있었다. 그들의 모습은 의연해 보였지만 속은 새까맣게 타버린 듯 느껴졌다. 각자 가족을 만나고 온 이들의 주머니와 배가 불룩했다.

가족을 만나고 온 구마모토 선배의 표정이 좀 밝아져 있었다. 자신을 쳐다보는 눈길을 느낀 선배는 나를 보고 특유의 부드러운 미소를 보였다.

"우리 집에서 초밥을 좀 보내왔는데 함께 먹지 않을래?"

선배가 자그만 소리로 말했고 나는 선배에게 다가가 낮은 소리로 말했다.

"먹으려면 지금 당장 먹어야 해요. 그렇지 않으면 우리가 저녁 식사를 하러 간 사이에 모두 압수당하고 호되게 벌을 받는다고 전해 들었어요."

"뭐?"

옆에서 우리의 이야기를 듣고 있던 신병 하나가 놀란 듯이 소리를 질렀다. 그의 목소리가 너무나도 높았기 때문에 막사에 있는 모두가 그를 쳐다보았다. 구마모토 선배와 나는 그의 소리에 더 놀라 잠깐 굳어서 그를 멀뚱멀뚱 쳐다보았다. 모두의 시선이 그에게 집중됐다가 그가 바라보고 있는 나에게로 옮겨왔다. 난 순간 모두의 시선에 부담을 느꼈다.

"아, 믿을 만한 정보에 의하면, 상관들은 아마도 우리가 첫 번째 면회에 음식을 받을 것을 알고 있는 듯하다는 것과, 그걸 내무반에 남겨두고 식사를 하고 오면 음식을 다 찾아서 압수하고 막사 전체가 호된 벌을 받을 거라는 이야기가 있습니다만."

모두들 갑자기 맥이 빠진 얼굴을 하더니 곧 다가오는 저녁 시간을 어떻게 할 것인가 고민 하는 듯했다. 그러자 구마모토 선배는 그까짓 것 가지고 뭐 그리 고민하냐는 얼굴로 이렇게 말했다.

"지금 당장 모두의 것을 나눠 먹는 게 어떻겠습니까? 내가 가져온 초밥은 우리 막사의 16명이 하나씩은 먹을 수 있는 양입니다. 그렇게 조금씩 나눠 먹고 저녁을 먹는다면 배는 평소보다 조금 더 부를지라도 벌을 받는 일은 피할 수 있다고 생각합니다."

모두가 그의 생각에 동의하는 듯했다. 그리고 한자리에 모여 각자의 음식을 꺼내놓았다. 과연 다들 집에서 각자 아들이 좋아하는 음식을 싸줘서 푸짐한 잔칫상이 마련되었다. 물론 16명의 장정들이 나눠 먹기에 풍요로운 양은 아니었다.

"…저는 대단한 먹을거리는 없지만, 동생이 사탕을 주고 갔습니다. 혹시 이것도 같이 먹어주시겠습니까?"

모두가 음식을 꺼내놓는데, 이불 밑에서 뭔가를 꺼내 온 어린 신병이 입을 열었다.

"물론입니다. 달달한 것이 입가심으로 좋을 것 같습니다. 어서 같이 드십시다."

구마모토 선배는 어린 신병에게 살갑게 말을 건네며 곁을 내주었다. 우리 막사에서 아마도 가장 어린 놈일 것이다. 과연 대학을 졸업이나 하고 온 것인지, 아니면 대학 문턱만 밟고 온 것인지 염려가 될 정도로 어려 보이는 신병이었다.

"…이전부터 물어보고 싶었습니다. 혹시 나이가 어떻게 되십니까? 아, 저는 사카모토 다이치라고 합니다. 23살입니다."

막사에서 처음으로 사람다운 이름을 들은 것 같았다. 14일 동안 맞는데 바빠서, 혼자 고통을 참고 종이에 분노를 쏟아내기 바빠서 함께 있는 동료들의 이름을 궁금해할 생각조차 품지 못했었다.

"아, 저는 혼다 켄타로라고 합니다. 보시는 대로 19살입니다. 제가… 어리숙해 보여도, 공부머리는 좀 있어서, 이것저것 빨리 배우게 됐는데… 설마 이렇게 대학까지 강제로 빨리 졸업하고 입대까지 할지는 몰랐습니다."

소위 말하는 영재나 천재쯤 되는 아이란 말인가. 진짜 일본을 이끌어 갈 일본의 미래가 눈앞에 있는 것만 같은 기분이 들었다.

"아! 저기… 세 분도 같이 와서 드십시오. 아니, 드셔주십시오. 이건 모두가 함께해야 할 작전입니다. 그리고 곧 저녁까지 먹어야 하니까 우리끼리 배를 불릴 수는 없습니다. 그랬다간 눈치 빠른 상관에게 어떤 트집이 잡힐지 모릅니다. 어서 와서 동참해 주십시오."

혼다는 생각보다 말이 빠르고, 똑 부러지는 목소리를 갖고 있었다. 그는 음식이 없는 나와 가족이 찾아오지 않은 두 명에게도 함께 먹을 것을 권했고, 우리가 그들의 음식을 축낸다는 죄책감에 빠지지 않도록 해주었다.

"맞습니다. 저녁도 사흘이고 나흘이고 굶은 사람처럼 먹어야 하는데, 이렇게 때깔 좋고 기름진 걸 먹고 나면 그런 연기가 제대로 될지 모르겠습니다. 아, 저는 사가에서 왔습니다. 오다 마사무네라고 합니다."

입대하고 체격이 딱 절반 정도 줄었던 신병, 그의 이름은 오다 마사무네라고 했다.

"어! 나도 마사무네인데. 아! 죄송합니다. 같은 이름이 반가워서… 전 야마다 마사무네라고 합니다."

분명 우리의 이름이 불려지지 않진 않았다. 우리는 훈련병으로 교관에게 끊임없이 제 이름을 말하고, 호명되었다. 물론 번호로 불릴 때도 많았다. 하지만 그들의 이름을 그렇게 수십 번 들었지만 난 단 한 번도 그들의 이름이 귀에 들리지 않았다.

신병이 아닌 이름으로, 타인이 아닌 본인 스스로 자신의 이름을 우리에게 알려주는 것. 이런 별것 아닌 일에, 나는 또 한 번 우리가 입대 후에 잃었던 것에 대해서 생각한다.

'존귀.'

그리고 그것을 채워주는 것 또한 대단한 것이 아니라는 것을 느낀다. 치에코의 온기가 나로 하여금 그들의 목소리가 제대로 들리게, 그들의 얼굴이 제대로 보이게 한 것처럼, 그들도 별것 아닌 것에서 잃어버렸던 존귀의 감각을 되찾았으리라.

그렇게 우리는 한 막사에서 모인 지 14일 만에 정식으로 통성명을 하고 인사를 주고받았다.

가벼웠지만 흥겨웠던 우리만의 잔치를 마치고 우리는 적당히 화기애애하게 저녁 식사를 했다. 나는 그러면서도 과연 정말 우리가 나간 사이 교관들이 빈 막사를 뒤질까 고민했다. 만약 그렇지 않게 되면 다들 나에게 어떤 반응을 보일 것인가? 적당한 원망을 들을 것인가? 신용을 잃을 것인가? 그런 걱정과 함께 식사를 마치고 막사에 돌아갔을 때, 우리는 역시나 하며 안도의 한숨을 몰아쉬었다. 우리는 가벼운 우리만의 잔치가 끝나고 부랴부랴 야간 점호에 대비해 청소를 했었다. 눈에 띄게 관물대며 침대 이불이 흐트러져 있었다. 그 광경을 보자 이와키라는 청년이 능청스럽게 말했다.

"어라? 굶주린 원숭이 새끼가 산에서 내려오기라도 했나? 개미가 미끄러지게 정리해 놓은 내 관물함이 왜 이 모양이지? 막사 안이 원숭이 새끼들 때문에 큰일이네.”

이와키 씨와는 여태껏 말을 붙여본 적이 없었는데, 막상 오늘 말을 터보니 번뜩이는 재치를 지닌 청년이었다. 그는 대범하게도 교관들을 원숭이 새끼라고 말하고 있었다. 처음엔 약간 놀랐지만 모두들 그의 말에 피식 웃으며 자신의 관물대와 이불을 다시 정리했다. 우리가 막사 정리를 끝낼 때쯤 교관이 갑자기 들이닥치더니 우리의 몸수색을 해야 한다고 했다. 우리는 순순히 그들의 지시에 따랐고 그들은 자신들이 아무것도 찾을 수 없음을 아쉬워하는 듯했다. 그리고 늘 저녁 식사 후에 있는 교관의 연설은 없다고 했고 9시에 야간 점호만 있을 것이라고 했다. 교관들이 나가자 우리는 서로를 바라보며 씨익 웃었다.

우리는 각자 자기 자리에 앉아 책을 보거나 일기를 쓰거나 편지를 썼다. 구마모토 선배는 가족들에게 새 책을 받아 왔다. 그리고 그가 새 책을 호기심 가득하게 꺼내어 보자 선배의 앞에 앉아있던 나카이 씨가 선배에게 말을 걸어왔다.

“독일어로 된 책을 보고 있네요. 실러의 책이 있는데 그 책을 다 보면 나와 바꾸어 보지 않겠습니까?”

선배는 책을 바꿔 보자는 그의 말을 흔쾌히 승낙했고 지금 당장 읽을 것이 없다면 《젊은 베르테르의 슬픔》을 다시 읽어보지 않겠냐고 제안했다. 그러자 나카이는 얼굴에 화색을 띠며 구마모토 선배가 그 책을 읽는 것을 늘 보고 있었고 자신도 꼭 다시 보고 싶다고 말했다. 그도 그 책을 고등학교 1학년 때 처음 접했다고 했다. 둘은 책 이야기로 화기애애해

66

졌다. 그리고 그들 곁에 있는 몇몇은 서로 책을 돌려 보자는 이야기들을 하고 있었다. 그들 중 몇몇은 프랑스어로 된 책 몇 권을 들고 있었다. 과연 일류 대학에서 일본의 미래를 스스로 짊어지기 위해 정진하던 이들답다는 생각이 들었다.

"정말 하야시 씨에게 고마워해야 한다니까!"

언제 나갔는지는 모르지만 이와키 씨가 들어오면서 말했다. 나를 포함한 많은 이들이 그를 멀뚱멀뚱 쳐다보았다.

"지금 옆 막사들 난리 났어. 아주 아수라장이야. 사와타리 교관이 오늘 절정을 달릴 작정인가 봐."

그는 뭔가 끔찍한 것을 보고 왔는지 치를 떨며 이야기했다. 우리는 모두 자칫하면 우리에게 벌어졌을 일들을 생각했고 순식간에 표정이 굳어 버렸다. 이와키 씨는 목소리를 급격하게 낮추고 말했다.

"우리 막사 빼고 다 걸렸어."

순간 등골이 오싹해졌다. 그의 말이 끝나자마자 여기저기서 나를 향해 고맙다는 인사가 흘러나왔다. 나는 어안이 벙벙해서 그냥 나야말로 고맙다고 말했다. 우리는 지옥에서 빠져나온 안도의 얼굴로 각자의 시간을 보냈다. 고마워 치에코! 오늘의 일등 공신은 누가 뭐래도 치에코다. 사실 형님이시지만 치에코가 제대로 전달해 주었으므로 일등 공신은 치에코로 결정! 감사의 의미를 담아 편지를 쓰기 시작했다. 오늘은 치에코의 입에서 부부라는 말도 나왔고 해서 특별한 시작을 써보리라 생각했다.

사랑하고 존경하는 나의 아내 치에코에게

써놓고 보니 너무 길다 싶었다. 하지만 나쁘지는 않아서 이대로 쓰기로 하고 다시 펜을 들었다.

"아까 낮에 만났던 사람, 부인이야?"

갑작스럽게 이와키 씨가 내 곁에 다가와 내 편지를 읽고 있었다. 나는 깜짝 놀라 편지지를 엎어버렸다.

"아…"

아까 면회실에서 치에코와 문을 번갈아 보던 신병 중 하나의 얼굴이 떠올랐다. 이와키 씨였구나! 책을 읽던 구마모토 선배가 놀란 듯 나를 쳐다보았고, 내가 결혼했다는 말에 모두들 한 번씩 나를 쳐다보았다.

"하야시 씨 결혼하셨군요."

여기저기서 나의 결혼에 대해 말했다. 나는 눈이 튀어나올 것 같은 구마모토 선배를 향해 고개를 까딱하며 나중에 이야기해 주겠다는 식의 신호를 보냈다. 선배는 그래도 호기심의 눈을 거두지 못하고 계속 날 쳐다보고 있었다.

"아, 네."

거짓인지 진실인지 아직도 구분이 안 가는 그녀와의 혼인에 대해 긍정하자 막사의 어떤 이들은 부러운 시선을 보냈다. 난 황급히 말을 돌리려고 이와키 씨에게 말을 걸었다.

"여기 결혼한 사람이 저뿐인가요? 이와키 씨는 누구 없으세요?"

그러자 이와키 씨는 기다렸다는 듯이 말을 이었다.

"정혼자라면 있어. 어릴 때부터 거의 함께 자란 거나 마찬가지인 여잔데 나한테는 아까운 사람이야."

그녀를 떠올리는 이와키 씨의 눈이 약간은 팔푼이 같다. 나 또한 치에코를 떠올릴 때 저러하겠구나 하며 그를 향해 동조의 미소를 보냈다.

"정혼자라…"

여기저기서 정혼자에 관한 이야기가 나왔다. 몇몇은 결혼을 약속한 여인이 있다고 했고, 또 몇몇은 집안이 정한 정혼자가 있다고 했고, 여자 손목도 못 잡아본 이도 있다고 했다. 자그만 잔치 사건 이후로 우리는 부쩍 말이 많아졌다. 다들 두려움과 외로움에 떨고 있었을 것이다. 그러던 중 가족을 만나 마음이 녹고, 함께 일을 작당하고, 자신의 음식을 나누어 먹다가 마음이 열린 듯했다. 그 전보다 우리의 얼굴이 더 밝아져 있었다. 물론 우리의 정보를 공유하지 못한 다른 막사는 우리의 이러한 분위기와는 달리 지금 차라리 죽여달라고 속으로 소리치고 있을 것이다. 지금 우리에게 주어진 달콤함은 결코 값싼 것이 아님을 우리는 뼈저리게 알고 있었다.

"그런데 하야시, 우리 서로 누구누구 씨라고 부르는 건 그만두자고! 우리 동갑이잖아? 한집에서 24시간 같이 있은 지 14일이 지났으니 우리 편하게 말하는 게 어때?"

이와키 씨는 번뜩이는 재치만큼 사교성도 번뜩이는구나 하고 생각했다. 하지만 갑자기 말을 놓으려고 하니 입이 떨어지지 않았다.

"여기 있는 모두 동료고, 아군이고, 전우가 될 사이잖아! 딱딱한 말은 우리들 사이에 장벽일 뿐이라고."

그는 실실 웃으며 말했고 우리 모두 그의 의견이 옳다고 생각했다. 우리 막사에는 다행히 비슷한 나이의 사람들이 있었다. 저기 어떤 막사에는 40대 아저씨가 있다는 이야기를 들은 적이 있다. 그분은 부인이 있었겠지, 아이가 있다면 딸아이뿐이거나 아들이 아주 어릴지도 몰라. 어떻게 가족과 떨어져 왔을까… 그러고 보면 우리는 잘도 만났다 싶을 정도로 비슷한 세대의 비슷한 과거를 가진 사람들이었다. 국적 면에서는 좀 문제가 있지만, 어쨌든 그들은 날 일본 사람으로 알고 있으니 순간 우리 막사는 공통점투성이인 집단이 되어버렸다. 나는 어색하게 그에게 아직은 불편한, 편한 말을 걸어보았고 그는 나에게 58점이라는 점수를 주었다. 그리고 더욱 정진하라는 말도 곁들였다. 재밌는 친구이다.

동지? 아군? 전우?

오늘은 정말 사와타리 교관이 끝을 달리려나 보다. 워낙 많은 막사가 걸렸기 때문에, 뭐, 우리 막사 빼고는 다 걸렸다고 했으니, 야마토다마시 정신봉이 무척이나 바쁠 것 같다. 오늘 9시 점호는 마파람에 게 눈 감추듯이 끝났다. 우리는 거의 모두 편안하게 잠들 수 있었다. 나만 빼놓고 말이다.

불과 4시간 만에 급격하게 친해진 우리들은 삼삼오오 모여 가족 이야기며, 학교 이야기며, 전공 이야기로 열을 올렸었다. 어느 대학의 무슨 교수가 유명해서 일부러 강의를 들으러 갔다는 이야기, 사실 그 교수 별명이 코끼리 수면제였다는 이야기, 실제로 비듬이 굉장해서 어깨 위에 후지산을 이고 다닌다는 이야기, 전공이 같다, 알고 보니 고등학교 선후배 사이다… 정말 2주가 지나도록 거의 말 한 번 안 붙여본 사이인지 의심스러울 정도였다.

처음에는 서로의 모습을 보여주는 것이 수치스러웠을 것이다. 나름대로 어느 정도의 교육을 받은 사람들이니 지금껏 살면서 남의 뒤에 서보는 일이 적었을 것이고, 늘 주변의 사랑과 관심, 혹은 동기의 부러움이나 심할 경우 존경을 사던 이들일 것이다. 그런 높은 프라이드를 가진 이들이 순간 한자리에 모여, 순간 알몸이 되어 서로의 뺨을 때리고, 구두 하나, 침상 하나 제대로 정리하지 못하는 바보가 되어버렸으니 그 얼마나 수치스러웠을까? 이렇게 끝까지 몰려본 적이 없었기에 이러한 상황을 어떻게 헤쳐나가야 할지 몰랐을 것이다. 이렇게 끝까지 홀로 내던져진 적이 없어서, 해일처럼 밀려오는 외로움을 다룰 방법을 몰랐을 것이다. 그래서 그들은 계속해서 자신에게 말을 걸고, 읽었던 책을 또 보고, 또 보고, 또 보면 대답이 나올 것이라고 믿었겠지.

그러다 우연처럼 마치 운명처럼 작은 소통의 문이 열리고, 그 소통 속에는 같은 과거와 같은 생각을 가진 이가 있다. 아마 미래가 주어진다면 어느 정도의 미래는 함께할 이들이 있다. 소통의 문을 막고 있던 자기만의 공간을 부숴버리고 철저히 자신을 타인 앞에 세운다. 수치를 버린다. 모두가 같은 사람임을 깨우친다. 그리고 마지막 남은 수치 또한 버려버린다. 각자의 가슴 속에만 있던 가족이 모두에게 기억된다. 여태껏 홀로 탐구했던 앎의 고민이 모두의 고뇌로 옮겨가고 모두에게 새로운 생각을 열어준다.

　　그래, 이곳에 같은 일자리에 있는 동료(同僚)가 있다.
　　그래, 이곳에 뜻을 같이하는 동지(同志)가 있다.
　　그래, 이곳에 나의 군대 아군(我軍)이 있다.
　　그래, 이곳에 군 생활을 함께하는 전우(戰友)가 있다.

　　나에게도 동료와 동지와 아군과 전우가 있다. 지금 이 막사 안에. 하지만 그들은 내 적이기도 하다. 지금 내 곁에서 잠을 청하는 이들을 만나기 전에 나에겐 뜻이 있었다. 그리고 나에게는 그들과 아주 다른 과거가 있다. 나와 같은 일자리에 있던 이들은 조선의 학우들이었다. 나와 뜻을 같이하는 이들은 조선의 독립군이나 그를 지지하는 사람들이었다. 나의 군대가 있다면 그것 또한 독립군일 것이다. 그리고 나의 짧은 배움이 끝나고 내가 나의 조국으로 돌아갈 때 나는 나의 조국을 위해 나의 동포들과 함께 몸을 던질 것이다. 설령 뜻을 세우는 순서가 달라졌다고 해도, 또 만남의 순서가 달라졌다고 해도, 내가 조선의 사내로 조선 땅에 태어난 이상 나의 사명은 조선인으로서 생을 마감하는 것이요, 나의 어머니에게, 나의 자녀에게 조선의 하늘 아래서, 조선의 땅 위에서 조선말로 즐거이 마음을 나눌 수 있게 하는 것이다.

내가 이곳에서 그들과 같은 모양새의 머리를 하고, 그들과 같은 이불을 덮고, 짐승 같은 대우를 받고 있다고 해서 나의 조국이 바뀌는 것은 아니다. 나의 조국이 바뀌는 것이 아니기에 나의 적이 바뀌는 것이 아니다. 하지만 이 막사 안에 있는 그 누구 하나 증오할 수 없다. 나의 나라를 고통으로 몰아넣은 나라의 사람들을 나는 혐오하고 경멸해야만 한다. 하지만 이들과의 날들이 길어지고 시간이 들면 들수록 그런 당연한 다짐들이 당연해지지 않는다.

이들은 무엇인가? 이들은 왜 이런 곳에 이르러 이 개고생을 하는 것인가? 나야 조선인이니 일본인의 홀대에 익숙해 있었지만, 과연 이들은 무엇인가? 잠들기 전까지 국가에 대한 충성과 사랑을 늘어놓던 이들은 과연 무엇이란 말인가? 이들은 자신의 배움과 정신을 실천하기 위해 스스로 입대했다고 했다. 어쩔 수 없이 이곳에 내던져지게 된 나와는 달리 원해서 자신의 발로 왔다 했다. 조국의 미래를 생각하니 가만히 회사에 취직해서 서류나 붙들고 책이나 읽고 있을 수 없다고 했다. 나라를 위해 그들의 한 몸을 내던진다 했다. 과연 이런 이들을 똑바로 미워할 수 있을까? 피의 전쟁에 미친 더러운 일본 새끼들이라고 이들을 비난할 수 있을까? 난 일본이 싫다. 나는 일본이 너무나도 싫다. 하지만 일본에 사는 이 뜨거운 사람들은 싫어할 수가 없다. 내가 조국을 생각하는 마음과 그들이 조국을 생각하는 마음에 무게가 있다면 어느 쪽이 더 무거울까? 그 차이를 눈으로 확인할 수 있을까? 그 마음에 맛이 있어 눈을 가리고 맛을 보면, 어디가 조선을 향한 마음의 맛이고 어디가 일본을 향한 마음의 맛인지 구별해 낼 수 있을까?

　나는 적군에 둘러싸여 있다. 적군의 우두머리에게 머리가 깨지도록 구타를 당하고 얼굴은 서서히 형태를 바꾸기 시작했다. 아침에 몸을 누르는 수만 톤의 공기의 무게를 느낀다. 어느 날은 돌아가 있는 팔과 다리뼈를 우두둑 소리를 내며 꿰맞춰 본다. 입에 고이는 것은 늘 침 대신 비릿한 피다. 나는 적들에게 둘러싸여 처참한 생활을 하고 있다. 그리고 나를 둘러싸고 있는 나의 적들은 나처럼, 혹은 나보다 더 혹독하게 머리에서 피를 흘리고, 누군지 알아보지 못할 만큼 얼굴이 변해가고, 온 몸의 뼈마디에서 고통의 절규를 부르짖으며, 자신의 피를 물처럼 마신다. 나의 적군은 나의 고난을 함께하고 있다. 그래, 나의 적군들은 나와 함께하고 있다.

　나의 적군은 나와 같은 일을 하는 사람들이다.

박제된 나비의 날개

우리의 훈련 과정에는 게임이 있다. 군대 훈련에 게임이 있다는 말은 듣도 보도 못한지라 초반기의 우리는 상당한 흥미를 가지고 상관의 말을 경청했었다. 상사가 게임이라고 불러 우리에게 시키는 것이란, 서로의 얼굴을 사정없이 때리는 것이다. 일명 '대항 뺨 때리기'라는 것인데, 말 그대로 서로의 뺨을 때리는 것이다. 입대한 지 3일 만에 배운 게임이다. 사람의 얼굴을 때린다는 것이, 때리는 사람에게 있어서도 얼마나 부담스러운 일인지 처음에는 손을 들 수가 없었다. 설사 들었다고 해도 손바닥이 타인의 얼굴에 경쾌한 소리를 내며 손바닥 자국을 낼 수 있는 것도 아니었다. 만일 우리가 서로의 얼굴에 나비 날갯짓 같은 손찌검을 한다면 상사는 바로 옆에 붙어 '제대로, 더 세게, 주먹을 쥐고'라는 말을 귀가 찢어지도록 한다. 그들은 사람을 몰아붙이는 방법에 도가 튼 사람인 듯했다. 나에게 타인을 때릴 마음이 눈곱만치도 없더라도 나는 어느새 주먹을 쥐고 타인의 얼굴을 목이 돌아가도록 때리고 있다. 그러면 상관은 아주 즐거운 모습으로 웃으며 말을 건다.

"좋아, 소질이 있는데!"

나의 얼굴은 미안함과 죄스러움에 일그러지고, 맞은 오다는 고통에 얼굴이 일그러진다. 오다의 입에서 비릿한 냄새가 나는 피가 삐져나온다. 그러면 모든 훈련생이 그렇듯 그도 흘러나온 피를 귀찮은 듯 닦고, 그 피가 묻은 손을 엄지손가락이 뒤틀리도록 세게 주먹을 쥐어 나의 뺨을 가격한다. 나는 이를 꽉 깨물고 맞을 준비를 한다. 나의 하늘엔 자주 대낮에 별이 걸린다. 달은 없이 별만 걸린다. 하지만 맞아서 다행이다 싶다. 그러다가 왜 내가 일본인한테 얻어맞고 있나 울컥 화가 치밀어 다시 한 대를 세게 친다. 그러곤 우린 상관이 게임을 종료할 때까지 서로의 얼굴을 좀 더 다른 형태로 만들어 보려는 오기를 발동한다. 어느 정도 치고받고 나면 때리는 데도 힘이 든다는 걸 새삼 느끼고 서로 피를 토하며 헉헉거린다. 손가락 관절도 더 이상 펴지 못할 정도로 부어있다. 그렇게 우리가 만신창이가 되어가는 모습이 좀 질렸다 싶으면 교관은 게임을 종료시킨다.

이런 게임이 지속되고 아마 우리 막사에서 나에게 맞아보지 않은 사람은 구마모토 선배뿐일 것이다. 한 번 짝이 될 뻔했는데, 다행히 줄이 밀리게 돼 선배와 짝이 되는 건 면할 수 있었다. 나는 선배만은 때리고 싶지 않았다. 아무리 이것이 훈련의 일종일지라도 그에게 주먹을 휘두르는 일 따윈 할 수 없었다. 일본에서 만난 사람 중 유일하게, 조선의 독립을 준비하기 위해서 학업에 매진할 것을 당부했던 사람이었기 때문이다. 매국의 대가로 얻은 유학의 기회, 낯이 타들어 갈 것 같은 수치로 매사에 대충이던 나를 정신 차리게 해준 사람이 바로 그였기에. 나는 그를 향해 주먹을 날릴 수가 없었다. 앞으로도 제발, 내 주먹이 그에게 닿지 않기를 바라고 바랄 뿐이다.

우리 막사 사람들의 사이가 좋아졌어도 이 게임에서 누군가를 봐줘서 살살 때릴 수 있는 건 아니다. 이유인즉 더 이상 우리는 맨손으로 서로의 얼굴을 가격하는, 손에 지극히 위험한 행동을 하지 않기 때문이다. 이제는 징을 박은 군홧발을 사용해서 이 대항 뺨 때리기를 수행해 나간다. 우리는 일요일이 오기 전까지는 이 일에서 해방될 수 없었다. 더 이상 입대 당시의 새하얗고 옥과 같던 얼굴을 가진 이들은 없다. 안이고 밖이고 찢어질 대로 찢어지고 부어서 알아볼 수 있는 얼굴이 별로 없었다.

우리들은 서로를 향한 수치를 버렸다. 막사 내 사람들끼리 서로를 때리는 것에 수치를 느끼는 이는 없었다. 지성인이라는 허울 좋은 방패가 서로를 그렇게 설득시키고 있는 것이다. 모두 같은 처지다. 이를 이유로 수치를 느낀다는 식의 발언을 하거나 행동을 한다면 그것이 수치를 더욱 증폭시키고 모두들 더 힘들어질 것이다. 대항 뺨 때리기가 끝나고 막사에서 청소를 할 때 이와키는 쓸데없는 소리를 자주 늘어놓는다.

"하야시, 너 밥 좀 줄여야겠어."

역시 목소리가 쓸데없이 크다. 분명 나에게 거는 말이 아닐 것이다. 오늘도 나는 그의 만담의 희생양이 되고 있다.

"왜, 나 혼자 배 나오는 게 부럽냐?"

사실 그렇게 맞고 터지고 나면 음식이라는 것의 맛을 모르고 먹는다. 다만 몸이 고되고 힘이 들어 허기가 지니 억지로 밀어 넣을 뿐이다. 우리 모두 군에 와서 앙상하기가 먼저 무덤에 들어간 이가 자신의 벗인 줄 착각하고 찾아올 판인데, 나도 헛소리를 지껄여 본다. 그러면 이와키는 신이 난 듯한 목소리로 말한다.

"너 요즘 손에 들어가는 힘이 옛날과 달라! 제대하면 복싱 선수나 해라. 내가 코치 해줄게!"

그러면서 언제 복싱 선수를 해봤던 것 같은 능숙한 움직임으로 허공에 주먹을 휘두른다. 그런 그를 보면서 우리는 옆에서 피식피식 웃는다.

"네가 코치면 우리 둘 다 굶어 죽어."

나는 장난스럽게 말을 넘긴다. 그러면 이와키는 일부러 깊은 생각을 하는 듯한 표정을 짓는다. 그러고는 정말 머리 한구석이 멍한 사람처럼 말을 잇는다.

"그런가?"

대단한 반격을 기대한 우리는 약간 실망한 표정으로 고개를 설레설레 젓는다. 그러고는 아까 있었던 더러운 게임을 잊어버린다.

음식 사건 이후로 우리는 이곳에서 살아남는 법은 배운 듯했다. 나를 제외한 그들이 바라보는 오직 한 점은 나라에 대한 충성이다. 나라를 사랑하는 마음을 지키기 위해 이러한 훈련은 필요악이라며 가끔 훈련을 합리화시키기도 한다. 사실 그들은 자신들의 일기에 수많은 다짐을 적어놓고, 스스로를 합리화시키는 행위의 공허함을 적기도 했다. 서로에게 선언하듯 말이라도 하고 나면 자신을 설득시킬 수 있을 것 같다고 적어놓은 이도 있었다. 내가 그들의 일기를 굳이 보려던 것은 아니고, 그들이 일기나 편지를 쓸 때 너무나도 집중을 하기에 내가 옆에서 지나가도 딱히 가리거나 내외하지 않아, 본의 아니게 그들의 생각을 눈에 담게 된 것이다. 정말 우리는 말이라도 번지르르하게 하고는 서로를 바라보며 다짐이라도 받는 식의 시선을 교환하기도 한다. 이렇게 지지하면서 살아남는 게 우리 막사의 방법이다. 이중생활이라면 이중생활이고, 표리부동이라면 표리부동이다. 하지만 그로 모두가 만족한다면 그 또한 아름다운 행동이지 아니한가?

　우리 막사가 이런 방법으로 서로를 아슬아슬하게 붙들고 있을 때, 여기저기서 탈영병이 생겨났다. 오늘 탈영한 병사는 아직 16살밖에 안 되는 어린 소년이라는 소식이 전해졌다. 그 이야기를 듣자 평소 탈영병을 향해 제국의 수치라는 말을 하던 이들이 그저 아무 말 없이 눈빛을 떨구었다.

　그들의 입에서 제국의 수치라는 말이 나올 때마다 앞니 바로 뒤까지 치밀어 오는 생각이 있다. 하지만 그 생각은 결코 말이 되어본 적 없이, 그저 내 가슴으로 내려앉는다. 이런 행동을 반복하다 보면 언젠가는 한마디 하지 않을까 생각하기도 한다. 그 생각이라는 것이, 제국의 수치에 관한 것인데, 정말 일본에게 수치스러운 일이 있다면 이러한 군대를 가지고 있는 사실이다. 이곳에 나라를 생각하는 신병이 있다는 것이 수치라는 것이 아니다. 다만 진정한 수치란, 나라에 대한 충성으로 가득 찼던 그 마음에 조국에 대한 원망을 심어준다는 사실이 아닌가?

어린 소년들이 고등학교를 졸업하지도 못한 채 나라를 지키는 데 일조하기 위해 입대에 응했다. 어머니의 품에 조금 더 안겨있어도 될 만한데, 형이나 누나에게 세상의 진기한 이야기를 좀 더 듣고 세상을 향한 동경을 품어도 될 나이인데, 그들은 그들에게 주어진 어린 젊음을 버리고 일찍 나라를 위하는 사람이 되고자 결심했다. 그런 어린 영혼들에게 훌륭하게 자살하는 방법부터 가르치고, 나라를 지키는 일이 지옥 불에 던져진 것보다 더 괴롭고 맨몸으로 시장 바닥을 달리는 것보다 수치스러운 일임을 가르치는 이런 군대, 이것이야말로 그들이 자랑하는 대일본 제국의 수치가 아닐까? 차라리 나라를 지키기 위해 총포 사이를 달리는 것이 이보다 나을 것이리라. 여기 모인 모두는 적군의 얼굴을 보기도 전에 나라에 대해 절망하고, 어떤 이는 적군의 총성을 듣기도 전에 목숨을 꺼트린다. 늘 당연했던 나라를 위한 희생에 다짐을 더하게 하고, 고뇌하게 하고, 손바닥에 손톱이 박히도록 주먹을 쥐게 한다. 이 위대하기 짝이 없는 제국의 군대라는 것이…

우리 막사에는 보통 22살에서 24살 정도의 청년들이 배정되어 있었다. 훈련과 폭력이 없다면 대학생 캠프라고 말해도 좋을 정도로, 자유 시간에는 말 그대로 자유로이 떠들고 자유로이 토론하는 그런 좀 별난 막사였다. 우리 막사 분위기가 묘하게 좋은 것이 이미 다른 막사 사이에 어느 정도 소문이 퍼져있는 듯했다. 가끔 서로의 책을 교환하러 우리 또래의 신병이 몰래 찾아오기도 한다. 다만 그 사실을 모르는 것은 상관들뿐인 듯했다. 나는 그것을 다행으로 여기며 벌써 많은 편지를 치에코에게 보냈었다. 이 막사의 동료들이라면 남은 시간을 무사히 보내고 너의 곁에 돌아갈 수 있을 거라고.

그런데 어린 소년이 탈영을 했다. 소년은 견딜 수 없었을 것이다. 계속되는 강압, 수치, 고통. 그리고 무엇보다 견딜 수 없었던 것은 '무한'. 그의 눈에는 그 모든 것이 결코 끝나지 않을 무한으로 보였던 것이다. 그래서 끝나지 않을 바에야 도망쳐야겠다고 생각했을 것이다. 우리 막사에 있는 머리에 먹물 가득 찬 이들은 이미 알고 있었다. 소년의 몸으로 모든 것을 받아들이기에 힘들었다는 것을, 그리고 그의 작은 몸부림은 허망한 결말을 맞이하고 말 것이라는 것도 말이다.

세상 경험 없는 소년은 고향으로 발길을 돌릴 것이다. 아니면 친구의 집을 찾겠지. 이미 헌병대가 들이닥쳐 가족을 인질로 잡고 있는 그곳으로 말이다. 아니면 집에 가기도 전에 허기진 배를 채우기 위해 남의 밭에서 서리를 하다가 순사에게 잡히겠지. 옷을 바꿔 입지 않았다면 금방 탈영병임을 들킬 것이고, 바꿔 입었어도 말투를 듣고 군인인지 금방 알아챌 것이고, 정말 잘 위장했다 해도 집을 묻게 될 것이고 그러면 집에 데려다준다며 함께하다 그가 탈영병임을 알게 될 것이다. 그리고 부모가 보는 앞에서 수갑이 채워져 끌려오겠지. 그 어린 소년병은 여태껏 겪었던 고통과 치욕, 강압은 저리 가라는 식의 생지옥을 맛보게 될 것이다. 그런 그의 가슴속에는 차라리 죽고 싶다는 생각이 용솟음칠 것이고, 결국엔 그의 새까만 소원대로, 그 어린 눈에 꿈도 세상도 한 번 제대로 담아보지 못하고 영원히 식어버릴 것이다.

사실 그 어린 소년병의 소원은 죽는 것이 아니었을 것이다. 이 더러운 장소에서 벗어나 사람답게 사는 것이었을 것이다. 그저 제대로 살고 싶어서, 가족이 그리워서, 사랑받고 싶어서 이곳을 떠나려 했을 것이다. 밖에 가서 살자! 이곳에 있다간 죽을 것이다! 살아가자! 하지만 그는 도망이 그리 오래지 않아 다시 이곳으로 돌아오게 될 것이고, 자신이 살고자 한 것이 스스로를 죽음으로 몰고 갔다는 것을 뒤늦게 깨닫게 될 것이다. 다만 살고자 했음인데, 살고자 마음먹은 자신을 후회로, 원망으로 가득 채우겠지. 다만 살고자 했음인데….

살고자….

오늘도 변함없이 아침 6시에 일어나 간단한 아침점호를 하고, 구보를 시작했다. 교관이 우리를 독려한답시고 자전거를 타고 공기를 가르며, 소리가 매서운 나뭇가지를 들고 뒤처지는 신병을 때리고 있다. 우리 막사를 전담하는 교관은 사와타리라는 사람이다. 작고 왜소한 체격의 사람으로서 누구도 정이 가지 않을 만한 눈매를 가지고 있는 것이 특징이라면 특징이다. 그를 만나고 나서 나는 왜 일본인에게 맞고 있는가 하는 생각보다 나는 왜 저런 땅딸막한 놈한테 당하고 있는가 하는 생각을 자주 한다. 들리는 소문에 그는 16살 때 즈음 중국과의 전쟁에 참여했다고 했다. 그리고 거기서 무슨 대우를 받았는지는 모르지만 그때 쌓인 원한이 장난이 아니고, 그 스트레스를 신참들에게 다 푼다는 것이다. 그의 집은 모질게 가난했고, 학교는 문턱도 넘어보지 못했다는 소문도 들었다. 그래서 특히 학도병을 싫어한다는 이야기도 있었다.

정말 그런지는 아무도 모른다. 어쩌면 머리에 먹물 가득 찬 신병들끼리 그의 비정상적인 행동패턴을 이해하기 위해 설정해 놓은 가설일지도 모른다. 그 소문을 듣지 말았어야 했는데, 교관의 얼굴을 볼 때마다 마음이 복잡해진다. 그의 체격이 왜소한 이유를 억측으로 짚어 넘어가고, 정이 가지 않는 눈매에 관한 이론을 생각하게 된다. 그냥 자전거 타고 우리에게 구타를 일삼는 미친놈 정도로만 생각할 수 있다면 편할 텐데… 구보 도중 살짝 뒤를 돌아본다. 이와키가 교관의 날카로운 나뭇가지에 상처를 내고 있다. 그래, 사와타리는 그저 미친놈이다. 나는 잠시라도 그를 동정하려던 마음을 접는다.

처음 이곳에 왔을 때는 2마일 정도 되던 구보 거리가 5마일을 넘어 8마일에 육박하고 있었다. 나는 늘 선두권에서 달리고 있다. 아마 이것 또한 내가 나쁜 집안의 자식이었기 때문에 가능한 일이 아닐까? 원래의 기본 체력이라는 것이 나를 아직까지 버티게 하는 것은 사실이다. 그리고 정말 인정하기는 싫지만 거짓말처럼 이곳에 들어와 전반적으로 체력이 좋아졌다. 적어도 한 5마일 정도는 거뜬히 뛸 수 있게 되었으니 말이다. 그뿐만 아니라 맷집이라는 게 생겨서 웬만큼 맞아도 이젠 다음날 일어나는 데 큰 지장을 주지 않는다. 그래서인지 상관들의 훈련 아닌 훈련 강도도 더 세어지고 훈화 아닌 훈화도 더욱 독해지는 것 같았다.

어제 저녁 식사 후 상사의 훈화는 소모품에 관한 이야기였다. 소모품. 경제학 시간도 아니고 소모품이란 웬 말인가 하고 귀를 기울였을 때, 나는 여기 모인 신병의 존재에 관한 이유를 듣게 되었다. 소모품, 쓰는 데 따라 닳아 없어지거나 못 쓰게 되는 물품… 쉽게 이야기하면 종이나 잉크 같은 것들, 혹은 여기에 모인 천황 폐하의 군대, 신병. 여기에 모인 구마모토 선배, 이와키, 나카이, 나, 그리고 우리 막사의 사람들, 이곳에 있는 또 다른 막사의 사람들, 이들 모두가 한 번 쓰고 버릴 소모품이었던 것이다. 그렇기에 아까운 것이 없다. 한 번 있는 목숨에 대한 아쉬움은 없다. 소모품은 그 소용에 따른 일을 마치면 버려진다. 혹은 기억에 보관되기도 하겠지. 그 기억의 몫은 천황 폐하가 하신단다. 아니면 후손이라 불리는 얼굴도 모르는 누군가가 할지도 모르지. 세상에 기억만큼 불완전한 것이 있겠는가? 소모품은 불완전을 지나쳐 영원한 무(無)가 되어버린다. 여기 있는 모든 이들이 무를 위해 이곳에 모여든 것이다. 순간 탈영한 아이가 이 훈화를 듣지 않은 것에 대한 안도감을 느꼈다. 나라가 국민을 소모품 취급하는 더러움 따위는 몰라도 되니까.

어제의 훈화가 구보를 마치고 먹는 내 밥맛을 뚝 떨어트렸다. 하지만 남길 수 있는 일도 아니었다. 원래부터 맛이 없는 음식이기도 했고, 입안이 다 찢어져 있어서 먹는다고 맛을 알 수 있는 음식도 아니었다. 입안으로 꾸역꾸역 아침을 밀어 넣지 않으면 다음에 있을 일들을 견뎌낼 수가 없기에 위가 단단해져 옴을 느끼면서도 계속 밀어 넣었다. 결국엔 그게 탈이 되었는지 식사를 마칠 쯤에 속에서 구토가 밀려 올라왔다. 아무래도 한바탕 게워내야 할 것 같아서 나는 서둘러 밖으로 나갔다. 화장실에서 꽥꽥거리다가 상사를 만나면 좋은 꼴을 못 볼 것이 뻔했기에 나는 막사 근처의 숲으로 향했다.

나무를 몇 겹 지나고 나자 숲은 처음부터 나뿐이었던 것처럼 조용해졌다. 나무를 하나 붙잡고 고개를 숙여 속의 내용물을 다 게워내려고 했지만, 너무나도 고요한 옅은 숲이 나의 분노와 짜증을 가라앉혀 버렸다. 이 숲에서 나는 소모품이 아니라 단 하나뿐인 인간이라는 생각이 상처투성이인 내 마음을 스치고, 곧 위를 뒤틀던 구토가 가라앉았다. 위가 안정을 찾아감이 온몸에 느껴졌다. 그렇게 마음이 풀려 눈앞의 잔디가 듬성듬성한 바닥을 자세히 보니 누군가가 싸놓은 변이 여기저기 흩어져 있었다. 다시 기분이 나빠지는 것 같았다. 고개를 숙인 채 눈을 감고 심호흡을 하고 몸을 일으켰다. 순간 편해졌던 마음이 다시 불편해져서 휙 하고 몸을 일으켰을 때 머리 위를 뭔가가 스치고 지나갔다. 머리를 살짝살짝 계속 스치고 있는 것이 있었다. 뭔가 하고 머리에 손을 얹었을 때 내 손등에 닿던 익숙한 느낌에 나는 등골이 오싹해졌고, 더 이상 고개를 들지 않고 내가 왔던 길을 조용히 다시 걸었다. 그리고 신병들의 소리가 어렴풋이 들려오는 곳에서 고개를 돌려 내가 서있던 나무 위를 쳐다보았다.

헉!

예상은 했다. 그래, 분명 내 손등에 부딪힌 것은 구둣발이었다. 그래, 예상은 했던 일이다. 하지만 그렇다고 모든 것을 냉정하게 받아들일 수 있는 것은 아니었다. 나는 아주 잠깐 손이 오그라드는 것을 느꼈다. 하지만 놀란 마음을 애써 달래고 이 상황을 천천히 납득시켜 갔다. 나는 그의 신원을 파악하기 위해 그의 얼굴을 주시했다.

그의 얼굴이… 고개가 숙여져 얼굴은 보이지 않았다. 그는 마을을 돌아다니다 세상에 재미를 잃은 소년이 아니었다. 머리를 삭발하고 군복을 입고 군화를 신은 대일본 제국의 신병이었다. 어쩌면…? 나는 소년에게 한 발자국 다가갔다. 2월의 바람이 그의 몸을 흔든다. 그는 이미 바람과 같은 온도일 것이리라. 아주 잠시 눈물이 고임을 느꼈다. 그를 내리러 갈까 하다가 방금 바닥에 흩어져 있던 배설물이 그의 몸에서 나온 것이라는 생각이 머리를 스쳤다. 내가 홀로 할 수 있는 일이 없었다. 분명 사람이 시체라 불릴 만한 상태가 된 것을 보는 것은 이번이 처음인데, 나는 생각했던 것보다 침착하다. 마치 죽음이 낯설지 않은 것처럼…

나는 발길을 돌려 막사로 향했고 사람을 불러 모았다. 사람이 죽었다 말했고 교관 몇몇이 나를 따라 숲으로 들어왔다. 그들은 나무 위에 매달려 있는 소년이 어제 탈영한 소년이라고 말했다. 상관은 귀찮은 듯 그가 매단 줄을 끊으라고 시켰지만, 누구도 쉽사리 그가 매달린 나무에 올라가려 들지 않았다. 나 또한 죽어있는 그와 머리 높이를 같이 하기는 싫었지만, 어린 소년에 대한 나의 막돼먹은 상상에 대한 반성으로 나무에 올라 줄을 끊었다. 땅에 내던져지는 소년의 육체. 쌀가마니를 내던지는 모습이 머릿속을 스친다.

아침에 한바탕 소동을 겪고 상관 또한 익숙한 거짓말로 사망 사유를 적어 넣는 것이 크게 즐겁지는 않은지 오늘은 상당히 감정적인 것 같았다. 훈련을 받는 내내 내 머릿속에는 소년의 모습이 아른거린다. 믿을 수 없을 만큼 긴 혀가 쑤욱 나와있던 끔찍한 모습은 그렇게 크게 충격으로 다가오지 않았다. 다만 나는 그 일본 소년이 측은하기 그지없을 뿐이었다. 어쩌면 그는 자신의 탈영의 결과를 잘 알고 있었을지 모른다. 그러기에 가다가 돌아왔을 수도 있고, 아예 나갈 시도조차 하지 않았을 수도 있다. 홀로 그 숲을 걸으며 무슨 생각을 했을까? 언제 자신의 최후를 장식할 끈을 구해 왔던 것일까? 굵은 나뭇가지에 줄을 걸며 무슨 생각을 했을까? 무슨 생각…? 끝내고 싶다는 생각? 고통과의 영원한 이별. 아니면 악마와 같은 상사와의 이별. 생에 대한 의지와의 이별?

그는 이제 누구에게 기억되나? 그의 가족? 그의 가족에게 그가 기억되는 것은 당연한 일이겠지…. 아니면 소모품으로 이곳에 왔으니 아무의 가슴에도 남지 않고 떠남이 바람직한 것인가? 그렇다면 적어도 그는 바람직하지 못하다. 이미 그는 내 가슴에 한 획으로 남아있기 때문에.

사실 죽음은 쓰치우라에서 처음 있는 일은 아니었다. 하지만 막사를 함께한 이들에게 그러한 죽음은 충격으로 받아들여져 사기를 떨어트린다거나 또 다른 연쇄 반응을 불러일으키기도 한다. 그의 죽음 이후 거의 한 달 동안, 전염병처럼 여기저기서 목을 맸다. 마치 독일의 소설 속 베르테르의 자살을 따라 한 수많은 젊은이들이 있었던 것처럼 말이다. 소설과 다른 점이 있다면, 우리의 죽음의 기폭제는 허구가 아닌 사실이라는 것이다.

군대에 입대한 이유는 일본인이라면 같을 것이다. 조국을 지켜내자, 혹은 천황 폐하의 미천한 방패가 되자… 사실 내가 이곳에서 두 달 넘게 생활한 결과 후자의 이야기는 정말 들어본 적이 거의 없다. 그들의 가장 큰 목적은 조국을 지켜내려는 것이다. 결코 죽기를 약속하고 이곳에 뛰어든 것이 아닐 것이다. 그들에겐 미래가 있었다. 미래라는 것은 생을 전제로 하는 것이기에 그들에게는 생에 대한 욕심, 살고자 하는 욕심이 있었을 것이다. 그런 그들이 자신을 죽이는 살인죄를 저질렀다. 지독하게 살고자 했으나 자살하고 만 것이다.

전쟁이 터지지 않았을 때 누군가가 누군가를 죽인다면 살인죄를 물어 사형에 처하겠지? 전쟁 중에 벌어지는 살인은 미간에 주름을 좀 진하게 긋는 것으로 끝날 수 있다. 혹은 달변으로 죽음이라는 현상에 새로운 의미를 부여할 수도 있다. 군부가 살인을 일삼고 있다. 어딜 가나 달변가가 있다. 달변가는 복잡한 문제를 곧장 해결하곤 한다. 정말 뛰어난 사람들이다.

이중 살인을 말하고자 한다. 국가가 소년을 죽였다. 소년은 죽은 마음을 가지고 자기 자신 스스로를 죽였다. 육체에 생을 빼앗는 명백한 살인을 저질렀다. 그 살인범을 잡아서 취조하고 싶지만, 살인범은 살인과 동시에 죽어버렸다. 이에 이야기의 방향은 소년이 자신을 향해 살인을 저지르게 만든 원흉을 찾아간다. 그러다 거대한 군이라는 것을 만난다. 소년은 죽이라고 해서 죽인 것일 것이다. 청부 살인. 이중 살인. 그러나 그 소년은 그 누구도 죽이지 않은 단순한 자살로 사망 사유가 인식된다. 하지만 달변가는 이를 또 달리 변형시킨다. 달변가의 해명은 들어본 적이 없다. 하지만 그것이 뛰어난 변명임에 틀림없는 것은 어떤 상관이고 그의 보고서를 받으면 두 번 다시 죽은 소년을 찾지 않는다는 것이다.

우리 막사의 지식인들은 언제부터인가 군대를 대놓고 비난하기 시작했는데, 일본의 군대를 더러 자기 목숨 하나 못 지키는 군인을 양성하는 자랑스러운 일본 군대라 비꼬기도 했다. 그들 곁에 있으면 신선하다. 일본인 입으로 그런 말을 듣게 되다니….

우리 둘 서로를 위해

하루가 10년 같던 시간이 그 둔한 움직임을 계속해 우리를 훈련의 막바지에 내려놓았다. 그간 입으로는 다 말하지 못할 수많은 일이 있었다. 인류가 땅을 밟아온 시간만큼 상관의 발에 밟힌 것도 같았고, 출진을 위해 울렸던 여러 북이 북채에 맞았던 만큼 뺨을 맞은 듯도 했다. 뼈마다 약간은 다른 음색의 소리를 낸다는 것을 알게 되었고, 가끔 멜로디가 되는 뼈 뒤틀리는 소리에 피식 웃기도 했다. 전직 장의사나 그 비슷한 것도 아니었지만 시체를 치워도 보았고, 숨 쉬고 살아있는데 죽어있다는 생각도 해보았다. 혹은 밤마다 끙끙대는 신음 소리를 심장 소리처럼 듣기도 했고, 현실을 잊기 위해 출처를 모르는 노래를 흥얼거리기도 했고, 입을 꼭 닫고 아리랑을 불러보기도 했다. 또는 사랑하는 국가를 예찬하기도 했고 조국의 사내를 지키지 못하는 꼴을 비난하기도 했다. 술을 입에 댈 수 없었지만 그렇게 취한 듯 싸우기도 했고, 취한 듯 마른 눈물을 흘리며 울기도 했다. 마치 인생의 끝이 있다면 그 끝의 너머를 보고 온 기분이었다.

날짜가 흘러감은 우리의 육체의 변화도 의미했지만, 이곳을 졸업할 수 있다는 약속이기도 했다. 날짜가 3개월을 채워갈 때쯤이 되자, 미친개 같던 교관들이 인간의 모습으로 돌아오고 있었다. 갑작스럽게 다정한 말투를 건네기도 하고, 자신들은 그저 우리를 전쟁이라는 실전에 투입했을 때 이성을 잃어버리지 않게 하기 위한 무장의 길라잡이였을 뿐이라고도 했다. 확실히 이제는 옆에서 사람이 죽어나가도 놀라지 않을 자신이 있었다. 총알을 겁낼 필요도 없었다. 우리는 사람이 죽는 법을 깨우쳤기 때문이다. 그것은 입대 첫날부터 우리가 배운 것이기도 하지만, 이곳의 90일 가까운 생활과 함께 일본의 남성으로서 살아있는 의미를 깨우쳤기 때문이기도 하다. 사실 깨우쳤다기보다는 자신에게 국가의 소모품에 지나지 않음을 납득시켰다는 것에 더 진실한 대답이 있을 것 같다.

이곳에 오기 전까지 학도병들은 스스로에 부여된 배움의 기회와 위치가 자신을 일본을 이끌어 가는 리더로 만들어 줄 것이라고 굳게 믿고 있었다. 나라의 머리에 서서 많은 일본인을 이끌어 가는 대단한 존재로 말이다. 하지만 그들은 이곳에 와서 깨닫게 된 것이다. 그저 쓰고 버리던 소모품과 자신이 다른 점이라고는 없다는 것을….

하지만 나는 굳게 믿고 있다. 그들의 이런 고민은 조금 있으면 사라질 것이라는 것을. 일본은 곧 이 지루한 전쟁에서 백기를 들게 될 것이다. 그리고 전쟁을 도발한 패전국의 관례에 따라 군대는 해산될 것이다. 해산된 군대의 자리에 미국이 들어올 것이고, 그들은 일본 내에 지독한 자본주의와 개인주의를 심고 갈 것이다. 아니, 떠나지 않을지도 모르지. 어찌 되었든 우리의 종군 생활은 우리를 전쟁터로 내몰기 전에 끝날 것이다. 애초에 입대할 때 그렇게 이야기하지 않았던가.

훈련 과정이 일주일이 채 남지 않았을 때 사와타리는 우리 막사의 신병들을 자신의 집으로 초대했다. 일종의 관례라고 했다. 훈련 과정이 끝나면 이제 모두 전장을 함께 뛰는 동료라는 건데, 사실 이건 일종의 아부다. 어쩌면 일본에서 말하는 작별 선물을 나누는 문화일지도 모른다. 마음에 원한을 담지 말고, 알아서 갈 길 가라는 뜻의 문화.

다른 사람은 몰라도 사와타리는 전쟁이 나면 내 손으로 먼저 쏘아 죽일 사람 1위에 새겨져 있는 사람이므로, 그에겐 이런 식의 속죄의 시간이 반드시 필요할 것이다. 우린 그의 개인적인 공간에 들어가면 목이 돌아가도록 맞곤 했다. 물론 여태 우리가 함께했던 그의 개인적인 공간은 부대 내의 막사였다. 하지만 이번엔 좀 달랐다. 그에게 집이 있다는 사실에 솔직히 좀 놀랐다.

그의 집은 그렇게 크지도 작지도 않은 일본식 기와집이었다. 어떻게 생각하면 그와 그의 아내, 그리고 그의 딸이 살기에는 큰 집이었을 것이다. 장정 16명이 한꺼번에 그곳에 들어가 불편함 없이 식사를 할 수 있었으니 말이다.

그는 자신의 집으로 우리를 안내할 때부터 다른 사람이 되어있었다. 눈빛도 정이 가지 않는 눈빛이라기보다는…. 무거운 물동이를 이지 못하는 아낙을 도와주는 지나가는 인심 좋은 아저씨 정도의 눈빛이라고 할까? 갑작스럽기 그지없는 그의 변화는 우리가 머릿속에 그들이 읽어왔던 수많은 서적을 다시 되짚어 보게 하기에 충분했고, 훈련 도중 우리가 그를 향해 세웠던 많은 가설과 그를 향한 입으로는 담을 수도 없는 저주를 살며시 으깨버리게 만들었다.

그의 집에 들어갔을 때 그의 아내가 깊숙이 허리를 숙여 우리를 맞이했다. 딱 교관만 한 키에 딱 교관만 한 체구의 여성이었다. 대여섯 살 정도로 보이는 레이코라는 그의 딸이 익숙한 듯 그를 향해 달려와 품에 안기었다. 그의 아내가 그런 레이코에게 따끔하게 주의를 주자 레이코는 교관에게 더욱 깊이 안겨 들었다. 그러자 사와타리는 아내에게 신경 쓰지 말라는 눈짓을 하고 어린 레이코의 등을 다칠세라 조심조심 토닥였다. 아! 이 사람, 아버지였구나! 그런 모습을 보고 우리 16명은 빠르게 머리 회전을 했고, 군대에서의 그와 가정에서의 그는 다른 사람이라는 안전한 결론을 내렸다.

그가 초대한 식사 시간에 우리는 거짓말처럼 연신 웃으며 비릿한 피맛이 나지 않는 식사를 했다. 웃으면서 말이다. 식사 후에는 그의 아내가 직접 낸 차를 마실 수 있었고, 그는 레이코에게 우리가 일본의 미래를 짊어진 훌륭한 젊은이들이라고 소개해 주었다. 그 덕에 그 조그만 어린아이에게 "고마워"라는 인사를 듣기도 했다.

얼떨떨하기를 이루 말로 다 표현할 수가 없는 하루였고, 돌아오는 길에 우리는 어디까지가 꿈이었는가를 이야기하기도 하고, 여자인 그의 아내와 그의 딸은 남자가 하는 일을 다 알아서는 안 된다는 말을 하기도 했다. 자고로 대일본 제국의 신사는 연약한 여성을 지켜야 하고 그 과정 따위는 연약한 여인들은 모르게 하는 게 낫다는 결론이었다. 영웅주의에 빠져있는 우리 막사의 청년들은 교관의 그러한 행동이 당연한 것이라고까지 말했다.

결국 기본 훈련 과정이 끝나고 말았다. 결국! 시간은 정지를 모른다는 사실이 증명된 것이다. 끝나지 않을 것 같아서 나 또한 저승으로 가는 길을 재촉해 볼까 진실히 생각한 적이 있다. 그때마다 나를 붙잡아 준 것은 내 강한 정신력도, 고통을 나눈 동료도 아니었다. 다만 내가 사랑하고 존경하는 두 여인이었다. 나의 어머니와 나의 치에코. 그렇다고 내 동료들이 아무 도움이 되지 않았다는 것은 아니다. 다만 원초적인 것을 말하고 싶다는 것이다. 나의 삶의 원천. 어머니, 치에코.

기본 훈련이 끝나기 전날 총지휘관이 신병들을 소집해 놓고 감정을 움직일 만한 많은 말을 해주었다. 이곳에 오기 석 달 전과 지금의 우리는 다른 사람이라는 둥, 진정한 사무라이가 되었다는 둥…. 특히 간에 소름이 돋을 정도로 멍청했던 말은 일본의 제국주의가 세계를 정복하리라는 말이었다. 그가 연설을 마치자 그곳에 모인 신병들은 한목소리로 제국의 맹세를 암송했다. 나를 제외한 이곳의 신병들은 하늘이 울리도록 카랑카랑한 목소리로 제국의 맹세를 암송했다. 그들 스스로가 더 이상 신병이 아니며, 제국 군대의 한 일원이 될 진정한 사내라는 기쁨에서일까? 아니면 정말 그들이 세계 정복을 할 것이라는 믿음 때문이었던 것일까? 그들은 지금까지의 인간 같지 않았던 시간들을 일순간 잊어버리기라도 한 것일까?

　기본 훈련이 끝나면 비행 학교에 들어가기 전 이틀간의 휴가가 주어진다. 나는 치에코를 만나러 갈 것이다.

　치에코, 조금만 기다려. 지금 당장 갈게. 아직 비행은 못 배웠지만 날아서라도 갈게.

　나는 들떠있었다. 어머니를 만나고픈 마음이야 굴뚝같지만 이틀 안에 집에 갔다 올 수는 없는 일이었다. 변명 같지만 그래서 지금 내 머릿속에는 치에코뿐이다. 오직 치에코뿐이다. 나는 정신없이 쓰치우라를 나섰다.

　"쇼세이상!"

　여기저기 가족이 나와있었다. 3개월간 목숨을 지켜준 자식들을 보러 온 부모들이었다. 부모뿐만이 아니었다. 그들의 형제들, 남매들이 그들의 가족을 기다리고 있었다. 연인이 온 사람도 보였다.

　"쇼세이상!"

　늦지 않으려면 빨리 움직여야 한다. 훈련소의 일분일초와 훈련소 밖의 일분일초는 개념이 다른 듯했다. 나는 빠른 걸음도 답답하여 탁월한 구보 실력으로 달리기로 결심했다. 체력이 예전보다 훨씬 좋아져서 역까지 단숨에 달려갈 수 있을 것 같았다. 단숨에 달려가겠어.

"이봐! 하야시 씨!"

내가 달리기를 결심하고 발바닥에 힘을 주었을 때 누군가가 내 팔을 잡아당겼다. 나는 바쁜 내 발길을 잡는 낯선 목소리에 고개를 돌렸고, 내가 아는 누군가와 아주 많이 닮은 청년을 보았다. 나와 비슷해 보이는 나이, 어쩌면 조금 위일지도 모르는 말쑥한 청년, 어디선가 본 듯한 얼굴. 분명 처음 보는 얼굴임에는 틀림없는데, 낯설지 않음에 그를 떠올려 보려 했다. 날 잡은 그는 나를 아주 한심한 듯 보고 있었지만 불편해도 보였다. 그리고 내게 아무 말도 않고 그저 뒤를 돌아보았다. 나는 그의 눈길의 인도를 받아 그가 향하는 곳으로 시선을 돌렸다.

아!

순간 나는 눈을 크게 뜨는 것 말고는 달리 할 것이 없었다. 아마 이때 그는 잡고 있던 내 팔을 놓았던 것 같다.

치에코가 온다. 치에코가 나를 향해 달려오고 있다. 치에코가 나를 향해… 달려오고 있다.

어이쿠, 그녀는 내 가슴으로 열심히 달려왔다. 바로 서있기 훈련이 없었다면 아마 뒤로 넘어지지 않았을까 하는 생각이 들 정도로 거세게 내게 달려들었다. 나는 그녀를 안아버리는 것 말고는 달리 할 것도, 하고 싶은 것도 없었다. 그녀의 가는 팔이 나를 으스러져라 껴안았다. 나는 그녀를 있는 힘껏 껴안을 수 없다. 이 소중한 여인에게 상처를 입힐 수 없으므로 나는 그저 그녀만큼 그녀를 껴안았다. 한참을 말없이 부둥켜안고 있었다.

"바보."

살며시 내 가슴을 밀며 고개를 든 그녀는 반쯤 울고 있다. 뭐가 그리 원망스러운지 그 작은 주먹으로 나를 콩콩 때려본다. 나는 그녀의 그런 말은 들리지 않는다. 그저, 그런 그녀를 보고 또 보고 있다. 내가 할 수 있는 건 그게 다니까.

"바보! 멍청이!"

좀 원망이 쌓인 듯도 보였다. 이제 머리가 좀 돌아가려고 하고 있다. 그녀가 내게 와준 것이다. 그래, 그녀가 와준 것이다. 하지만 난 그녀를 알아차리지 못했다. 그녀에게 어떤 원망을 들어도 할 말이 없음을 인정했다.

"미안해."

나의 목소리가 약간은 갈라지긴 했지만 그렇다고 그렇게 울 필요까지는 없는데, 그녀의 그 깊은 눈에서 눈물이 흘러나왔다. 눈물…. 그녀의 눈물을 가만히 훔쳐낸다. 그리고 이 반가운 만남에 눈물을 흘리게 만든 나를 원망한다. 지금 세상에는 그녀와 나 이렇게 둘뿐이다. 주위에서 들리던 만남의 반가움도, 어머니들의 울음도 아무것도 들리지 않았다. 지금 이 순간 난 그저 사랑하는 여자를 울린 남자가 되어 그녀의 눈물을 닦아내기나 하는 무능한 놈에 지나지 않았다.

"흠! 흠!"

낮은 헛기침 소리가 우리만의 공간에 들려왔다. 아무리 반가운 연인이라도 부대 정문과 그리 떨어지지 않은 이곳에서 부둥켜안고 있는 것은 보기 좋은 광경이 아니었을 것이다. 정신을 차려 그녀와 나 사이에 바람 한 점 지나갈 길을 허락해 볼까 하다가 그만둔다. 떨어지기 싫은 걸 어쩌란 말인가?

"흠! 흠! 치에코! 사람들이 보잖니?"

누군가 다정하게 치에코의 이름을 불렀다. 가스가 치에코, 타인의 경우 보통 성을 부르는 이 나라에서 치에코의 이름을 다정하게 부를 수 있는 사람이 이 세상에 또 누가 있던가? 가만히 생각을 더듬다 치에코의 얼굴에 나의 팔을 붙잡았던 남자의 얼굴이 겹쳐진다. 설마? 나는 서둘러 치에코의 양 어깨를 움켜쥐고는 살며시 한 걸음 물러섰다. 그리고 주변을 둘러보았을 때 생각지도 못했던 이들을 만나게 되었다. 장인어른, 장모님, 그리고 형님. 사실 치에코와 혼담이 진행되는 과정에서도 나는 형님을 만나본 적이 없다. 처음에는 치에코와 결혼하는 조선인을 본인이 받아들일 수 없어서였고, 나중에는 동생의 남편이 될 사람을 제쳐두고 동생에게 다른 남자를 소개시켜 주려 한 부끄러움 때문이라고 했다. 그런 형님이 나를 보러 이곳까지 와주었다. 나는 놀라지 않을 수가 없었다. 게다가 장인어른, 장모님까지!

나는 어쩔 줄 몰라 얼른 넙죽 허리를 숙여 인사했다. 가스가 집안의 사람들은 모두 못 말린다는 표정으로 우리를 쳐다보고 있었다.

"어떻게 여기까지!"

나는 떨어지지 않는 입을 열어 간신히 말했다.

"사위가 고된 훈련병 생활을 끝냈는데 장인 된 사람이 안 올 수 있나?"

언제나 상냥한 장인어른. 조선의 아버지들에게서는 볼 수 없는 부드러움이다. 곁에서는 장모님이 당연한 듯 웃고 계셨다.

"종성 씨가 많이 바빴나 봐요. 몇 번을 불러도 못 듣고, 어디를 그렇게 뛰어가나 했어요."

장모님께서 낮은 목소리로 말씀하셨다. 나를 부르고 있었다는 말에 치에코를 쳐다보았다. 치에코는 그렇게 불렀는데 왜 몰랐냐는 따가운 시선을 보내고 있었다. 그제서야 나의 일본식 이름을 부르던 소리가 지나갔다. 그녀의 젖은 눈은 그 때문이었구나!

훈련소를 나오는 나를 발견한 그녀가 반가운 듯 내 이름을 불렀을 것이다. 사람들 앞에서 내 이름을 크게 불렀다가 혹시 누군가 그것을 듣고 나중 생활이 힘들어질 봐 일본 이름으로 날 불렀을 것이다. 그러나 나는 뒤도 돌아보지 않고 빠른 걸음으로 멀리 가고 있었고, 그녀는 그런 나를 따라 걷다가 달리기 시작했을 것이다. 그리고 내가 더 빠른 걸음으로 내달아 뛰기 직전이 되었을 때 그녀의 오빠가 그녀 대신 나의 팔을 잡았던 것이다. 그리고 그녀는 내게 달려온 것이고, 그 사달이 나고 나서야 나는 그녀를 알아본 것이다.

그녀가 나를 불렀음에도 나는 그녀를 돌아보지 못했다. 그녀가 날 그렇게 불렀는데….

내 일본 이름은 그녀에게 딱 두 번 불렸었다. 처음 나에게 일본식 이름으로 군 생활을 하라고 했을 때 한 번, 그녀가 내게 면회 와서 한 번. 귀에 익지 않은 것이 당연했다. 하지만 그렇다고 그녀의 목소리를 듣지 못하다니… 남편감 실격이다.

나는 다시 허리를 깊숙이 숙여 장모님을 향해 죄송하다고 말했다. 장모님은 내게 다가와 나를 일으켜 주었다.

"도쿄까지 왔다 갔다 하면 힘들 것 같아서 가까운 곳에 여관을 잡아놨어요. 거기로 가도록 해요."

갑작스러운 말에 눈을 끔뻑거리고 있을 때, 형님이 약간 부끄러운 듯 내게 와서는

"치에코의 생각이야, 매제."

하고는 먼저 발길을 옮겼다. 아직 치에코와 나는 정식으로 결혼하지 않았다. 그것은 분명한 사실로, 가스가 집안사람은 다 알고 있다. 하지만 어쩐 일인지 그들은 나를 치에코의 남편으로 받아들이고 있는 것 같았다. 뭔가 새로운 책임감 같은 것이 움트는 듯했다. 치에코는 내가 사랑하는 사람이자 내 아내이다. 그렇기에 내가 지켜야 한다. 그녀가 사랑하는 가족까지도! 비록 그것이 일본을 지키는 일이 될지라도, 나는 기꺼이 그녀의 소원을 이루리라! 다만 일본의 패전은 기정사실이다. 일본의 군대가 흩어지고 미군이 쳐들어오게 되면, 나는 훈련소에서 배운 갖은 방법을 동원해서라도 즐거이 그녀와 그녀의 가족을 지킬 것이다! 짧은 다짐으로 나의 발길이 멈추어 있을 때 내 뒤에 있던 장인이 어깨를 툭 치며 나의 발길을 재촉했다.

"어리숙한 놈."

그의 눈이 먼저 길을 잡은 형님에게 향하고 있었다. 나는 그렇지 않다는 식으로 살짝 고개를 젓고는 장인과 나란히 길을 걸었다. 장인은 나에게 훈련 생활에 대해 이것저것 물으셨다. 그 또한 군대를 다녀온 경험이 없다고 했다. 나는 진실을 말할 수가 없었다. 치에코가 나의 손을 꼭 붙들고 나와 발걸음을 맞추고 있었기 때문에. 여자인 치에코와 장모님은 몰라도 될 일들이라 하지 않았던가. 장모님은 치에코의 또 다른 손을 쥐고 있었다. 치에코가 행복해 보인다. 나 또한 행복하다. 그걸로 진실은 묻어도 된다.

여관에 도착했을 때, 나는 한 상 거하게 차려져 있는 밥상을 보고 놀라지 않을 수가 없었다. 전쟁 중에 어디서 이런 음식들이 나왔는지 의아했기 때문이다. 이러한 음식들을 구하기 위해서는 엄청난 대가가 지불되어야 함을 나는 알고 있었다. 고급 기모노를 판다든지, 쌀 한 자루 가격의 스무 배가 넘는 물건을 쌀 한 자루와 바꾸지 않으면 안 된다는 것을 말이다. 내가 또 한 번 놀란 것은 여기에 차려진 음식들이 전부 가스가 본가에서 장모님과 치에코가 직접 만든 음식이라는 것이었고, 무엇보다 이것을 전부 형님이 들고 왔다는 데 가장 놀랐다. 갑작스러운 환대에 나는 어안이 벙벙하여 어쩔 줄 모르고 있었다. 물론 장인 장모님은 언제나 나를 자식처럼 대해주셨다. 조선인 사위를 들인다고 했을 때도 싫은 내색 하나 안 하셨던 분들이다. 장모님은 어색한 나를 앉히시고는 나에게 이것저것 먹어보라고 권하셨다. 마치 지옥에 있다가 천국으로 날아간 기분이 들었다.

가장 사랑하는 여인과 그들의 가족 모두의 인정을 받으며 정겹게 식사를 할 수 있다니! 나는 세상에서 가장 복 받은 놈이란 생각이 들었다.

흰쌀밥을 입안 가득 넣고 꼭꼭 씹어본다. 쌀의 단맛이 반갑다.

"밥맛이 어떤가?"

가스가 집안사람들은 내 밥맛에 신경 쓰는 눈치였다.

"이렇게 맛있는 밥은 처음 먹어봅니다."

나는 내 솔직한 심정을 장인께 전했다.

"그럼 됐네."

가스가 사람들 모두 미소를 띠며 고개를 끄덕였다. 뭔가 납득한 기분?

식사 내내 치에코는 밝은 목소리로 모두에게 말을 붙였고, 우리는 웃으며 식사를 했다. 가끔씩 내가 장인어른의 물음에 군대에 관한 이야기를 할 때 형님은 묘한 얼굴로 고개를 갸우뚱거리셨다. 아마 내가 말하는 것이 다 거짓말임을 알고 계시는 듯했다. 예전에도 생각했지만 형님은 군에 관한 이야기를 비교적 생생하게 알고 계신 듯했다. 좀 더 사이가 가까워지면 한번 터놓고 이야기하고 싶다는 생각이 들었다. 형님은 나를 가만히 쳐다보셨다. 넌 거짓말을 하고 있구나, 내 여동생의 마음에 걱정을 심어주지 않으려 하고 있구나 하는 눈빛. 나는 가만히 고개를 끄덕인다. 그는 담담한 눈빛으로 나를 묵묵히 쳐다보다가 자신의 앞에 있던 사시미를 내게 내민다.

"손맛이 좋은 생선이었네."

얼떨떨해하다가 나는 미소를 짓는다. 생선 하나 제대로 구하기 힘든 시기에 그는 나를 먹이려고 낚시를 했을지도 모른다.

식사를 마쳤을 때, 장인어른과 장모님, 그리고 형님은 서둘러 집으로 돌아갈 채비를 하셨다. 여기서 함께 머무는 게 아니냐고 물었을 때 그들은 저마다의 일이 있다고 했다. 형님은 신약 개발 중이어서 바쁜 걸음을 한 것이라고 했고, 아버님은 오늘 안으로 처리해야 하는 일이 있다고 했다. 어머님은 경쾌하게 웃으시며 남편이 가는 길에 아내인 자신도 따라간다고 말씀하셨다. 눈이 휘둥그레져서 치에코를 쳐다보자 치에코는 자기도 모르는 일이라며 눈을 껌뻑였다. 치에코는 그들과 함께 가지 않을 모양이다. 설마 이 짧은 시간을 위해 음식을 차려 오고, 각자의 일을 잠깐 미뤄 두고 아직은 쌀쌀한 바람 앞에 서 계셨단 말인가? 나는 감사와 죄송함으로 어쩔 줄 몰라 했고, 그들은 나라를 지키기 위해 힘쓰는 나를 위해 그들이 할 수 있는 일은 그것뿐이라고 했다.

얼떨떨한 것도 정도가 있어야 하는데, 그들은 순간 모두 떠났다. 내 손에 치에코만 남겨두고 말이다. 나는 그들을 역까지 배웅했고, 아버님과 어머님은 언제부터인가 나를 무꼬상(婿さん, 사위씨)이라고 부르고 있었다. 그렇게 치에코와 함께 가스가 사람들을 배웅하고 손을 꼭 붙잡고 여관으로 돌아왔다. 해는 뉘엿뉘엿 기울어 가고 있었다.

이제 둘만 남게 되었다. 그녀는 내가 부대로 돌아갈 때까지 이곳에 있을 예정이라고 했다. 가만히 생각해 보니, 이것 또한 우리를 둘만 남겨두려는 가족의 배려가 아닌가 하는 데 생각이 미쳤고, 순간 얼굴이 화끈하게 달아오르는 것을 느낄 수 있었다. 치에코는 그런 나를 가만히 쳐다보다가 약간은 떨리는 목소리로 말을 이었다.

"오늘 밥 맛있었어요?"

나는 목구멍으로 말이 넘어오지 않아서 목이 빠져라 급하게 고개를 끄덕거렸다. 치에코는 미소를 지었다.

"밥 말이에요."

그녀는 쌀을 말하는 것 같았다.

"쌀밥?"

그녀는 살짝 고개를 끄덕였다.

"응, 엄청 맛있었어."

그녀의 얼굴에 미소가 퍼진다.

"다행이다. 그 쌀밥 말이에요, 내가 당신에게 시집가기 위해 만들었던 기모노를 팔아서 산 쌀이에요."

역시나 하는 생각이 들었다. 그리고 그녀에게 참으로 미안한 생각이 들어 사과의 말을 건네려 할 때, 그녀는 얼른 말을 이었다.

"그 쌀로 내가 지은 밥을 당신이 맛있게 먹었으니 당신과 나의 결혼이 성립된 거나 다름없어요. 아셨어요?"

그녀가 찬찬히 내 눈을 바라보았다.

"아버지, 어머니, 오빠가 증인이 되어주려 이곳까지 왔으니, 나중에 무르기 없기예요."

아, 그래서 이곳까지 오셨구나. 장인어른의 '그럼 됐네'는 이런 의미의 말이었구나. 그래서 그렇게 사위라는 말을, 매제라는 말을 아끼지 않으셨구나. 그래서 치에코를 내게 맡기고 가버리셨구나.

언제고 그녀의 입술이 내게 닿을 때마다 그녀의 옷 아래 감추어진 살결을 생각했었다. 그런 내 자신에게 비난의 말을 던진 적도 있었다. 혼인이 결정되고 그녀를 설득해 살갗을 맞대어 볼까 생각한 적도 있었지만, 혼인이 이루어질 때까지라고 결정한 것도 나였다.

나는 지금 욕실에서 몸을 씻고 있다. 훈련소의 차가운 목욕장은 몸을 담가 피로를 씻어낼 수 있는 곳이 없었다. 일본에 와 버릇이 된 것이 있다면 자기 전에 목까지 뜨거운 물에 몸을 담그고 하루를 정리하는 것이었다. 훈련소를 나가면 욕실에 몸을 담가 그간의 피로를 씻고 머리에 든 상념 또한 씻으리라 다짐했었다. 하지만 오늘의 나는 더 큰 상념에 빠져있다. 조그만 목욕 의자에 앉아 비누로 시끄러운 머리를 박박 문지르고 있을 때 드르르 문 열리는 소리가 들렸다.

"등 밀어드릴게요."

순간 나는 놀랐지만 그렇다고 대놓고 놀란 척을 할 수도 없었다. 나는 재빨리 타월을 허벅지 위에 올리고는 아무 일도 없었던 것처럼 머리의 비눗물을 씻어냈다.

"어, 부탁할게."

자연스러운 부부의 모습일까? 하지만 나는 상당히 움츠려 있었다. 훈련소에서는 그렇게 발가벗고 뒹굴었는데, 그녀 앞에 나를 다 드러내는 것이 쉽지만은 않았다. 그녀의 걸음이 내 위에서 멈추었다. 그녀의 숨결이 내 목을 스쳤다. 아무 생각 말자. 아무 생각 말자.

그녀는 비누가 한껏 묻은 수건을 내 등에 가져갔다. 그러고는 내 등을 밀지 않고 가만히 있는 것이었다. 나는 그녀가 왜 그러는지 얼른 돌아보고 싶었지만 그러면 내 이성도 함께 돌아버릴까 봐 그녀의 손을 재촉하듯 어깨를 들썩거릴 뿐이었다. 한 5분 정도 그녀는 아무것도 하지 않고 가만히 있었던 것 같다. 그러더니 비누 수건 대신 가느다란 손가락으로 내 등을 짧게 짧게 쓸어내리고 있었다. 순간 아차 하는 생각이 들었다. 훈련소에 있으면서 상관들이 멋지게 그려놓은 채찍 자국을 까맣게 잊고 있었던 것이다. 그녀에게 내가 했던 수많은 말들이 거짓임이 한순간 들통난 듯싶었다. 무슨 말이라도 해야 했다. 그녀는 분명 이를 깨물고 울고 있을 것이다. 너무 큰 충격을 받아서 입도 못 열고 입술이 짓물러질 정도로 입을 앙다물고 있을 것이다. 오늘은 그녀를 울리기만 하는 것 같다. 나는 크게 심호흡을 하고 움츠렸던 허리를 폈다.

"울지 마! 너 울리려고 군대 같은 곳에 간 거 아니야! 이런 상처가 천 개가 더 있다고 해도 널 미워하거나 너의 가족을 미워하지 않아. 아무것도 아니야. 다만 내가 널 지키는 방법을 좀 더 많이 배워 왔을 뿐이야."

그녀가 눈물을 삼키는 소리가 들렸다.

"남자가 태어난 건 사랑하는 여자를 세상의 풍파에서 지키기 위함이라고 누가 말했던 것 같아. 치에코, 너는 몰라도 돼. 너는 힘들어하지 않아도 돼. 나의 여자인 너를 지키기 위해서라면 매일 밟히고 찢기는 것이 운명인 남자로 태어난 사실조차 자랑하면서 다닐 수 있을 거야. 치에코, 난 지금 누구보다 행복하다고."

치에코의 울먹이는 소리가 나에게 뭔가를 전하려 하다가 또 말이 되지 못했다.

"그게 아니면, 몸에 상처 많은 남자는 싫어진 거야? 설마 결혼을 무르자는 건 아니지?"

내 말이 떨어지기가 무섭게 그녀가 세차게 고개를 흔드는 듯했다.

"아니야, 아니야, 그런 게 아니야."

나는 조금 안심의 미소를 지을 수 있게 되었다.

"빨리 욕조에 들어가고 싶은데, 언제 등 밀어줄 거야?"

등에 따뜻한 눈물이 떨어진다. 치에코는 그렇게 내 등에 비누칠을 했고, 나는 그 손길로 그간 내 몸을 스치고 지나갔던 모든 고통을 씻어낼 수 있었다.

치에코, 너는 밝게 웃기만 하면 돼. 세상에 네 행복을 방해하는 것이 있다면 내가 너만을 위한 방패가 되어 그것으로부터 너를 지킬게. 너는 그냥 여자가 아니라 내가 사랑하는 여자니까. 나는 그냥 남자가 아니라 너를 사랑하는 남자니까 괜찮아. 그저 너만 행복하면 그걸로 나의 이유는 충분한 거야.

치에코는 욕실을 나갔고, 나는 목까지 차오르는 따끈한 물 안에서 내가 사랑하는 여자를 생각했다.

새로운 길

내가 욕실에서 나오고 치에코가 욕실로 들어갔다. 잠깐 스쳐 지나가는 그녀의 눈이 토끼 눈처럼 빨개져 있었다. 흐트러져 있는 그녀의 베개에 손을 대어본다. 설마 하는 생각에 옆에 반듯하게 누워있는 베개를 만져본다. 그러고는 두 베개를 들어보기까지 한다. 이런, 치에코는 베개 무게가 달라질 정도로 이곳에서 홀로 울고 있었던 것이다. 그 여린 몸에 이렇게 많은 눈물이 어디에 저장되어 있었던 것일까? 이렇게 눈물이 많은 여자가 아니었는데, 무엇이 그녀를 이렇게 깊은 슬픔에 빠지게 만들었을까? 그녀의 눈물 냄새가 나는 베개를 꼬옥 껴안아 본다. 연약한 바닷물 냄새가 나는 듯도 했다. 슬픈 바다 냄새. 나는 살며시 벽을 만져보았다. 그녀의 울음소리가 벽에 배어있는 듯, 벽에 손을 대자 나 또한 눈물이 고여왔다. 이런 눈물을 말리는 소소한 바람이 열어둔 창에서 불어들었다.

나는 그녀가 올 때까지 바람을 쐬기로 했다. 그녀의 슬픔이 배어있는 방에 홀로 있을 수 없어서였다. 그리고 머리도 식힐 겸. 나를 사랑해 주는 사람이 이 일본 땅에 있음을 달님에게 감사해 본다. 오늘 달은 아쉬운 초승달이었다. 하늘의 갈라진 틈에 간신히 걸려있는 그 달이 밝을 일이 없는데 오늘은 하늘 전체가 환하다. 저 작은 달이 오늘은 나를 위해 분발하고 있는 게 아닌가 하고 괜스레 웃어본다. 소소한 바람도 나를 위한 바람, 이 바람에 흩어져 눈이 되는 벚꽃도 나를 위한 속삭임, 땅속에서 고운 소리를 내며 우는 지렁이도 나를 위한 음악… 머리가 맑아진다. 비록 이곳이 일본 땅일지언정 나를 위하는 것들에게 둘러싸여 있다. 얇은 유카타 때문인지 옅은 싸늘함을 느낀다. 나는 크게 심호흡을 하고 치에코가 홀로 빈 방에 들어가면 또 울겠다 싶어 얼른 방으로 향했다.

불이 꺼져있었다. 내가 끄고 나왔나 생각하며 방 안에 들어갔을 때, 달빛이 그려놓은 치에코의 정좌한 모습을 볼 수 있었다. 얇은 유카타가 그녀의 가녀린 어깨를 살뜰히 감싸고 있었다. 나는 침을 꼴깍 삼키고 방문을 닫았다. 그리고 불을 켤까 말까 좀 고민하다 그냥 그녀 앞에 그녀처럼 무릎을 꿇고 앉았다.

"도망간 줄 알았어요."

치에코가 한결 가벼워진 목소리로 말했다.

"그럴 리가!"

나는 당황해서 얼른 그녀의 말을 받았다. 그녀는 살짝 미소를 짓는 듯했다. 그러고는 한동안 말이 없었다. 나는 뭔가 말을 건네려 했지만 입을 열면 내 심장이 먼저 입 밖으로 튀어나올까 봐 입을 꼭 닫고 있었다.

"불미스러운 몸입니다만 잘 부탁드립니다."

그녀는 공손하게 손을 앞으로 모으고 나를 향해 허리를 숙여 절을 했다. 순간 숨이 턱 하고 막혔다.

"저야말로 잘 부탁드립니다."

나는 주먹으로 바닥을 짚어 허리를 숙이며 그녀에게 절을 했다. 또다시 우리는 말이 없었다. 오늘따라 열심히 빛을 발하는 초승달과 어둠에 익숙해진 내 눈이 그녀를 더욱 선명하게 한다. 이젠 삼킬 침도 없는데 계속 목은 헛침을 삼킨다. 화지(和紙)를 관통하던 달빛에 구름의 그림자가 생긴다.

달빛을 범한 구름은 한동안 달빛에게 그간의 노고를 치하한다. 달빛이 잠시 그 빛을 세상에서 거두고, 그와 동시에 나는 그녀를 꼭 껴안았다. 그녀의 숨결이 내 귀에 닿는다. 나의 눈은 손과 함께 그녀를 어루만진다. 빛이 없어도 홀로 빛을 내는 그녀의 상앗빛 살이 나의 머리를 새하얗게 염색해 버린다. 구름이 지나간 달빛은 어느새 거친 숨을 내쉬고 있었고, 흐드러지게 핀 늦은 벚꽃은 아름다움을 견디지 못해 여울져 흩날린다. 옅은 쌀쌀함을 갖고 불어오던 바람이 뜨거운 숨에 온도가 변한다. 그녀의 여린 몸을 감싸고 있던 유카타도 나의 상처를 가리던 유카타도 이젠 없다.

아담과 하와는 하나님이라는 신이 만든 천국과도 같은 동산에 실오라

기 하나 걸치지 않고 다녔다 했다. 그렇다면 지금 그녀와 나는 천국에 있
는 것이다. 아니, 그런 신화 같은 이야기를 빌리지 않아도 지금 그녀와 함
께하는 나는 천국에 있는 것이다. 그녀가 나의 천국이기에.

이틀이었다. 그녀와 내가 천국에서 머물 수 있는 시간이. 그들은 하와
의 죄로 천국 같은 동산에서 쫓겨난다 했다. 하지만 우리가 우리의 천국
에서 발을 돌려야 하는 것은 치에코의 죄가 아닌, 위대하신 하늘의 황제,
살아있는 신이라는 분 때문이었다. 자신의 나라의 아들이 괴로워하고 피
흘리는 모습을 좀 더 보고 싶어 하시는 듯한 그분. 물론 나는 그의 나라
의 아들이 아니다. 하지만 그가 내게 그런 의도를 품었는지 나 또한 그들
사이에 끼여있게 되어버렸다. 그렇기에 우리는 남은 일분일초를 아껴 서
로를 사랑해야 했다. 지겹지도 않게 서로를 원하고, 고삐 풀린 말처럼 서
로 앞에서 자유로웠다.

훈련소에 있을 때는 그렇게 시간이 게으름을 부리더니, 이제는 끓는
솥을 기억해 낸 아낙네처럼 재촉질이다. 경망스러운 시간이여, 여유라고
는 없는 시간이여, 눈치라고는 없는 시간이여, 감정이라곤 눈곱만치도 없
는 매정한 시간이여, 멈춰주지 그랬소. 좀 쉬어가지 그랬소. 좀 둘러가지
그랬소. 그대는 사랑하는 이도 없소? 그대는 찾을 물건도 없소?

나의 아내 치에코와 약속을 또 하나 했다. 내가 쓰치우라에 돌아가도

울지 않겠다고, 나 또한 건강히 비행 교육을 마치겠다고. 우리는 지킬 수 없는 약속을 하며 웃고 있었다. 그녀가 과연 울지 않겠는가? 내가 과연 거기서 무사할 수 있겠는가? 나는 다시 찾아올 6개월간의 고통을 이겨내게 해줄 그녀의 품으로 파고들어 갔다. 그리고 지금까지의 그것보다 더 격렬하게 그녀를 안았다.

결국 그녀의 우는 얼굴을 또 보고야 말았다. 막사에 돌아와 질끈 눈을 감았다. 돌아보지 말았어야 했는데, 나의 아내는 울고 있었다. 나는 그녀를 기차에 태워 배웅할 생각이었는데, 그녀는 한사코 쓰치우라의 입구까지 나를 배웅했다. 그녀의 배웅을 받으며 막사에 들어와 멍하게 앉아 허공에 그녀를 세워놓고 손을 잡아본다. 그리고 내 손에 가득한 그녀를 내 왼쪽 가슴에 가져다 댄다.

"어이! 하야시!"

막사의 입구에 들어서는 누군가가 나를 불렀다. 그녀를 내 심장 안에 몰아넣고 고개를 들었을 때 눈앞에 있는 이는 이와키였다.

"어? 너 여기로 배정받은 거야?"

내가 운을 떼자 그는 기다렸다는 듯이 말을 이었다.

"몰랐어? 우리가 있던 막사 사람이 그대로 올라온대."

"그래? 그거 잘된 일이다!"

동지를 다시 만나는 것은 고달플 것이 예정되어 있는 비행 학교 생활의 활력제가 아닐 수가 없었다. 나는 반가움에 그의 모습을 찬찬히 뜯어보

앗다. 뭔가 더 남자다워진 듯도 보였고 이틀 사이에 살이 좀 오른 듯도 했다. 그의 표정에는 깊은 아쉬움이 있었지만 편안함도 깃들어 있었다. 그에게 이틀 동안 무슨 일이 있었을까? 나는 이와키를 좀 괴롭혀 보려고 벌떡 일어섰다. 그러다 벽에 붙어있는 거울에 비친 내 모습을 보게 되었다. 뭔가 더 남자다워진 내 모습, 그 짧은 사이 살이 좀 오른 듯도 한 모습, 치에코와 떨어져 있어야 하는 깊은 아쉬움이 그대로 배어있으나, 가정을 얻은 남자로서의 편안함이 깃들어 있는 얼굴. 허락도 없이 웃음이 코로 새어 나왔다.

"뭔데? 같이 웃자."

이와키는 궁금한 듯 내게 물었다. 나는 그런 그의 얼굴을 다 알고 있다는 식으로 쳐다보았다.

"약혼녀랑 결혼식이라도 올린 거야? 너한테 아깝다던 그분?"

나의 말이 떨어지기가 무섭게 그의 눈알이 공포를 심어줄 정도로 앞으로 쑥 튀어나왔다.

"어떻게 알았어?"

정말 믿기지 않는 표정으로 나를 응시하는 그. 오늘은 이와키가 좀 귀엽다고 생각되었다.

"내가 인생 선배 아니냐."

사실은 이와키랑 그렇게 다를 것은 없는데, 괜스레 장난질을 걸어본다. 이와키는 나를 다시 봤다는 식으로 약간의 두려움을 담은 눈으로 쳐다보다가 자신의 모습을 비춰보기 위해 내 옆에 서서 거울에 비친 자신의 모습을 이리저리 뜯어보다가 나를 번갈아 보기도 했다.

"너랑 별로 다를 게 없는데… 이상하네…"

나는 속으로 한참을 웃었다. 다를 게 있을 턱이 있나! 그리고 곧 반가운 얼굴들이 속속 나타났다. 물론 그들의 모습에서 헤어진 아쉬움과 다가올 또 다른 시련에 대한 두려움을 읽을 수 있었지만 짧은 시간 사랑하는 사람을 만나고 온 기쁨도 함께 볼 수 있었다. 여기 모두 다 똑같다. 아니, 딱 두 사람만 빼고. 면회 날에 아무도 오지 않았던 두 사람. 늘 별로 말이 없던 두 사람. 그들은 여기 대다수의 사람과는 다른 이틀을 보내고 온 듯했다.

혹시… 어쩌면?

모두가 모이고, 비행 학교의 생활이 시작되었다. 비행 학교의 생활을 기본 훈련 과정과 비교해 보자면, 대우나 체벌에 있어서는 전의 그것과 달라진 것이 없었다. 하지만 몸으로 느끼기에 비행 학교의 생활이 훈련 과정보다 훨씬 수월하다는 생각이 들었다. 우선 이젠 더 이상 맞는 것을 겁내지 않는다는 것이다. 맞는 것에 대한 수치감은 사라진 지 오래이고, 또 그 행위로 인해 자신에게 상처를 주는 것이 얼마나 멍청한 일인지 모두 깨우쳤다. 뭐, 증가된 맷집이라고 하면 표현이 이상할지 모르지만, 어쨌든 우리는 잘 맞아낸다. 발로 걷어차이는 것쯤이야 숨 쉬는 것만큼 당연해졌다. 늘 당연히 걷어차이고 내동댕이쳐져서 굳이 옷에 묻은 먼지를 터는 수고조차 하지 않는다. 또 이유를 찾아보자면, 더 이상 신병이라는 애매한 신분이 아니라는 것이다. 당당하게 예비 비행사로서의 교육을 받는, 타인이 보기에 전도유망한 자리에 앉아있다는 것이 어딘가 숨겨두었던 자부심을 당겨 올리고 있었다. 우리 막사에 있는 모두는 공명심으로 똘똘 뭉친 이들이 아닌가. 그러니 그 고생을 해서 최고의 엘리트 코스를 밟아왔지… 마지막으로 우리가 느끼는 수월함에 관한 근거를 들자면, 원래부터 우리 막사는 유별나게 사이가 좋았지만, 그 사이좋은 이들과 다시 만나 우리가 이전에 보냈던 시간의 두 배를 또 같이 보낸다고 하니, 시간보다 더 긴 유대가 생겨난 것도 하나의 이유가 아닐까?

우리는 제3 비행단에 소속되었다. 우리의 일과는 크게 변하지 않았다. 다만 변한 것이 있다면 일상적으로 받던, 누구나 책만 보면 다 아는 교육이 아니라, 좀 더 비행에 있어 실질적인 교육을 받았다는 것이다. 낙하산을 타는 방법을 비롯하여 고추잠자리라는 교습용 비행기에 교관과 함께 타 비행 연습을 하기도 했고 비행기는 어떻게 구성되고, 어떻게 나는가 등 항공학에 관한 실질적인 이론을 배우게 되었다. 학교생활을 할 때에는 딱히 기계를 접할 기회가 없어 취미니 뭐니 관심이 없었는데, 의외로 비행기라는 놈은 내 흥미를 자극했다. 기본 훈련 때도 비행기에 대한 이론은 배웠지만 뭐랄까 정말 하늘을 날 수 있다는 느낌? 우리는 이 항공학에 관한 이론의 기반을 확실히 다지는 데 어느 정도의 시간을 보내야 했다. 하지만 어느 누구도 귀찮은 눈빛을 발하는 사람은 없었다. 모두들 날고 싶은가 보다.

새 교관은 훈련소의 교관과 크게 다르지 않았다. 체구나 몸집은 많은 차이를 보였지만, 우리를 대하는 눈빛이나 야마토다마시 정신봉을 사용하는 방법 등은 크게 다르지 않았다. 그에게 추가된 기능이 있다면 개머리판으로 우리의 머리며 몸이 떡이 될 때까지 구타를 한다는 점인데, 옆 막사에서는 머리가 터져 실려 가서 다시는 이곳으로 돌아오지 않은 이도 있었다. 그의 구타에는 개인적 감정이 많이 들어있었다. 그의 그러한 행위는 피를 보기 전까지는 끝나지 않았고, 우리는 그를 흡혈귀라고 불렀다. 그에게 너무 심하게 얻어터져 피를 철철 흘린 나카오카라는 이는 빈혈을 진단받기도 했다.

흡혈귀의 변덕스러운 체벌이 계속되는 와중에 고통에 대처하는 우리의 방법이 빛나가기 시작했다. 우리 막사에서는 이와키와 가미시로라는 녀석이 유치한 복수를 하기 시작했다. 상관의 막사로 가는 취사병을 도중에 잡아서 말을 거는 척하며 흡혈귀에게 배식될 음식에 침을 뱉거나 머리를 터는 등의 일을 했다.

내가 한번은 배울 만큼 배운 놈이 그러고 싶냐고 이와키에게 물었더니 그는 배울 만큼 배운 놈도 개 맞듯이 맞다보면 개가 된다고 했다. 나는 걸리면 개머리판으로 머리가 깨지는 정도로 끝나지 않을 것이라고 주의를 줘봤지만 그에게는 말 그대로 소귀에 경 읽기였다. 아니 개 귀에 경 읽기 정도였다.

사건은 정도가 심한 구린내가 나는 밥으로 터져버렸다. 나 또한 그 사건의 주범을 모른다. 이와키와 가미시로가 아니어도 그런 일을 할 사람은 쓰치우라 내에 널리고 널려있으니 말이다. 흡혈귀 또한 정확히 누가 저질렀는지는 모르는 듯했다. 모두가 일제히 입을 닫았으니 말이다.

"나 또한 제군들과 같은 교육 생활을 보낸 적이 있다. 상사를 아주 많이 사랑했지. 내가 너희의 그런 마음을 모를 것이라고는 생각하지 마라. 그리고 일방적인 짝사랑도 버거운 법이다."

그는 슬픈 듯이 눈꼬리를 내리고 있었다. 목소리 또한 그렇게 카랑카랑하지도 않았다. 흡혈귀와 며칠을 지내다 보니 그에게 추가된 기능 하나를 더 발견할 수 있었는데, 그것은 다름 아닌 뛰어난 연기력이다. 순간 어찌나 슬퍼 보였는지 그의 말을 진심으로 받아들일 뻔하기까지 했다.

"누가 그랬냐고 물은들 대답해 주지 않을 것이란 것을 잘 알고, 딱히 묻고 싶은 마음도 없다. 오늘은 나를 사랑하는 너희의 마음이 짝사랑이 아님을 뼛속 깊이 심어주도록 하겠다. 전원 비행복으로 집합."

그는 순간 사랑을 들먹거리기에는 너무나도 차가운 목소리로 우리에게 비행복을 입으라고 말했다. 춥기까지 했던 날씨는 변덕을 부려 활주로 위를 따뜻하다 못해 뜨겁게 달구어 놓고 있었다. 아직 5월인데, 오늘 날씨는 우리를 위해 잠깐 장마가 지난 한여름이 된 게 아닐까 하는 오해가 들 정도였다. 이상하게 오늘만은 더웠다. 활주로가 타고 있는 게 눈에 보일 정도이니… 화산이 터져 나오면 돌이 뻘겋게 녹아 흐른다고 읽은 적이 있다. 열을 받을 대로 받은 활주로만 하지 않을까? 사실 비교도 안 되는 온도일지 모르지만 우리가 겪어야만 하는 체감 온도라는 게 있다. 나는 우리의 운명을 너무나도 잘 알고 있었다. 비행복이라니… 마치 마른 솥 위의 콩처럼 우리는 몸에 있는 수분을 다 흘리다가 나중에는 바싹 마른 몸이 열에 콩콩 튀게 될 것이다. 아! 그래서 콩이 콩인가?

상공에 올라가면 춥다. 구름은 물이 얼어있는 것이라 하지 않던가? 그런 구름 위를 큰 무리 없이 날기 위해 만들어진 비행복. 체온의 손실을 막는 깃털 장식까지 달린 옷, 가죽 부츠, 가죽 헬멧, 목을 조이는 스카프, 대미를 장식하는 낙하산!

우리가 화려한 복장으로 활주로 위에 모였을 때, 그는 우리와는 반대로 여름 군복을 입고 나와있었다. 이제 여름이라고 해도 어색함이 없는 날씨이긴 했다.

"지금 이 시간이 무슨 시간이지?"

그는 입꼬리를 양 끝으로 확 치켜올리며 우리를 둘러보았다.

"대답이 없군. 하지만 난 너희를 사랑하는 사람이니까 친절하게 일러줄게."

그는 마치 구연동화를 읽어주는 듯한 톤으로 말했고, 우리는 소름 끼치는 그 목소리보다 우리가 해야 할 일에 먼저 치를 떨고 있었다.

"PT 체조 시간이잖아! 아직 훌륭한 계획표가 머리에 없는 것 같은데, 오늘 PT 체조가 끝나고 나면 이 시간은 절대 잊지 않을 거다. 자, 그럼 시작해 볼까? 하나!"

그는 아이를 다루듯 다정히 말하다 마지막 하나에 오만 인상을 다 쓰고 크게 소리쳤다. 우리는 그의 신호에 맞추어 PT 체조를 시작했다. 그는 더 이상 숫자를 세지 않았다. 다만 우리를 지켜볼 뿐이었다.

처음 한 5분은 견딜 만한 수준이었다. 그렇다고 힘들지 않았다는 말은 절대 아니다. 힘들었지만 적어도 몸에 불이 붙었을 거라는 생각은 하지 않았다. 야밤의 등대가 표류하는 배를 향해 집중적으로 빛을 비춰주듯이 태양이 우리를 중심으로 타고 있는 것 같았다. 등대와의 차이가 있다면, 등대는 자비가 있고 태양은 무자비하다는 것이다. 일장기에 빨간 태양이 그려져 있지 않은가. 그래서 일본이라는 국가는 나라를 이루는 사람들을 그리도 괴롭히는가? 남자는 군대로, 연약한 여인들은 가난과 군수 용품 생산으로…. 잔인한 나라. 만일 내 부모가 일본인이었고, 내게 아주 당연한 일본 국적이 있었다면 나는 변변치 않게 소리를 질러가며 나라 욕을 하고 다녔을 것이라는 생각이 든다. 우리 막사의 이와키처럼 말이다.

얼마나 시간이 지났는지 모른다. 몸의 수분이 땀이 되어 비행복 안으로 줄줄 흘러내렸다. 겨드랑이며 사타구니에서는 살 타는 내가 올라오는 것 같았고, 태양과 가장 가까운 머리는 가죽 헬멧과 내 얼굴을 한꺼번에 익혀버리고 있었다. 내 헉헉거리는 숨은 태양이 우리를 위해 특별히 준비한 한여름의 공기보다 뜨거웠고, 코로 들락거리는 공기가 호흡기를 태우는 것 같았다. 다리에는 힘이 풀리고 허공에서 치던 손뼉은 이제 허무한 몸짓만을 반복했다. 몸이 타고 있다. 목이 타고 있다. 온몸이 으스러지는 고통에 있다. 그렇다. 인정하기 싫지만 나는 지옥으로 돌아온 것이다. 그것도 지옥 불 한가운데로 말이다.

비행

　결국 오늘의 지옥은 몇몇을 땅바닥에 내동댕이치고, 그 위에 개머리판을 이용한 피의 세례를 받는 정도에서 끝을 맺었다. 우리 막사의 후쿠야마라는 녀석 또한 PT 체조 도중에 꼬꾸라지고 말았고 상관의 발길질에도 미동도 하지 않았다. 아마 정신을 잃고 쓰러진 듯했다. 그렇게 온몸에 힘이 다 빠졌을 때 맞는 건 의식이 있을 때 맞는 것에 비해 덜 아프기 때문에 살짝 그가 부럽기도 했다. 하지만 그렇게 이 바닥에 얼굴을 대고, 짓밟힌 벛꽃 잎처럼 지르밟힐 수는 없다. 어떤 상황에서도 할 수만 있다면 조선의 아들로서 비참한 모습은 보이지 말자. 이미 지옥에 내던져진 주제에 이런 생각도 허세임에는 틀림없지만, 나는 최선을 다하고 싶었다. 나의 욕심이 나의 의식을 붙들고 있었기에 내 발로 막사에 돌아갈 수 있지 않았을까?

막사로 돌아가는 과정은 가히 짐승 무리의 이동과 같았다. 나는 한 번도 소 떼나 양 떼의 이동을 실제로 본 적이 없는데, 삽화를 본 기억에 의한다면 우리는 그 무리와 다를 것이 없었다. 정말 네발로 기어가는 이가 많이 있었기 때문이다. 오늘은 여기까지라는 말을 들었을 때 허공을 가르는 팔이 홀로 땅 아래로 푹 꺼지려 들었고, 그보다 더 힘들었던 것은 낙하산이 나의 어깨를 끌어내려 나를 길바닥에 꾸욱 눌러버린 것이었다. 모두들 나와 비슷한 증상을 호소하는지 최후까지 남아있던 이들은 나처럼 한동안 꾸욱 눌려있었고 무릎을 짚고 일어서려고 발버둥을 쳐보기도 하다가, 더 이상 그 마지막 힘도 없어 네발로 엉금엉금 기어가고 있었다. 하지만 나는 끝까지 내 의식을 붙들고 있었다. 설령 잠깐 주저앉았을지라도 일어나 걸을 것이다. 결국 나는 내 소원대로 두 발로 걸어서 막사로 돌아갔다.

우리 막사에는 짐승의 탈을 벗은 이가 좀 있었는데 나, 구마모토 선배, 히가시야마, 이치하시 이렇게 네 명이었다. 어떤 막사는 양치기 없는 양 떼들만 득실거리는 곳도 있었다. 우리 막사는 많은 수의 두발짐승을 보유하고 있는 것이었다. 히가시야마와 이치하시는 말수가 적은 청년들이었다. 면회 날에도, 휴가를 다녀온 후에도 그들은 늘 어딘가 쓸쓸한 모습을 하고 있었다. 하지만 그들은 어떤 훈련에서도 뒤처지거나 나가떨어지는 날이 없었다. 세상에서 가장 답답한 눈이었지만 또 가장 강한 의지를 가진 그런 사람들 같았다. 어디선가 본 기억이 있는 그런 의지. 나는 늘 그들에게 '어쩌면'이라는 가능성을 품는다. 그리고 제발 내 옅은 직감이 무당의 힘이 빌려진 것이 아니기를 간절히 바랐다. 만일 나의 직감이 무섭게 진실에 화살을 맞춘다면 나는 그들을 얼싸안고 눈이 헐어버릴 정도로 울지도 모른다. 아니, 어쩌면 비정상적으로 무덤덤할지도 모르지.

비행복을 반쯤 벗으면서 들어온 우리들은 바람에 닿는 면적을 넓히기 위해 허우적허우적 남은 옷을 벗어나갔다. 우리에게는 물이 필요했다. 두 발로 들어왔든 네발로 들어왔든 말이다. 물은 손만 뻗으면 닿을 수 있는 곳에 있었다. 하지만 누구도 손을 뻗을 수 없었다. 허공을 수없이 내가르던 팔은 바닥에 붙어 떨어지기를 거부하고 있었다. 목이 타는 듯했다. 1년을 흘릴 땀을 다 빼어버리고 아마 몸속의 피의 농도는 아주 진해져 있을 것이고 장기들은 구석구석 탈수증상을 호소할 것이다. 물이 필요하다. 하지만 나는 물을 얻으러 가는 수고를 할 수 없었다. 그 짧은 거리가 중국 대륙보다 넓어보였기 때문이다.

"물…"

우리는 짧은 의식과 힘으로 물을 외쳤다. 그렇게 외쳐봤자 떠다 줄 가족도 없다는 것을 아는데도 말이다. 이 옹알이 같은 말이 꼭 입에 물을 부어달라는 소리는 아니었다. 다만 몸이 저절로 물을 넣어달라고 바보 같은 육체의 주인에게 말을 거는 것뿐이었다. 눈을 감고 계속 물이란 단어를 흘리고 있을 때 차갑고 촉촉한 감촉이 입술에 닿았다. 젖은 수건이었다. 그것이 나를 해치지 않는다는 것을 알자마자 나는 물이 흥건하게 젖은 수건을 엄마 젖 빨듯이 세차게 빨았다. 그리고 서서히 눈을 뜰 힘도, 말을 할 힘도, 고개를 들 힘도 생겨남을 느꼈다. 물 반 모금이 이렇게 힘이 되다니, 새삼 물의 경이로움에 놀라고 있었다. 나는 서서히 눈을 떠 누가 이렇게 기특한 짓을 하나 쳐다보았다. 나의 입에 젖은 수건을 대고 있던 이는 다름 아닌 히가시야마였다. 늘 말이 없는 청년 말이다. 그의 이런 사교적인 행동에 놀라 나는 으스스 몸을 일으켰다. 그리고 어색한 목소리로 그에게 고마움을 전했다. 그는 내가 일어나자 내 상태가 괜찮음을 확인하고는 미소 하나 없이 내 옆에 뻗어있는 가토에게 갔다. 그리고 내게 했던 것처럼 수건에 물을 묻혀 입에 대주고 있었다.

그는 힘들지 않은 것일까? 혹시 정말 철인의 육체를 타고난 것이 아닐까? 그럴 리는 없다. 그도 실컷 두들겨 맞은 날에는 심하게 끙끙거렸다. 아침 구보에서 늘 앞서지만 상쾌한 표정 따위는 없었다. 일본 땅에 면회 올 이가 없다. 휴가를 맞이해서 그의 눈매를 둥글게 할 어떤 이가 없다. 일본에 그런 이가 없다면, 그는 그 일본을 위해 어째서 이 개고생을 하는가? 조국인 일본을 사랑해서? 젊음을 조국에게 바치기 위해서? 여기 일본인들이 조국에 대한 사랑을 늘어놓을 때 그는 세상에서 제일 괴로운 표정으로 책을 읽었다. 역시 그는 나의 가설을 참으로 만드는 명제일 것이다.

오늘 밤은 특히 괴로웠다. 적당히 목을 축이고 저녁을 먹고 온 우리는 숟가락 하나 제대로 들지 못할 정도로 팔이 아팠다. 바닥에서 억지로 팔을 떼어내어 그의 편안함을 빼앗았을 때 우리의 팔은 스스로 내려앉아 버렸다. 움직이려고 해도 말을 듣지 않았다. 우리를 더 고통스럽게 만든 것은 겨드랑이며 사타구니며 열에 잘 익고 비벼져서 까진 살이었다. 여태껏 묵직한 놈들한테 찜질을 받아 맷집으로 견디고 있었지만 이런 종류의 쓰라림은 낯설었기에 더욱 우리를 안절부절못하게 만들었다.

몸이 배배 꼬이는 가운데 식사를 마치고 우리는 교관의 지루한 훈화를 들어야 했다. 오늘은 우리의 목숨의 사용 방법에 관한 것이었다.

"인간은 누구나 한 번은 태어나고 죽는다. 태어남은 선택이 없지만 죽음에는 개인의 선택이 있다. 죽는 방법과 죽는 장소를 선택할 수 있는 것은 인간에게만 주어진 특권이다. 이곳에 모인 자랑스러운 황군은, 오직 천황 폐하의 은혜를 위해, 그 은혜에 보답하기 위해 우리의 하나뿐인 목숨을 사용할 것이다. 우리의 이러한 각오가 우리의 가족과 우리의 영토를 지키는 일이고 나아가 천황 폐하의 은혜에 미력하나마 보답하는 길이다…"

속이 느글거릴 정도로 지겹게 들은 그러한 종류의 연설은 내 눈에는 그저 그들이 자행하는 입으로는 다 전하지 못할 수많은 악행에 대한 면죄부 같았다. 마치 그러한 면죄부로 천황을 팔고 있는 게 아닌가 하는 생각이 들 정도로 말이다. 그리고 결론은 늘 일본은 지금 전세 관망을 위해 작전상 후퇴 중이고, 곧 대동아 공영의 위대한 업적을 달성할 수 있을 것이라는 토씨 하나 다르지 않은 말들이다.

오늘의 강연은 낮의 소동으로 좀 짧아진 듯했다. 막사를 원숭이처럼 걸어 들어와 자리에 벌러덩 누웠다. 늘 책을 보던 구마모토 선배도 오늘은 책을 뒤로하고 쓰러지듯 자리에 누웠다. 옷깃에 닿는 까진 살이 따끔 거리는지 작은 경기를 일으키기도 했다. 나는 가만히 천장을 바라보았다. 죽는 방법? 웃기는 소리, 그런 걸 왜 고민해야 하는지 모를 일이다. 애당초 싸움이 시작되지 않았다면 죽는 방법 따위는 고민하지도 않았을 텐데…. 그럴 시간에 우연히 주어진 이 삶을 어떻게 행복하게 살아갈지나 고민하면 될 것을….

나는 구마모토 선배를 유심히 쳐다보았다. 나의 눈길이 느껴졌는지 그는 나를 향해 몸을 돌렸다. 자세를 바꿀 때마다 따가운지 미간을 잔뜩 찌푸리면서 말이다.

"왜?"

나는 잠깐 입을 다물다 내가 선배를 바라보는 이유를 생각한다. 막연한 생각이 정리가 되지 않고, 정리되지 않은 생각은 말이 되지 못한다. 뭔가 묻고 싶다. 뭔가 물어서 그의 명쾌한 대답을 듣고 싶다. 그러다가 결국 내 입에서 튀어나온 것은 삶이란 무엇인가라는 질문이었다. 순간 막사 내가 조용해졌다. 어떤 이는 나처럼 구마모토 선배의 고견을 기다리는 듯했고, 또 어떤 이는 그 질문 자체가 괴로운 듯했다. 낑낑대는 소리가 사라지고 밤바다 속 같은 적막이 우리를 찾았다. 선배는 내 눈을 쳐다보다가 살짝 입꼬리를 올렸다.

"오늘이 며칠이지?"

이런 걸 생뚱맞다고 해야 하는 것인가? 나는 잠시 머리를 굴려 날짜를 헤아리고 있었다. 누군지는 잘 모르지만 내 눈이 닿지 않은 곳에 앉아있던 누군가가 뭔가를 알았다는 식으로 짧은 탄성을 내쉬었다. 그 짧은 탄성만으로는 그가 누군지 알 수 없었기 때문에 나는 목을 돌려보려 했으나 밀려오는 피로와 육체적 한계에 그만두기로 했다.

"5월 22일."

날짜 계산이 끝난 나는 그에게 어려운 답이라도 가르쳐 주듯 날짜를 말했다. 선배는 고개를 끄덕였다.

"Am 22 Mai."
- 5월 22일

그러더니 갑자기 그는 독일어를 시작했다.

Daß das Leben des Menschen nur ein Traum sei,
ist manchem schon so vorgekommen,
und auch mit mir zieht dieses Gefühl immer herum.

- 사람의 생이 단지 꿈에 지나지 않는다는 것을 많은 사람들이 생각해 왔고, 나 또한 언제나 이런 느낌에 사로잡혀 있다.

Wenn ich die Einschränkung ansehe, in welcher die tätigen und forschenden Kräfte des Menschen eingesperrt sind; wenn ich sehe, wie alle Wirksamkeit dahinaus läuft, sich die Befriedigung von Bedürfnissen zu verschaffen, die wieder keinen Zweck haben, als unsere arme Existenz zu verlängern, und dann, daß alle Beruhigung über gewisse Punkte des Nachforschens nur eine träumende Resignation ist, da man sich die Wände, zwischen denen man gefangen sitzt, mit bunten Gestalten und lichten Aussichten bemalt - Das alles, Wilhelm, macht mich stumm.

Ich kehre in mich selbst zurück, und finde eine Welt! Wieder mehr in Ahnung und dunkler Begier als in Darstellung und lebendiger Kraft. Und da schwimmt alles vor meinen Sinnen, und ich lächle dann so träumend weiter in die Welt.

- 인간의 활동력이나 탐구력이란 것은 어떤 한계 안에 제약되어 있다.

우리들의 비참한 생존을 연장시키려는 것 말고는

다른 목적이 없는 욕구를 만족시키려고

버둥거리고 있는 모습을 보아라.

그 체념….

인간이 스스로를 가두고 다채로운 형광 빛이 나는 전망들로 색칠해 가는 그 벽.

빌헬름!

이 모든 것은 그만 나의 말문을 막아버린다.

난 내 안으로 발길을 돌리고 하나의 세계를 발견한다.

그 명확한 형상을 갖춘 생기 넘치는 힘이 아닌,

어렴풋한 감각 속,

희망을 갈망하는 가운데.

그곳에서 모든 것이 내 감각이-전면에서 헤엄치듯 떠돌아,

계속해서 나는 그토록 꿈꾸듯 먼 세계 속에서 미소 지을 따름이다.

《젊은 베르테르의 슬픔》의 일부분이다. 나는 일본어로 이 작품을 읽어본 적은 있었지만 이렇게 아무렇게나 선배에게 어깨너머로 배운 독일어로 의미를 이어가기는 처음이다. 이 구절은 처음에는 구마모토 선배의 우수에 찬 목소리로 시작했지만 어느새 나카이, 미야자키, 이쿠시마로 넘어가면서 억양도 톤도 바뀌기 시작했다. 우리 막사 안은 순간 괴테의 유령 같은 글로 가득 차버렸다. 그리고 암송을 마쳤을 때, 독일어로 이 구절을 읊은 이들은 저마다 "당신도 이 구절을 마음에 두고 계셨군요" 하는 식으로 서로 눈빛을 교환하고 있었다.

괴테라는 사람은 글을 어렵게 쓴다. 일본어로 읽어도 이해를 못 한 내가 기초 없는 독일어로 다시 듣게 된다고 정확한 뜻을 알겠는가? 하지만 나를 제외한 모든 이는 이 먹먹한 진리를 이해한 듯했다. 이젠 그들이 이야기하는 독일어도 귀에 익어가기 시작했다. 다른 막사는 어떤 식으로 소통을 이어나가고 있는지 모르지만 우리 막사는 이게 보통이다. 익숙하다 못해 점점 말이 트이는 내 자신을 발견할 때, 군대에 와서 느끼는 거라고는 독일어와 체력뿐이라고 생각될 때가 있다. 이게 우리만의 방식이다. 우리

막사는 마음이 구슬플 때면, 또 그 따가운 마음을 털어놓고 싶을 때면 독일어를 이용한다. 물론 내가 전혀 알아들을 수 없는 프랑스어를 하는 사람도 있다.

똑똑한 사람들, 그런 그들이 강요받은 사무라이로서의 길, 그리고 제국의 영광을 가장한 죽음의 선전. 전쟁이 끝나기 전까지 그들의 철학은 그림자 안에 숨어있을 것이다. 봄을 기다리는 싹처럼 말이다. 전쟁은 끝날 것이다. 다만 내가 바라는 것은 이와키의 말처럼 개가 되기 전에 이 전쟁이 끝나야 한다는 것이다. 그들이 세상에 나가 싹을 틔우려 할 때 썩어 싹을 틔우지 못하는 종자가 되어버리면 얼마나 애석하겠는가. 전쟁은 곧 끝날 것이다. 나는 그렇게 믿는다. 그리고 죽음에 대한 고민이 아닌 사랑하는 사람들과의 행복한 고민을 할 것이다. 적어도 나는 그렇게 굳게 믿고 있다.

어째서 교관이라는 놈이 죽을 준비를 하라는 식의 연설을 하는지는 모르지만, 절대 여기 있는 어느 누구도 죽지 않을 것이다. 죽기에는 너무나 아까운 사람들이라는 정당한 이유가 있다. 일본의 전쟁에 관한 이유가 다 정당하듯, 우리의 생존에 관한 이유도 다 정당하다. 우리는 정당한 권리로 생을 이어나갈 것이다. 왜 그들은 우리에게 죽음을 가르치려 드는 것일까? 아마도 죽을 각오로 전투에 임하는 군인이 되라는 말이었을 것이다. 다만 그것을 너무 강조한 것뿐이다. 언제부터 내가 나를 설득하는 버릇이 생겼는지 모르지만 나는 그렇게 피어오르는 불안을 달래고 있었다.

오늘은 첫 비행 훈련이 있는 날이다. 그렇다고 비행 학교에 들어온 지한 달도 안 된 사람이 바로 하늘을 나는 것은 아니었다. 우리는 고추잠자리라는 복엽비행기로 지상에서의 비행 연습에 들어갔다. 2인 조종석이 마련되어 있는 이 비행기는 상관과 우리를 하늘 위로 날게 할 것이다. 그리고 교관의 지도하에 하늘에서 홀로 비행하는 첫 단계가 될 것이다. 이 비행기 자체가 우리의 날개가 되어버리는 것이다. 비록 지상에 묶여있는 비행기지만 비행기에 올라타 기기판을 만지며 비행 운전을 배운다는 것은 짜릿한 일이었다.

정말 이 순간 어제 독일어와 괴테를 빌려 고뇌에 빠져있던 것이 거짓말처럼 사라졌다. 분명 깊은 잠을 방해하던 나의 상념이었을 텐데, 나의 죽음에 대한 고뇌는 그리도 값싼 것이었단 말인가?

나의 긍정적 결말은 늘 불안을 몰고 다녔고, 불안은 다시 긍정의 손을 잡고 나와의 대면에 응한다. 나는 그들 사이를 번갈아 움직이는 시계추 위에 올라가 있다. 그 일정한 반복 속에서 곡선을 그리며 오르락내리락하다 보면 멀미가 나서 속이 메스꺼워진다. 하지만 지금 이 순간의 나는 일본이고 뭐고 다 잊어버리고 다만 하늘을 날 수 있다는 꿈을 꾼다. 이런 느낌을 받은 이는 나만이 아니었다. 여기 비행기에 탄 우리 모두가 그러했다. 그들의 진정한 두려움과 고뇌는 그들의 모국어로 표현될 수 없었다. 정말 훌륭하게 표현된 일본의 말도 답답하고 구슬프다. 아무리 태양을 끌어들이고 아름다움과 경이로움을 끌어들여도 그들의 마음을 담은 모국어는 슬프다. 그들이 슬프기 때문에… 그런 우리들이 작은 행복을 손에 넣었다. 하늘을 날 수 있다는 기대 말이다.

날지 않는 비행기로 3개월 좀 넘게 훈련을 받았을 때, 우리는 드디어 하늘로 날아오르는 소원을 이루게 되었다. 과연 구름과 가까운 곳에 나를 포함시킬 수 있을까? 일상처럼 나는 새가 될 수 있을까? 그간의 의구심이 부조종석에 앉은 내 머릿속을 훑고 지나갔다. 상관은 나의 복잡한 머리와 상관없이 서서히 활주로에서 비행기 바퀴를 굴렸고, 얼마 지나지 않아 나의 눈앞은 온통 푸른빛으로 변해있었다.

아! 정말 나는구나!

교관과 동승한 비행기에서 나는 작은 떨림으로 그간의 기대에 보답했다. 또 비행은 기대 이상의 즐거움을 선사했다. 차가운 바람이 얼굴에 부딪쳤고 어느새 낮은 구름만큼 날아오른 나는 눈앞에서 살짝 눈을 가렸다 이내 흩어지는 구름의 환상을 느낄 수 있었다. 물론 상관이 나와 동석하여 이리저리 비행의 경이로움을 시전하고 있었고, 나는 조종대를 잡고 그의 운전을 손으로만 따라가고 있을 뿐이었지만, 지금은 누가 비행을 하든 상관없는 것 같았다. 다만 내가 하늘에 있고, 이 순간 누구도 나를 땅 아래 묶어둘 수 없었다.

지구의 중력을 거슬러 본 적이 있었던가? 가끔 위를 쥐어짜고 역류하던 나의 토사물이 중력에 반항을 시도하긴 했지만 결국엔 땅에 내동댕이쳐지지 않았던가? 세상을 자신의 발아래 두어본 적이 있던가? 마치 발아래 보이는 세상 모든 것의 지배자가 되어버린 듯한 우월감이 들지. 아마 일본의 군인들은 이러한 이유로 제국주의를 포기하지 않을지도 몰라. 땅이고 바다고 사람이고 모든 것들을 발아래 두는 쾌감을 알기 때문에. 지옥을 발아래 둔 적이 있는가? 절대 벗어날 수 없는 거대한 지옥이라 믿었던 쓰치우라도 하늘 위에선 그저 작은 건물들의 집합이었네. 지옥을 발아래 둔다는 건 말 그대로 천국을 의미하는 것이 아닌가? 나는 비상이라는 천국 속에 지옥을 스스로 내던져야 하는 비상에 잠겨 깊은 한숨을 몰아쉬었다. 결국 날아오른 비행기도 내려가야 하는 것이기에.

민족과 국가

비행의 즐거움이 우리 생활의 소화제가 되어가고 있을 때, 우리는 부쩍 나라에 대한 고민을 늘어놓기 시작했다. 워낙 말하기 좋아하는 샌님들이라 한번 이야기가 시작되면 동이 트기 직전까지 자신의 주장을 펼치곤 했다.

나라라….

나는 늘 나의 조국을 조선이라 부른다. 조선, 하지만 그것은 나의 조국의 옛 이름이다. 나의 조국은 사실 대한제국이라는 소름 끼치는 이름을 갖고 있었다. 제국… 무슨 의미로 제국이라는 말을 갖다 붙였는지 모르겠지만 내 나라의 정식 이름이 그러했다. 이곳 대일본이라는 나라가 꿈꾸는 대일본 제국의 톱니바퀴가 되어버린 이후로 이 제국이라는 말은 나에게 잦은 구토의 주제가 되었다. 제국이라! 제국을 목표로 한다는 것인지…. 그런 제국이라는 것이 되기 위해 어떠한 일들을 해야 하는지 조선의 나라 님들은 아셨을까? 순진하거나 혹은 멍청한 우리 조선의 양반님들은 제국 의 피와 정복이란 건 전혀 머리에 없으시고, 다만 위용 찬란한 나라를 만 들고 싶었겠지. 그래, 그렇겠지.

조선의 백성이라는 사람 중 대한제국의 백성이라 스스로 지명하고 다 니는 사람이 있을까? 평화를 사랑하여 흰옷을 즐겨 입던 백성들은 그런 국호를 거추장스럽게 생각했다. 그리고 자연스레 해가 뜨는 나라 조선으 로 자신의 정체성을 밝히고들 있었다. 이런 우리의 깊은 뜻을 일본의 그 누구도 모른다. 그들에게 조선은 그들이 눈을 내리깔고 거칠게 손찌검하 거나 즐거이 억눌러도 되는 그런 사람들의 집단이 모인 곳이나 그런 사람 들을 의미했다. 물론 지식인이라는 사람들이 대놓고 그러한 표현을 한 것 은 아니었다. 지식인다운 더러운 합리화와 높은 곳에 앉은 귀족의 시선이 조선을 향하고 있었다.

불행하게도 시간이 지나 기초 훈련을 받는 곳에 조선인이 늘어났다. 그 렇게 그들이 나와 같은 꼴로 전락하지 않기를 바라고 있었는데, 하루하 루 육체의 고통이 그들의 몸을 갈기갈기 찢어놓는 것과, 그에 못지않은 정 체성의 갈등을 그들이 느끼지 않으면 안 되는 상황이 되어버리다니 진실 로 아름답지 않은 결과! 그들이 스스로 자신이 조선인이라는 말을 한 적 은 없지만 일본식 이름을 만드는 과정에서 그들은 스스로를 조선인이라고 밝히는 듯한, 일본에는 없는 성씨를 만들어 칭하고 다녔다. 오늘 말 많은 샌님들은 그들에 관한 이야기를 하고 있었다.

어쩌다 이야기의 머리가 조선과 대만, 필리핀 등의 입대에 관한 것으로 돌려졌는지 잘 기억이 나지 않는다.

"원래부터 우리는 천황 폐하의 백성이었고, 조선과 대만, 필리핀과 같이 서로 다른 이름으로 떨어져 있던 폐하의 백성들이 원래의 나라 일본으로 돌아온 것에 불과해. 아주 오랫동안 제국의 국민으로서 자각 없는 삶을 산 사람들이야. 그런 그들에게 천황 폐하의 군대가 되는 영광이 주어진 것은 분명 우리 대일본 제국이 그들을 진정한 한 민족으로 품으려는 노력을 하고 있다는 증거야. 물론 나 또한 처음에는 그들을 타 민족이라 여겼어. 하지만 이제 더 이상 그렇게 생각할 여지가 없어진 것 같아."

아주 당연하다는 이와키의 말은 나를 경악으로 몰고 갔다. 그런 그의 말에 동조하는 저 샌님은 도대체 무엇이란 말인가? 나는 또다시 목구멍으로 스멀스멀 넘어오는 쓰라림을 느꼈다. 하지만 그것은 구토가 아니었다. 그것은 조선인으로서의 발언이었다. 하지만 나는 마른침과 함께 이를 삼켜야 했다. 지난주 일요일 면회를 온 치에코의 걱정스러운 당부가 생각났기 때문이다. 자신을 위해 부디 모른 척해달라는 것이었다. 내가 조선인이라는 이유로 이곳에서 부당한 대우를 받거나 정신적 괴로움에 파닥거린다는 생각만으로 그녀의 수명이 주는 것 같다는 것이었다. 그리고 이 전쟁이 끝나고 조선에 돌아가면 자기와 함께 입이 부르트도록 실컷 욕이나 퍼붓자는 말도 덧붙였다. 남편은 아내의 말을 존중해야 한다. 실로 사랑하고 존경하는 나의 아내의 말이니, 나는 이를 꽉 깨무는 것으로 분한 마음을 접으려 했다. 구마모토 선배는 이런 나를 걱정스러운 듯 보았다.

"지금 이런 말을 하면 당장 상사에게 불려가 머리통이 날아갈 정도의 기억을 갖게 될지는 모르지만, 나는 이와키와는 다른 생각이야. 언제부터 우리가 배를 타고 한참 가야 하는 그런 나라들을 우리의 나라라고 생각했는지 모를 일이야. 그뿐만 아니지, 류큐나 북쪽의 섬에 사는 아이누족들 또한 마찬가지야. 그들은 모두가 각자의 영토에서 각자의 유구한 역사를 그들만의 의복과 식생활로 누리고 있던 독특한 나라의 사람들이야. 민족의 그릇인 언어 또한 너무나도 다른 나라지. 한자를 이용한 간단한 의사소통이 가능한 나라가 많다고 해서 그들이 같은 나라라는 건 정말 어불성설에 지나지 않아. 우리 모두 알고 있잖아. 글이라고 부르기에는 열악하기 그지없는 문자를 갖고 있는 것은 우리 일본이야. 일본이라는 나라는 아주 예부터 배를 타고 나가야만 만날 수 있던 그들의 문화를 배우고 성장해 온 나라야. 그쯤은 다들 알고 있는 일이잖아? 이와키 너는 제국의 선전을 아주 잘 흡수하고 있구나. 난 네가 그런 말을 하는 건 그저 스스로를 납득시키기 위해 동의를 구하는 노력에 지나지 않는다고 보는데, 내 말이 틀린가?"

이와키의 미간이 잔뜩 찌푸려졌다. 그뿐만 아니었다. 이와키의 의견에 동조하는 많은 이들이 구마모토 선배를 쏘아보았다.

"그렇다면 구마모토 씨는 우리 대일본 제국의 창대한 뜻이 잘못되었다고 생각하고 계신건가요?"

선배와 함께 독일어 책을 돌려 보던 나카이가 말했다.

"그렇다면 너는 옳다고 생각하니?"

선배가 나카이에게 되물었다.

"옳고 그르고를 판단할 수 있는 일이 아니라고 생각해요. 우리는 대일본 제국의 아들이니까, 천황 폐하를 위해 목숨을 바치는 것은 당연한 일이니까, 설령 나의 옅은 머리로 천황 폐하의 의지를 다 이해할 수 없다고 해도 나는 천황 폐하의 뜻을 이루는 도구로 이 한목숨을 바쳐야 한다고 생각해요."

나카이가 조곤조곤 자신의 생각을 말했다. 선배는 기다렸다는 듯이 말을 이었다.

"네 말대로 천황 폐하의 은혜를 입은 제국의 아들로서 천황을 위해 목숨을 바치는 것은 당연한 일이지. 나 또한 그 뜻에는 격렬히 찬동하네. 설령 나의 배움이 이대로 끝이 난다고 해도, 또 내가 가지고 있는 모든 사상과 의지에 천황 폐하의 뜻이 반한다고 해도 말이야. 우린 일본 땅에 아버지와 조상을 두고 있으니까 그러함이 지당하지."

구마모토 선배를 늘 짓누르고 있던 일본인으로서의 의무론이다. 선배가 다음 말을 잇고자 했을 때 곁에 앉아있던 사카키가 말을 이었다.

"일본인은 일본인으로서의 의무가 있어. 난 단 한 번도 대만, 조선, 필리핀 등의 국민을 한 민족이라고 생각해 본 적이 없어. 물론 류큐는 좀 예외지만. 내가 소학교를 다닐 때 우리 반에는 가난한 조선인이 있었어. 처음에는 사이좋게 지냈지만 머리가 크고 나니 머릿속에 알 수 없는 우월감도 함께 자라더군. 그래서 보기 좋게 괴롭혔다네. 하지만 그는 그런 대우에 익숙해져 있는 것 같았네. 일본이 조선에서 해온 짓거리에 비하면 아무것도 아니라는 친절한 해석, 그리고 일본인은 원래부터 근성이 틀려먹었다는 눈을 뒤집게 만드는 의견까지 말이네."

그의 말에 여기저기서 기가 차다고 혀를 차는 이들이 있었다. 그는 예상이라도 했다는 듯 모두를 둘러보고는

"어이없지? 근데 그 말을 하는 조선인이 어떤 상황이었는지 아는가? 정말 우리가 생각해도 유치하기 짝이 없는 이유로 그를 동그랗게 둘러싸고 축구공 대신 그를 차고 있었네. 그렇게 그에게 발길질을 하는데, 그는 자신의 얼굴을 감싸고 우리에게 맞으면서 그런 이야기를 했단 말이야."

순간 주위가 고요해졌다.

"우리 중 대부분은 그를 향한 발길질에 더욱 힘을 실었지만, 나는 그럴 수 없었네. 사실이었거든. 물론 일본인이라고 다 그렇다고 인정하는 건 아니네. 거기에 모여 그에게 발길질하는 이들은 틀려먹은 근성을 하고 있었던 거야. 물론 어리기도 했지만 어리다고 약한 자를 괴롭히는 게 용서받을 수 있는 일은 아니지 않는가? 내가 제일 놀랐던 게 뭔 줄 아는가? 어떻게 그런 상황에서 그런 말을 할 수 있는가 하는 것이야. 내가 조선에서, 나를 빼고는 학교의 모든 학생들이 조선인인 그곳에서, 조선인들에게 그런 구타를 당했다면 나는 아무 말도 못 했을 것이네. 하지만 그는 달랐어. 늘 당당하게 우리에 대한 자신의 생각을 말했네. 그는 성적도 좋았지. 그렇게 얻어맞으면 머리가 나빠지는 탓을 하며 학교에 정을 붙이지 못했을지

모르는데 그는 늘 우수했어. 그는 우리와 다른 정신세계를 가지고 있었던 것이네. 어린아이였지만 고난을 대하는 자세가 지금의 우리만큼 성장해 있었던 것이야. 그건 그 조선이라는 나라에서 그들에게 심어준 그 나라의 국민성이라고 생각한다네. 아무리 같다고 소리 지르고 다녀도 사실은 다르지 않는가?"

이와키가 말을 이어가려고 했다. 하지만 사카키가 좀 더 빨랐다.

"자네들 근처에는 조선인이나 우리가 귀화 민족이라고 외치고 다니는 다른 민족이 없었는가? 만일 진짜 하나라고 여긴다면 그런 구타는 애당초 없었을 것이네. 학교의 규칙을 담당하는 선생님도 우리에게 우리 행위가 잘못되어 있음을 일러주지 않지 않던가. 선생님들이 보기에도 그들은 정복지에서 온 힘없는 어린애에 지나지 않았을 테니 말이네."

그들은 각자의 머릿속에 조선인을 불러들이는 듯했다. 그리고 결론적으로 그의 말과 같은 결말에 도달하는 듯했다. 구마모토 선배는 그런 그의 이야기를 가만히 듣다가 나를 잠깐잠깐 쳐다보았다. 내가 할 수 있는 건 마른 미소를 흘려보내는 것뿐이었다. 옆에서 가만히 듣던 시로가미가 이야기했다.

"그러고 보니 우리 반에도 조선인이 있었지. 역시 소학교에 다닐 때였네만, 그는 우리 반 친구들과 사이가 좋았네. 명랑했고 목소리도 컸지. 지금 생각해 보니 그를 향해 어떤 개구쟁이가 조선인을 핑계로 손찌검과 욕설을 한 듯했네. 그때 나의 담임선생님께서 그를 붙잡아 일주일 화장실 청소를 시키며 반성문을 쓰게 했지. 그러고 나서는 아무도 조선인 친구를 향해서 볼썽사나운 짓을 하지 않았다네. 사실 우리는 그가 조선인이라는 인식을 크게 못 한 듯하네."

"그거 참으로 다행이네. 그 친구는 아마 일본인에 대해 좋은 인상을 가졌을 것이네."

사사키는 시로가미의 말을 기다렸다는 듯이 기쁘게 찬동했다. 나카이와 이와키는 하고픈 말이 더 있는 듯했다. 하지만 정말 할 말이 있는 사람은 나였다. 나는 당장이라도 일어서서 그들의 어리석은 해석에 냉수를 퍼부어 버리고 싶었다. 물론 그런다고 정신 차릴 이들이 아니지만, 구토처럼 밀려오는 말들이 내 앞니를 툭툭 치고 있다. 내가 숨을 크게 들이마셨을 때, 구마모토 선배는 눈짓으로 나를 누르려 했다. 왜? 내가 조선인인 것이 그렇게 나쁜 일인가? 지금껏 내가 우리라고 불러왔던 이들이 순간 적이 된단 말인가? 나 또한 이 지옥 같은 군 생활을 그들과 함께 부대껴 가고 있는데?

"훗!"

어디선가 작은 실소가 흘러나왔다. 히가시야마였다. 우리의 시선이 그를 향해 내달았고, 그는 점점 크게 웃기 시작했다. 그의 그런 모습은 처음 보는지라 우리는 모두 잠자코 그의 행보를 지켜볼 수밖에 없었다.

"상냥하신 샌님들, 지금 그걸 말씀이라고 하십니까?"

그의 목소리가 얼음판 같았다. 그는 아마도 내가 예상했던 사람임에 틀림없다. 나는 느낄 수 있었다. 그는 나와 조국이 같은 사람이라는 것을.

나름대로 진지한 토론을 하고 있던 이들이 눈썹을 쭈뼛 위로 올리면서 그를 쳐다보았다.

"한 민족이니, 다른 민족이니 이야기할 거리가 있다니, 놀라다 못해 뒤로 자빠질 지경입니다 그려."

그는 약간은 즐거운 표정으로 우리에게 비실비실 말을 걸었다. 그의 눈빛이 비실거렸다는 것이 아니라, 그의 목소리가 웃음과 섞여 비실비실거리고 있었다.

"아주 지랄을 해라."

나는 똑똑히 들을 수 있었다. 그는 경멸이 섞인 어투로 조선말을 구사했다. 우리 막사에 있는 사람 중 그 말을 알아들을 수 있는 사람은 나뿐이었을 것이다. 막사 내에 있는 모든 일본인은 뜻 모를 조선말에 당황하고 있었다. 정확히 말하자면 그가 조선인이라는 데 경악하는 것 같았다. 야마토다마시가 철저히 깃들었다고도 말해졌던 히가시야마에게 말이다. 그는 단 한 번도 쓰러지거나 낙오한 적이 없는 우리 막사의 말 없는 엘리트였다. 그는 말수는 적지만 늘 우리 막사의 머리였고, 상관도 히가시야마에게만은 트집거리를 잡아내지 못했다. 그러기에 우수한 일본 제국의 군사였던 그가 사실은 조선인이라는 것은 모두에게 신선하다 못해 따가운 충격이었다. 그는 화가 나있는 게 틀림없었다. 화가 날 만도 하지만 그의 조선어는 정말로 질이 낮았다. 여태껏 그들의 기가 찬 토론을 들어온 결과가 그것이었던 것이다.

"한 민족이고 뭐고를 이야기하기 전에, 왜 가장 중요한 사실을 빼먹지? 똑똑한 일본의 미래들께서는 정말 모르시는 건가?"

나카이는 약간은 긴장된 목소리로 히가시야마에게 물었다.

"너 조선인이었어?"

"왜? 아까처럼 귀화인이라고 부르지 그래?"

히가시야마의 눈빛이 귀신처럼 빛나고 있었다. 아무도 그의 그런 모습을 본 적이 없기 때문에 조선인인 나도 긴장할 수밖에 없었다.

"한 민족이고 뭐고를 이야기하기 전에 일본이 저지른 모든 행위가 침략이었다는 사실은 왜 거론하지 않는 건지 잘 모르겠네. 설마 모른다고는 하지 않겠지? 한 나라의 국모를 한낱 낭인을 시켜 도륙을 내고, 그 시체를 시간(屍姦)하고 유체를 태워버린 것을 모른다고는 하지 않겠지? 전하를 위협하고, 통치권도, 사법권도, 행정권도 모조리 빼앗아 버리고, 군대 또한 해산시켜 버린 것을 일본 사람들은 모른다고는 하지 않겠지? 힘이 없는 나라라는 이유로 국왕을 강제로 퇴위시키고, 나라의 왕자를 부모의 곁에서 떼어내어 포로로 잡아 일본으로 끌고 왔지. 그리고 그대들의 딸에게 조선의 왕비 자리를 주지 않았는가? 그대들이 나의 조국의 선왕께, 나의 조국의 왕가에 저지른 일을 모르는가? 왕가의 이야기는 지겨운가? 그렇다면 다른 곳의 이야기를 해줄까? 그대들은 조선의 땅 방방곡곡을 돌아다니며 징을 박고, 산맥과 강줄기를 마르게 하고 있네. 소작농의 땅을 빼앗고, 1년 먹을 양식도 남겨두지 않은 채 양곡을 헐값에 사 일본에서 비싸게 팔고 있지. 나의 동지들은 농사가 끝나면 자네들에게 빼앗기는 게 무서워 농사지은 걸 후회한다고 하네. 민중의 이야기를 더 말해줄까? 그대들의 딸들은 이 전쟁에 무엇을 하고 있는가? 기껏해야 군수 물자를 만들기 위해 손을 보태는 것밖에 하지 않지? 우리 조선의 딸들은 어찌 되고 있는지 아는가? 그대들의 유흥의 상대로 전락해, 유곽의 여자처럼 군인들을 몸으로 상대하는 일을 하고 있다네. 그대들의 딸은 군인에게 몸을 팔도록 강요받고 있는가? 그대들이 정녕 우리 조선을 한 민족으로 생각하고 있다면 이런 짓은 상상도 못 할 걸세. 자국민을 굶기고 그 딸을 창기로 내모는 나라가 어딨겠는가? 이런 일이 불행히도 가능한 이유가 뭔지 아는가? 바로 그대들의 그 잘난 제국이 조용하고 약한 나라를 침략했기 때문이야. 입에 발린 평등이니 하나의 국민이니를 갖고 말머리를 돌려가며 교묘히 그대들의 나라가 저지른 일을 포장하지 마시게나. 그대들의 그 구역질 나는 말을 듣고 좋아할 조선인은 아무도 없다네. 아직 할 말이 더 있는데 계속해도 되겠는가?"

그의 목소리는 날카로웠고 도발적이었다. 이와키와 나카이를 비롯한 몇몇 이들은 금방 그에게 달려들 기세였다. 하지만 뭐가 걸리는지 그들은 히가시야마를 노려볼 뿐이었다.

"조선인이 일본의 군대에 와 일본인과 동일하게 훈련받는다는 것 자체가 동족의 의지 표명이라? 그대들은 양심이 없는가? 그런 말을 하면서 밥이 목구멍으로 넘어가는가? 나는 도저히 이해할 수 없다네. 자네들은 저들이 어떤 마음으로 이 지옥 같은 쓰치우라에 왔다고 생각하나? 집안의 영광을 위해서? 일본의 영광을 위해서? 일본인과 동등한 대우를 받기 위해서? 전쟁 영웅이 되기 위해서? 그대들의 머리에 가득 차있는 화려한 미래 중 하나를 얻기 위해서? 나를 포함해 여기 끌려든 조선인은 가족이 처절한 누명을 쓰고 사형대에 끌려가는 꼴을 보기 싫어서, 혹은 나의 형제가 나를 대신할 무서운 상황을 피하기 위해서, 조선인이라는 이유로 얕잡아 보이지 않기 위해서, 가난에 찌들어 먹을 것 하나 없기에 젊은 몸으로 부모님을 굶기지 않기 위해서 이곳에 왔다네. 전쟁 따위는 안중에도 없던 이들이 인간다운 삶을 위해 자신을 설득하고 설득해서 이곳에 오게 된 것을 자네들은 알 턱이 없겠지. 자네들은 나 같은 조선인이 군대에 오기 전에 얼마나 많은 협박을 받았는지 상상도 못 할 것일세. 그대들은 징병관의 권유였나? 우리는 징병관이 헌병대를 고향의 집까지 보내 부모를 인질로 잡고 있었다네. 그뿐인 줄 아는가? 나는 아직 그대들의 그 썩은 정신에 대해 하고 싶은 말이 많다네."

히가시야마는 오늘 끝장을 볼 작정이었다. 군대에 입대하기 전의 일이 새록새록 떠올랐다.

"첫째, 조선만 양곡이 부족한 것이 아니며 일본도 마찬가지로 굶고 있다. 둘째, 일본의 여성들도 군 근처의 유곽에서 몸을 도구로 장사를 한다. 셋째, 우리도 입대를 회피한다면 헌병대가 집에 들이닥쳐 협박을 하곤 한다. 넷째…"

나카이가 유치한 말로 히가시야마를 반박하기 시작했다. 그러자 히가시야마는 그의 말을 뚝 잘라서 말을 이었다.

"첫째, 부족과 강탈은 다르다. 둘째, 원래 유녀가 몸을 파는 것과 조신한 여성이었던 이가 몸을 강매당하는 것이 과연 같은가? 만일 여기 누군가 누이가 있다면, 당신의 누이를 군인들의 배설물을 받아내는 용도로 내던질 수 있는가? 셋째, 헌병대가 그대들의 가족을 담보로 목숨을 위협했는가? 직장이나 학교에 찾아와 계속된 협박을 받은 적이 있는가? 그리고 왜 이야기가 여기서부터 시작하는지 모르지만, 그대들은 그대들이 그렇게 존경해 마지않는 천황의 부인이 불량배의 손에 살해당하고 불량배가 그 시체를 욕보인 적이 있는가? 알겠는가? 어떤 한 사람이 남의 집 곡식을 훔쳐갔다네. 그리고 그 집 딸을 유녀로 팔아버렸다네. 그것도 모자라 그 집 주인의 아내를 죽이고 죽은 몸을 더럽히고 칼로 갈기갈기 찢어 태워버렸다네. 그것으로 그친 것이 아니라 그 집 아들을 강제로 데려와 노동을 시키고 자기 대신 군대에 가서 싸우라 한다네. 그 어떤 남자는 어떤 남자인가? 그대들이 사는 마을에 그런 이가 있다면 그대들은 어찌하겠는가? 가족으로 받아들이고 딸을 내어주고 아내를 도륙내고 욕보이는 꼴을 보고 있어야 하는가? 누가 봐도 그는 때려죽일 놈이네. 그렇지 아니한가? 내 말에 틀림이 있는가?"

히가시야마는 말하는 내내 주먹을 꽉 쥐고 있었다. 구마모토 선배는 눈을 지그시 감고 약간은 고개를 숙이고 그의 말을 듣고 있었다. 히가시야마는 계속해서 말을 이으려 했다.

"그만하게."

나는 그간 다물고 있던 입을 열었다. 구마모토 선배가 문득 눈을 떴다. 히가시야마가 나를 쳐다보았다. 막사에 있는 모두가 나를 쳐다보았다.

"내 이름은 임종성이라네. 대한제국의 진주라는 곳에서 태어난 순수한 조선인이라네."

선배가 나를 불안하게 쳐다보았다. 막사에 있던 모두가 머리를 망치로 두들겨 맞은 듯한 얼굴로 내 입만 쳐다보고 있었다. 이와키가 약간은 떨리는 목소리로 눈을 부릅뜨고 말했다.

"넌 일본인 처가 있잖아."

나는 얼른 고개를 끄덕였다.

"그렇지. 모두들 알겠지만 내게는 목숨을 내어서 지키고픈 아내가 있다네. 그리고 그녀는 순수한 일본인이라네."

나는 히가시야마를 가만히 쳐다보았다. 그렇지만 그는 그렇게 놀라지 않은 듯했다.

"아주 깊이 연모하네. 이 전쟁이 끝나면 나와 그녀는 조선에 돌아가 살 것이네. 나의 가족은 어서 그녀가 와서 함께 살기를 바라고 있다네. 나는 그녀의 가족에게 친아들 같은 대우를 받는다네."

나는 이 막사 안에 득실득실한 일본인은 신경 쓰이지 않았다. 다만 그가 신경 쓰일 뿐이었다. 그의 조선 이름은 무엇일까?

"이런 조선인이 있어 실망했는가?"

나의 물음에 히가시야마는 고개를 저었다.

"아니, 오히려 아주 부럽다네."

그의 말이 조금 부드러워졌다. 내가 그가 조선인임을 느끼고 있었듯이 그 또한 내가 조선인임을 알고 있었는지 모른다는 생각이 들었다.

"나는 조선인이네. 조선인으로서 일본이 싫네. 혐오스럽네. 힘으로 내 조국 산천을 짓밟는 그 행위를 생각만 하면 치가 떨린다네. 하지만 나는 일본이 좋기도 하다네. 내가 생각해도 나는 모순덩어리라네. 나는 치에코를 사랑하네. 그녀를 위해서라면 섶을 지고 불 속에라도 뛰어들 수 있다네. 그녀의 눈길이 갔던 모든 것들이 사랑스럽네. 어떻게 보면 정말 닮은 산천과 바다도 말일세. 그녀를 즐겁게 해준 땅도, 그곳에 자라는 나무도 잡초 하나도 내게는 소중하다네. 또 그녀가 사랑하는 가족들, 그녀의 벗들도 존중하고 아끼고 싶네.

하지만 또 일본이 싫다네. 그들은 조선인이 사랑하는 산천도, 가족도 모두 죽여가고 있지 않은가? 하지만 온전히 미워할 수 없다네. 온전히 미워하는 것이 가능하다면 그 또한 얼마나 속이 편하겠는가. 사랑하지…. 사랑해…."

잠시 스치는 치에코의 모습에 즐거운 명상을 맛본다. 치에코의 충고를 결국 어기고 마는구나, 미안해 치에코.

"이 무시무시한 지옥 같은 곳에서 만난 그대들을 동지로 여기고 있네. 그러다가 그것도 화가 나서 다 때려치워 버리고 그대들을 괴롭히고 싶을 때가 있다네. 이런 군대에 들어와 내가 나의 조국을 더 힘들게 하는 것은 아닌가 하고 말이야. 하지만 또 잠깐씩 그대들을 만난 것을 하늘에 감사한다네. 물론 그대들의 전쟁을 바라보는 관점에 대해서는 울분이 쌓이기도 하고, 언젠가 몰래 뒤에 가서 곤죽이 되도록 패버려야겠다 생각이 들때도 있다네. 하지만 나는 그러지 못해.

이곳에서 이렇게 함께 지옥에 빠져있는 그대들을 내가 어떻게 증오할 수 있겠는가? 그대들을 온전히 미워하는 방법이 있다면 좀 알려주시게. 자네들은 지금 여기 있는 조선인이 얼마나 복잡한 심경으로 하루하루를 버티는지 상상도 못 할 것이네. 비록 나는 그대들이 늘 생각하는 삶에 대한 정의를 위한 노력 같은 것은 모른다네. 하지만 그보다 더 복잡하다고 확신할 수 있는 고통을 머리와 마음에 두고 있다네.

하나 알아두었으면 하는 게 있다네. 왜 조선인이 이곳에서 훈련받는다고 생각하나? 멋진 파일럿이 되기 위해서? 그런 조선인이 없다고 부정하지는 않겠네. 사실 내 마음으로는 없다고 못 박고 싶지만, 비행은 너무나 매력적인 것이라 빠지지 않을 자신이 내게도 없다네. 우리가 조선으로 건너가 입대하지 않은 것도, 지금 이 자리에서 일본인과 동일하게 입대한 것도, 사실은 아주 작은 선택의 여지하에 있었다는 것이네. 만일 우리가 우리의 독립군을 토벌하기 위한 군대에 입대하라고 종용을 받았다면 그 자리에서 그의 목을 베고 자결을 했을지도 모르는 일일세. 물론 군인 하나를 죽일 수 있는 민간인은 드물지만 스스로의 목숨을 버리는 한이 있어도 그 짓은 못 한다네. 어찌 되었든 조선인이 이곳에 있는 이유는 간단하네. 조선인이 공격해야 하는 적이 조선인이 아니라는 사실이네. 그것 하나로 위안을 삼고, 전혀 감정도 없는 미국인을 적으로 싸워야 하는 얼떨떨한 기분에 사로잡혀 있다네. 그대들이 여기서 보게 되는 조선인에게 심심한 위로의 마음을 가져주길 바라네. 그들은 자신의 민족에게 총칼을 겨눌 수 없기에 지옥에 있는 것이니 말일세.

그대들이 일본인으로서 나라를 사랑하는 마음을 높이 사네. 그대들의 미래를 접어두고 이곳에 와서 겪지 않아도 될 고통을 겪고 있음을 존경하기까지 한다네. 우리와 달리, 자신의 안녕을 위한 선택의 폭이 있었던 그대들이 이곳에 와서 인생의 끝 바닥까지 떨어진 모습을 보면 어쩐지 쓰린 마음이 든다네. 혹여 그대들도 우리와는 다른 의미로 나라에 버림받은 것이 아닌가 하는 동정이 생기기도 한다네. 만일 그대들의 왕 앞에 나아가 발언할 기회가 주어진다면 우선 나의 조국을 위한 목소리를 높일 것이고, 그다음이 나라와 국왕인 당신을 사모하는 그대들을 더는 괴롭히지 말라는 말을 해주고 싶을 정도라네. 왜 내가 이런 생각을 하고 일본인인 그대들에게 정이 들었는지는 모르지만 나는 그렇다네. 그대들이 자랑스러운 그대들 조국의 국민임을 잊은 적 없듯이, 우리 또한 그러하네. 우리의 조국 조선을 잊은 적이 없고, 절대로 일본의 압제에 굴하지 않을 것이라 다짐했네. 그래서 쓰러지지 않고 그대들보다 더욱 용감하게 이 생활을 견디고 있다네.

그대들이 우리를 같은 민족이라고 부르는 것에는 화가 치밀어 오르지만, 다른 이가 아닌 이 막사에서 나와 함께 나뒹굴고 고뇌하는 그대들을 동지로 부르는 것에는 어느 정도의 자부심을 가지고 있다네."

한번 열린 입은 쉬는 법이 없이 줄줄 마음에 맺혀있던 말을 풀어냈다. 늘 대일본 제국만 생각하던 그들 앞에 나타난 두 조선 청년은 그들의 마음을 뒤흔들어 놓기에 충분한 듯싶었다. 구마모토 선배는 나를 향해 그저 고개를 끄덕여 줄 뿐이었다.

바람이 분다

간밤의 긴 조일 논쟁이 있은 후로 이와키로 대변되는 일명 천황파와 그 외 구마모토 선배로 대변되는 중도개혁파, 그리고 조선인파로 이야기의 맥은 나누어져서 진행되곤 했다. 나의 예상대로 이치하시는 조정훈이라는 개성이 고향인 조선인이었고, 히가시야마 또한 박석훈이라는 조선인이었다. 그의 고향은 전라도라고 했다. 그들은 내 이름을 묻지도 않고 맞혀버렸다. 운 좋게 일본에 임씨가 있었다는 말도 해주며 약간 부러워했다고도 했다. 이렇게 우리 막사는 세 그룹으로 나누어져 버렸다. 그렇다고 해서 서로에게 싸움을 건다거나 욕설을 주고받는 등의 행위가 일어난 것은 아니었다. 오히려 더 평화롭다고 해야 할까? 천황파는 중도파의 영향 때문인지 아니면 석훈의 연설 덕이었는지 크게 활개를 치지 못했다. 그렇다고 그들이 천황에 대한 사랑을 꺾은 것은 아니었다. 뭐, 그런 점은 사내로서 존중할 만하다고 느끼기도 했다.

그런 우리의 공통점은 바로 군부에 대한 무차별적인 비난이었다. 이것에는 예외가 없었다. 또 가끔은 상관이 잠들고 나면 가끔씩 조선의 음식에 관한 이야기를 하기도 했고, 조선말에 관한 이야기도 했다. 조선말에 관한 이야기가 나오면 원래 외국어에 관심이 많았던 이들이 눈을 초롱초롱하게 뜨고 우리의 말을 삥끗삥끗 따라 한다. 특히 인기 있는 조선말은 주로 욕이었는데, 그 뜻을 하나하나 풀이하면서 그들에게 가르치면 곧잘 따라 하면서 교관의 이름을 갔다 붙이기도 했다. 그러다가 고향이 너무나도 다른 우리 세 조선인의 각기 다른 억양이나 단어로 인한 우리끼리의 작은 소란이 그들을 웃게 하기도 했다. 거짓말 같은 평화. 정말 나라를 뛰어넘어 전우로 만난 것인가? 나는 왜 좀 더 빨리 털어버리지 못했는가를 후회하기도 했다.

이와키는 군부를 증오했다. 입버릇처럼 참전하게 되면 상관부터 쏘아 죽이겠다고 했다. 이렇게 군부를 증오하는 이가 군부의 상징이자 우두머리인 천황을 사모한다는 게 나는 믿어지지 않았다. 사실 많은 이들이 군에 들어와 천황에 대한 충성심이 죽었다고 했다. 그런데 왜 그렇게 부르짖고 다니는지….

전시용인가?

오늘은 일요일이다. 지친 몸을 쉬는 일요일 말이다. 일요일이면 나는 지친 몸뿐만 아니라 지친 영혼을 쉴 수 있다. 치에코가 면회를 오니까. 나의 아내인 이 여인은 당차고 아름다운 여인이다. 아니, 빛나는 여인이다. 처음 우리가 만났을 때, 그녀는 하얀 블라우스와 나풀거리는 감색 스커트를 입고 있었다. 그리고 다음 우리가 만났을 때, 그녀는 옅은 색의 기모노를 입고 있었다. 기모노를 입은 여자에게는 눈길을 주지 않을 줄 알았는데, 앞서 이야기했지만, 그녀는 천재다. 나의 결심과 내 마음의 미움과 증오를 날려버리는 그런 천재 말이다. 오늘 나의 아내는 통이 아주 넓고 편한 바지를 입고 있다. 허리는 고무줄로 되어있거나 끈으로 묶을 수 있는 옷이었다. 늘 꽃잎 같던 옷을 입던 그녀였는데, 전쟁은 그녀의 옷 색깔을 구정물 색으로 바꾸어 놓았다. 하지만 그런 구정물 같은 빛깔의 옷도 그녀의 아름다움을 감추지는 못한다. 오늘 그런 그녀의 모습은 한 송이 연꽃이다. 아름답다 못해 눈부신 나의 아내. 오늘도 우리는 손을 꼭 잡고 있다.

"단독 비행을 했어."

드디어 기다리고 기다리던 단독 비행을 했다. 정말 눈 깜빡할 사이에 많은 시간이 흘렀고 우리는 곧 비행 학교를 졸업하고 직업군인으로서 배속을 받게 될 것이다. 사실 눈 깜빡할 사이라는 표현은 극심한 반어법이다. 하지만 언제나 현재에서 바라보는 시간의 덩어리는 가볍기 그지없지 않은가? 직업군인이 되고 나면 치에코와 신혼살림을 차릴 수 있을 것이다. 특별한 일이 있지 않고서야 집에 돌아가서 그녀를 안고 잠을 청할 수 있을 것이고, 더 이상 이런 뼈를 깎는 훈련 따위는 받지 않아도 된다. 하지만 정작 배속을 받는다면 어디로 흘러갈지는 아무도 모르고 있기 때문에 치에코와 나는 불안했다. 치에코는 늘 나의 불안을 녹인다. 사실 남편이 아내를 불안으로부터 지켜야 하는데, 어째 우리는 반대인 상황인 것 같았다.

"남편이 가는 곳이라면 어디든 따라갈 거니까 엽서 한 장만 보내요."

치에코의 보드라운 손을 만지며 짧았던 그날의 환희를 떠올린다.

"역시 젊은 부부에게는 힘든 일이야."

난 치에코의 눈을 뚫어져라 보고 있다. 이렇게 치에코를 충전해야 남은 시간을 버틸 수 있다. 치에코도 나와 같은 생각인지 내 눈에서 결코 눈을 떼는 경우가 없다.

"그러게 말이에요."

아아, 며칠만 참자. 그러면 함께할 수 있다.

"아, 이거 나카이랑 히가시야마가 부탁한 건데…"

나는 몰래 소매 안에 있던 돌돌 말린 종이를 꺼내어 그녀에게 내밀었다. 그녀는 그 종이를 나처럼 옷소매 안에 넣었다. 어느샌가 우리는 외부로의 비밀 연락망이 되어있었다. 나의 치에코가 나를 위한 걸음을 아끼지 않았기에, 그들은 정기적인 외부로의 통신망을 얻을 수 있었다. 부대 안에 서신 검열이 심해졌다. 모두들 각자가 쓴 편지가 아무 지장 없이 집에 도착한다고 생각하고 있었지만, 면회를 통해 듣게 된 것은 아무 편지가 오지 않았다거나 아주 띄엄띄엄 온다는 사실이었다. 그리고 우리의 모든 편지가 우리의 목적과 전혀 상관없는 사람이 읽고 난 후 우리의 생각이며 마음을 버릴까 말까를 결정한다는 사실을 알게 되었다. 막사 내 모든 이들이 분노하지 않을 수 없었다. 더 이상 우리는 부대 내의 우편을 통해서는 제대로 된 편지를 쓸 수 없다고 생각했고, 아예 편지를 쓰지 않거나 면회 오는 사람이 있을 때 건네주려 차곡차곡 모으는 이도 있었다. 그런 와중에 구세주가 된 것이 바로 나의 아내 치에코의 등장이었다.

치에코는 우리의 아쉬운 결혼 이후 두 달이 지났을 때 본부에서 가까운 곳에 집을 얻어 살기 시작했다. 마을의 군수물자를 만드는 데 불려 다니거나 책을 보면서 시간을 보낸다고 했다. 과연 그러한지는 내 눈으로 보지 않았으니 알 수 없었지만, 편안한 생활을 할 수 없음은 틀림없었다. 어쨌든 전쟁은 빠른 시일 내에 끝날 것이다. 벌써 징집된 지 8개월이 지났다. 여기에 대해서는 더 빨리 전쟁이 끝나지 못한 것에 대한 아쉬움이 많지만, 어찌 되었든 우리의 전쟁은 끝날 것이다. 그러면 그녀의 고생은 끝이 날 것이다. 그녀는 나와 조선으로 가서 잘나가는 호텔의 차기 사장의 아내로서 우아한 생활을 즐기기만 하면 된다.

그녀가 쓰치우라 근처에서 하지도 않아도 되는 고생을 하고 있을 때, 나는 그녀에게 먼저 조선에 가있는 게 어떻겠냐고 말했다. 이미 그녀를 통해 어머니께 편지를 보냈었고, 또 그녀를 통해 가족의 동의를 받은 상태였다. 나의 어머니가 곁에 있다면 분명 안심이 된다. 어머니는 치에코를 친딸처럼 아끼고 사랑해 줄 것이다. 그리고 치에코도 그곳에 있으면 그런 전쟁 물품이나 만드는 수고를 하지 않아도 된다. 내가 이렇게 치에코를 설득했지만 그녀는 나와 함께 가겠다고 한사코 내 말을 물리쳤다. 하는 수 없었다. 누가 그녀의 뜻을 거스를 수 있겠는가?

그녀가 편지를 잘 챙기고는 또 한 번 주위를 둘러보았다.

"나도 할 일이 많아요."

이번에는 그녀로부터 약간은 두꺼운 종이 뭉치를 방금과 동일한 방법으로 건네받았다. 지금 내가 건네받은 것은 구마모토 선배와 몇몇 이의 부탁으로 몇 장씩 잘라놓은 책이다. 막사 내의 학자님 머리를 더욱 돌게 한 사건이 있었다. 사실 시간이 꽤 경과된 이야기지만, 부대 내에 도서 반입이 금지되었다. 그때 우리 막사의 많은 이들이 길길이 날뛰는 모습은 정말 경이롭다는 말로밖에 표현할 길이 없었다. 나는 원래부터 책에 정이 크게 들지 않아 별 상관이 없었지만, 구마모토 선배를 비롯한 여러 인사들은 그렇지 않고, 기어코 이러한 방법으로 책 한 권을 몇 장씩 찢어서 받아 보았다. 모두가 돌려 본 책은 한 장씩 한 장씩 찢어 화장실에 버렸다.

그들은 치에코에게 편지를 전해주어 그들의 부모나 지인에게 책을 치에코가 머물고 있는 곳으로 보내달라고 했다. 치에코는 그 덕에 책을 많이 읽게 되었다고 좋아하지만 나는 그렇게 반갑지만은 않다. 왜 나의 치에코가 그런 데 힘을 써야하는지…. 뭐 사실 편지 배달도 썩 내키지는 않지만, 편지 검열은 좀 심하다는 생각에 궂은 생각 없이 그녀와 첩보 활동을 하고 있다. 하지만 책은 좀…. 책을 향한 그들의 사랑은 정말 무서운 집념이라고밖에 달리 표현할 말이 없다. 그들은 아마 군대 배치를 받으면 제일 먼저 외박을 나가 책을 볼 것이 틀림없는 인사들이다.

내가 존경하고 사모하는 나의 아내 치에코와 나의 만남은 이렇게 여러 의미로 심장이 두근거리며 아쉬운 이별을 맞이한다.

1944년 10월의 마지막을 향해 내달리던 어느 때, 이곳 비행 학교의 학생들에게는 남다른 비장함이 감돌고 있었다. 더 이상 개인 비행은 자랑거리가 아니었고, 불특정 다수의 타인보다 정확한 비행을 해야 하는 압박에 시달리고 있었다. 그도 그럴 것이 우리의 비행 하나하나가 점수화되어서 남은 직업군인으로서의 생활을 결정하기 때문에 한시라도 긴장을 늦출 수 없었다. 일단 비행 학교 생활을 끝내기 위해서는 한 단계가 더 남아 있다. 바로 배속이다. 우리는 각자의 적성에 따라 전투기, 폭격기, 신호대, 정비 과정으로 분류된다. 뭐 각자의 적성이라는 따스한 표현보다 좀 더 정확한 표현을 빌리자면 각자의 비행 스타일이 앞으로의 방향을 결정한다고 해야 할 것이다.

이때의 비행 학교 훈련생들은 모두들 놀부 마누라 같은 심보를 갖고 있었는데, 보직 문제로 신경이 날카로워서 그런지 여기저기서 주먹다짐이 일어나기도 했고, 모욕적인 말들을 주고받는 모습도 보였다. 우리 막사라고 그러한 감정적 소용돌이에서 벗어날 수 있던 것은 아니었다. 오히려 순수한 주먹다짐이나 어떤 의미에서 귀엽기까지 한 욕지거리가 오가지 않는 대신에 좀 더 질 나쁜 대화가 오갔다.

"훈련생 생활을 잘하고 왔나봅니다. 훈련장에서 서계시는 모습이 어찌나 늠름하시던지 대일본 제국의 땅을 지키는 데 적격인 것 같습니다. 이 땅 또한 천황 폐하의 은혜로운 땅이니 이곳을 잘 지켜주셨으면 합니다."

"폐하의 영광스런 군인이 제대로 서있는 것 따위로 칭찬을 받다니, 안

목이 좋다고 해야 할지 안목이 너무 낮다고 해야 할지… 그래서 하늘은 제대로 보시겠습니까? 그러다간 적기 하나도 제대로 격추 못 하시겠는데요. 아! 안목이 땅에 있으시니 다른 보직을 알아보는 것도 어울리실 것 같습니다만."

"아, 다른 보직을 이미 알아보고 계셨던 겁니까? 전 조종사 말곤 생각한 게 없어서. 천황 폐하에 대한 사랑과 충성은 안목으로 논할 수 있는 문제가 아닐 텐데… 접근이 유감스럽군요."

이런 유의 대화는 머리에 먹물이 가득 찬 사람만 가능한데, 우리 막사의 대부분이 그러했다. 지식과 평화를 가장한 아주 질 나쁜 대화들, 언뜻 들어서는 칭찬으로 생각되는 인신공격, 영광이라는 단어의 무자비한 사용과 충성의 강요, 그 자격을 위한 배알이 꼴리는 설명들… 먼저 언성을 높이 올리는 사람이 지게 되는 묘한 상황. 원래 좀 더 배운 놈들이 배배 꼬여서는 한참 질 나쁜 생각이며 짓거리를 많이 한다. 우리 막사가 딱 그런 놈들의 집합임을 새삼 느끼게 되었다.

비행 학교에 있는 거의 모든 이들은 전투기 조종사가 되고 싶어 했다. 뭐라고 해야 할까… 그들의 표현을 빌리자면 전투기 조종사야말로 실질적인 사무라이라는 것이다. 이렇게 개고생을 해서 폭격기나 신호대, 최악의 경우 정비 과정으로 분리되는 것은 아무리 생각해도 받아들일 수 없는 일이었다. 그리고 무엇보다 나로 하여금 전투기 조종사가 되고픈 마음을 품게 한 것은 직업군인으로서의 대우와 자부심 차이였다. 이왕이면 일본인들이 가장 원하는 것들을 쟁취해서 치에코의 멋진 남편이 되어야겠다는 생각, 일본인들에게 지시받고 싶지 않다는 생각, 조선 민족의 뛰어남을 보이고 싶다는 생각….

비행 학교의 대원들이 이런 생각에 빠져있을 때, 전쟁의 상황은 내가 입대할 때에 비해 무서운 속도로 변화하고 있었다. 뭐, 일본의 패전은 이미 예상하고 있었고, 잘하면 내가 직업군인으로 발령을 받기 전에 전쟁이 끝날 것이라는 생각도 하고 있지 않았던가. 오히려 일본이 오래 버틴다는 생각도 들었다. 2월 일본의 최초 점령지가 침공을 당했다. 마리아나스도 6월에 함락되었으며 7월에는 도조 히데키가 공식적으로 사이판에서의 일본군 패배를 시인했고 수상의 자리에서 물러나게 되었다. 이러한 거대한 움직임을 우리들이라고 모르는 것은 아니었다. 하지만 이 시기의 우리에게 중요한 것은 전쟁이 어떻게 돌아가냐보다는 어디에 배속을 받을 것인가에 있었다. 그들은 자신이 전장에 들어가면 금세 전운이 바뀌어 자신들이 일본을 승리로 이끌 것이라고 생각하고 있는 듯했다.

활시위같이 팽팽한 긴장감도 오늘로서 종지부를 찍게 되었다. 그렇게 신경에 거슬리는 보직이 발표된 것이었다. 과연 얼마만큼의 전투기 조종사를 뽑느냐가 관건이었는데, 그에 대한 소문은 너무나도 천차만별이라 어느 것 하나도 신뢰할 수 없었고, 오늘 같은 발표를 기다리는 수밖에 없었다. 비행 학교 내의 모든 이들이 중대 사무실 앞 게시판에 모여들었다. 어깨를 툭툭 밀쳐가며 게시판 앞으로, 앞으로. 그렇게 자랑하던 군인의 질서도 자부심도 없는 듯했다. 그럴 수밖에 없지. 각자의 미래를 결정짓는 일이 궁금한 것을 어쩌란 말인가? 여기저기서 환호성이 터져 나왔다. 게시판을 돌아서는 이 중에는 훈련소 생활의 고통을 다시 어깨에 짊어진 것 같은 이도 있었다. 아마 원하는 보직을 배정받지 못한 듯했다. 얼굴 표정은 담담한데, 기쁨이 없는 걸 보니 확실히 어디 신호대나 정비 과정이라도 간 듯했다. 폭격기로 빠진다고 저렇게까지 어깨가 처지지는 않을 테니까 말이다.

나 또한 그 무시무시한 사람들 무리를 뚫고 게시판 앞으로 나아가려 했으나 그 기세에 눌려 겉만 맴돌고 있었다. 그때, 이와키가 짜증나는 듯 인파를 헤쳐 나오고 있었다.

"확인했어?"

나는 이와키를 붙들고 물었다. 이와키는 입꼬리를 올리며 막사로 돌아가자고 말했다. 나는 나의 보직을 확인하지 않았기 때문에 돌아갈 수 없다고 했다. 그러자 이와키는 자신의 수첩을 내밀고는 그것을 내 눈앞에서 흔들더니

"여기에 다 있소이다."

라고 웃으며 말했다. 이와키는 아마도 수첩을 들고 그 인파들 안에서 우리 막사 사람들의 보직을 다 적어 온 것 같았다. 정말 쓸 만한 놈이다.

"나 어디야?"

나는 그의 수첩을 빼앗을 듯이 달려들며 물었다. 하지만 그는 재빨리 수첩을 위로 들어 올리고는 막사에 들어가서 모두에게 발표하겠다고 했다. 아무튼 주목받기를 좋아하는 놈이기도 하다. 이와키라는 녀석은.

이와키는 게시판 앞에서 인파 밖을 맴돌고 있는 막사 식구들을 막사로 끌고 왔다. 이와키의 이러한 방법이 가장 현명한 방법이라고 생각한다. 이와키는 막사의 정중앙에 섰고, 우리는 모이를 받아먹는 참새 새끼들처럼 그를 향해 목을 쳐들고 앉아있었다.

"에, 오늘 우리는 우리의 직업군인으로서의 방향을 결정하는 중차대한 사건에 직면해 있습니다. 이 발표가 모두에게 기쁨이 되지 못한다는 사실을 잘 알고 있습니다. 거기에는 보직이라는 문제도 있겠지만, 우리 막사 내의 기묘한 만남이 헤어져야 한다는 것을 의미하기도 하기 때문입니다. 우리는 각자의 보직을 받아…"

이와키 녀석 오늘따라 서론이 길다. 그러고 보니 그렇다. 한 번도 이 막사의 식구들과 헤어진다는 것을 상상해 본 적이 없었다. 기묘한 만남이라! 그가 느끼기에 우리의 만남은 만남의 형태가 이상야릇하기 짝이 없으며 공교롭고 신기했던가 보다. 정말 그러하다. 이 시기와 이 상황이 아니었으면 절대 만나지 못할 독특한 인간들 아닌가. 처음부터 생각하는 방법도, 형태도, 뜻도 달랐던 이와키였지만 사실 막사 내에서 가장 허물없이 지낸 이가 아닌가. 가만히 생각해 보면 그와 나는 인연이 깊다. 그의 사상은 아직도 동조하기 힘들지만 우리는 어느새 서로를 아주 막 대하는 버릇이 들어서, 만일 헤어진다면 그 버릇만은 그리울 것 같다는 생각이 들었다.

"자, 일부러 길게 말해봤는데 오늘은 아무도 말리지 않으시니 제가 더 민망합니다."

처음 시작은 장난 반, 진심 반을 섞은 듯 보였으나 스스로도 말을 이어나가면서 장난이 죽어감을 느끼기라도 했는지 이와키의 눈이 소녀처럼 반짝거린다.

"설사 어떤 보직을 받든 우리는 함께 고난에 맞서고, 함께 훈련받고, 아주 짧지만 함께 하늘을 날았던 동지임을 잊지 맙시다."

그에게 이 막사에 있는 어느 누구 하나 작은 사람이 없는 듯했다. 자신과 사사건건 의견을 달리하는 석훈에게 그의 시선이 고정되어 있었다. 아직도 둘은 할 말이 많이 남은 것 같았다.

"자, 그럼 진짜 발표하도록 하겠습니다."

그는 그렇게 잠깐 축축한 한숨을 내쉬더니 우리의 보직을 발표하기 시작했다.

다행히 구마모토 선배와 석훈, 시로가와, 이와키는 전투 비행기 조종사로 발령을 받았다. 그렇다면 나는? 이와키는 내 이름을 일부러 늦게 말하고 있는 것 같았다. 역시, 내 이름은 마지막이었다.

"임종성! 전투기 조종사로 발령을 명받았습니다."

나는 깜짝 놀라지 않을 수가 없었다. 갑작스럽게 그가 나의 조선 이름을 불렀던 것이다. 석훈의 이름도 정훈의 이름도 그냥 일본식 이름을 부르더니, 왜? 주변 사람들도 다 그를 멀뚱히 쳐다보았다. 그는 배시시 웃더니 약간은 부끄러운 듯 입을 열었다.

"아…. 히가시야마와 이치하시도 본명을 불러주고 싶었지만, 두 사람 이름은 너무 발음이 어려워서 한두 번 들은 걸로는 흉내도 못 내겠더라고."

각자 보직을 배정받고 약간은 긴장감이 맴돌던 막사에 웃음꽃이 핀다.

바람이 분다

석훈은 이와키를 옆으로 오라고 불러서는 자신의 이름을 발음시키고 있다. 이와키는 또 시킨다고 열심히 따라 한다. 이에 질세라 정훈도 이와키 옆에 붙어서 자신의 이름을 강요하고 있었다. 뭔가 힘들어 보이는 이와키. 동생 삼으면 참 귀여울 녀석이다.

어쨌든 나는 전투기 조종사다. 보직을 배정받으면 보직의 내용이 머리를 가득 채울 줄 알았더니, 내 머리를 가득 채우는 것은 이와키가 우리의 제대로 된 이름을 부르려고 한다는 것이었다. 열렬하신 우익 분자에게 어떤 심경의 변화가 생긴 것일까?

졸업을 코앞에 둔 일요일, 나는 치에코와 나란히 앉아있다. 나는 그녀를 보자마자 얼굴의 근육이 멋대로 환하게 웃기 시작함을 느꼈다. 어쩔 수 없다. 좋은 걸 어떡하란 말인가. 나는 그녀의 손을 붙들고 앉아서 그녀에게 나의 보직을 알렸다.

"그거 잘된 일이네요."

나의 기쁨과 달리 치에코의 얼굴에는 큰 기쁨이 없었다. 기쁨이 없는 것보다 더 큰 문제는 그녀의 얼굴에 걱정이 깃들어 있다는 것이다. 10월의 마지막 주, 그녀는 입술이 말라버린 얼굴을 하고 나에게 조심스레 말했다.

"아직 못 들으셨어요?"

무슨 이야기를 하고 싶은 것일까? 왜 이렇게 힘들어 보이지?

"이틀 전, 필리핀에 있었던 일…"

1944년 10월 26일 10시 45분, 일본의 특공 부대가 필리핀 군도에 있는 술루안 북동쪽 30해리 지점에 있던 적군의 항공모함 4척을 파괴하는 일이 있었다. 우리는 라디오로 이 이야기를 들었고, 상관들의 목청 높은 말로도 이 이야기를 들었다.

"들었지. 그게 왜?"

나는 대수롭지 않게 그녀에게 되물었다.

"어떤 공격이었는지 아세요?"

그녀는 답답하다는 듯 눈을 깜빡이며 나를 뚫어지게 쳐다보았다. 우리야 늘 서로를 뚫어져라 쳐다보는 사이였지만, 오늘은 뭔가 대답을 요구하는 것 같았다.

"가미카제 특공대 공격."

나는 천천히 말했고, 그녀는 깊이 고개를 끄덕였다.

"이건 말도 안 되는 일이에요. 어떻게 그런 공격을 할 수 있는 거죠?"

그녀의 눈에 눈물이 글썽글썽했다. 아! 잠시 잊고 있었다. 내가 전투기 조종사가 된 기쁨에 크게 생각한 바 없는 일이었다. 가미카제로 이름 붙여진 특공대의 공격. 그것은 명백한 자살 공격이었다.

"정말 말도 안 돼!"

그녀는 고개를 절레절레 젓고 있었다.

"괜찮아, 특공대는 자원한 사람만 되게 되어있다고 했어. 난 그런 자원 따위는 절대 하지 않을 거니까 안심해. 그런 생각으로 이렇게 바싹 말라 있었던 거야? 우리 치에코가 언제부터 이런 걱정쟁이가 되셨나?"

그 말을 듣고 나서야 치에코의 얼굴이 좀 나아진다. 그러고는 좀 억울한 눈빛으로 날 바라본다.

"치…."

치에코와 헤어지고 막사로 돌아온 나는 무거운 심경을 누를 수가 없었다. 더 이상 전투기 조종사가 된 것이 기쁨이 될 수 없었다. 갑자기 기초 훈련생 때 자살 훈련을 했던 것이 생각났다. 그리고 자주자주 제국을 위해 목숨을 버리라고 했던 이야기까지…. 그러고 보니 이 나라는 자기 나라의 아들들에게 죽음을 강요하던 나라가 아닌가. 그러고 보니 서서히 죽어갈 준비를 가르치지 않았던가. 그러고 보니….

정말 그들은 자원했을까? 듣는 소문으로는 특공대의 선두에 있던 살아있는 신이라는 세키 유키오 대위는 결혼한 지 6개월밖에 안 된 새신랑이라고 했다. 그런 그가 자원했단 말인가? 사랑하는 아내를 두고? 왜? 국가를 아내보다 더 사랑했던 것일까? 아마 아내가 못생긴 사람이거나 정략결혼일 것이다. 그렇지 않고서야 그가 자원해서 죽으러 갈 리가 있는가? 아니, 그런 문제에 떨어지기 전에, 과연 정말 그가 자원해서 돌아오지 못할 비행기에 탄 것일까? 누군가에 의해 태워진 것이 아닐까? 누군가라…. 이 일본이라는 나라가? 가미카제라….

가미카제, 조선어로 쓴다면 신풍(神風). 13세기 일본을 침략했던 원의 함대를 물리친 신성한 바람을 이르는 말. 치에코가 과거 나에게 가미카제를 일러준 적이 있었다. 그때 가미카제는 정말 수호신 같은, 다행스러운 그런 말이었던 것 같았다. 왜 특공대에게 그런 이름을 붙였을까?

13세기 원은 고려를 먹어버리고 바다 건너 일본 또한 자신의 발아래 두려 했다. 원의 침략에 굴복하지 않은 나라는 고려뿐이라는 말이 있지만, 사실 고려도 무너진 것이나 다름없었다. 고려의 왕가를 지켰지만 고려 왕의 비는 원의 왕녀가 되어버렸고, 고려의 딸들을 공녀로 보내야 했으며, 관리들은 몽고의 편에 붙은 자만이 살아갈 수 있게 되었다. 원은 당시 왜 라고 불린 일본을 정벌하기 위해 고려에 군사를 요구했다. 고려의 아들들 은 자신의 나라를 지키기 위해서가 아니라, 당시는 미워할 이유도, 감정도 없던 일본을 점령하기 위해 왜로 가는 배를 타야 했다. 그 신성한 바람이 란 것이 수장시킨 원나라 이름의 군사는 사실 고려의 아들들이 대부분이 었다. 갑자기 소름이 돋았다. 힘없는 나라 고려의 아들, 힘없는 나라 조선 의 아들…. 미워할 수 없는 적을 위한 대리 공격으로 바다에 수장되어 버 리다. 아니다. 아닐 것이다.

나의 조국은 그런 역사를 반복해서 조국의 아들들을 비참한 꼴로 몰 고 가지 않을 것이다. 가미카제라….

왜 하필 그런 이름을 갖다 붙였는지….

치에코와의 일이 생각난다. 우리의 혼담이 결정되고 우리는 세상을 얻 은 듯한 기쁨에 빠져있었다. 그녀와 나는 서로의 얼굴만 보아도 웃음이 나왔고, 그녀는 조선말을 배우겠다고 열심을 내고 있었다. 내 어머니께 편 지를 썼고 어머니의 일본어 번역이 붙은 조선어 편지도 받았었다. 둘은 실로 어울리는 고부간이었다. 치에코가 어머니의 편지를 받았을 때, 이해 가 가지 않는 부분이 있다고 들고 와 설명을 요구한 적이 있다.

"나의 바람은 그저 나의 아들과 장래 나의 며느리를 한시 바삐 보는 것이란다."

- 私の願いはただ、私の息子と将来の私のお嫁さんを早く会うことなんだ.

치에코가 나에게 물은 것은 '바람'과 '보다'라는 말이었다. 일본어에는 사람을 '보고 싶다'라는 말이 없다. 뭐, 사진 속 사람의 얼굴을 본다면 이야기가 다르겠지만 사람은 '만나고 싶다'이고, 굳이 '보고 싶다'라는 말을 써야 할 상황이 있다면 눈에 보이는 사물에 관해서 '보고 싶다'라는 말을 쓴다. 대충 이렇게 설명하자 그녀는 '만나고 싶다'라는 말보다 '보고 싶다'는 말이 더 만나고픈 마음이 절박하게 전달되는 것 같다고 했다. 난 사실 일본어의 만나고 싶다가 더 직접적인 의지를 나타낸다고 생각하고 있었기에 그녀의 그러한 해석이 새롭게 느껴졌다.

그러고는 곧 '바람'에 관해 아주 심각한 표정으로 바람(카제)이 왜 소망이 되는지 물어왔다. 나는 뭔가 어려운 한자어나 조선어적 설명을 하려다가 콜록콜록 기침을 하는 척했다. 아마 가장 좋은 예가 될 것 같았다. 내가 기침을 하자 곧 치에코는 궁금증을 거두고 나를 걱정하기 시작했다.

"감기(카제) 걸렸어요?"

그녀는 그 말을 내게 하고는 금방 이해했다는 표정으로 환한 미소를 띠며 고개를 끄덕였다. 역시 치에코는 머리가 좋다.

"치에코, 난 바람이 좋아. 조선의 바람은 소망을 담고 있거든. 바람이 바람을 담고 조선인의 어깨에 신바람을 일으키는 거야."

나는 바람이 한껏 든 말로 그녀를 바라보았다.

"종성, 나도 일본의 바람은 좋아요. 하지만 우리의 바람은 감기 같은 열병을 안고 있기도 하지요. 신바람이란 뭔가요?"

"흥겨움, 즐거움? 신바람의 신이라는 것이 사실 무당들이 신이 들어와서 펄쩍펄쩍 뛰는 모습에서 나왔다는 말이라고도 하는데, 그냥 사람을 펄쩍펄쩍 뛰게 만들 정도로의 즐거움 그 자체라고 하면 해석이 되려나?"

조선어를 이렇게 뜯어본 적이 없어서 살짝 그녀에게 거짓말을 하고 있는 게 아닌가 걱정이 되기도 했다.

"신의 바람(가미노카제)? 신바람(가미카제)?"

그녀는 가미카제란 말을 해놓고 뭔가 깨달은 것처럼 신기한 얼굴을 하고 있었다.

"가미카제? 그런 말이 있어?"

그때 즐겁게 가미카제를 소개하던 치에코의 얼굴이 떠오른다. 하지만 오늘의 치에코는 절망적인 얼굴이었다. 이건 말도 안 되는 일이야!

존재하는 법

드디어 졸업식. 늘 그러하듯 어떤 행사가 있으면 식사(式辭)라는 것이 있다. 오늘이라고 예외는 아니다. 단상에 올라선 사령관은 진정한 직업군인으로 탈바꿈하는 우리에게 많은 축하와 일본의 미래를 당부하는 말을 했다. 하지만 이전의 식사와는 달리, 자신감이 넘친다거나 일본의 전선 상황을 긍정적인 시선으로 바라보고 있지 않았다. 그는 우리들에게 우리가 여태껏 한 번도 들어보지 못한 일본의 전선 상황에 대해 말했다.

"우리의 상황이 지속적으로 심각해지고 있습니다. 일본의 미래는 여러분에게 달려있습니다. 나라를 위해 용감히 목숨을 바쳐야 합니다. 대의를 위해 용감하게 죽어야 합니다."

단상에만 올라서면 지겹도록 해대는 대일본 제국이라는 단어는 거의 등장하지 않고 있었다. 그저 일본, 우리, 나라… 일본 군부치고는 상당히 겸손한 단어를 사용하고 있는 그. 그가 생각하기에 지금의 일본 상황이 그런 말을 사용하기에는 건방진 단어였을까? 아니면 그도 이런 전쟁 따위는 정당치 않다고 여긴 것일까? 애초에 야마모토 이소로쿠라는 일본 해군의 아버지는 진주만 폭격 자체를 반대하지 않았던가? 그는 6개월 안에 전쟁이 끝날 것이라고 했다. 하지만 그의 예상과는 달리 전쟁이 길어지고 있었다. 그렇다고 그가 예견한 모든 것이 빗나간 것은 아니었다. 그래, 점점 죽어가고 있는 것이다.

애초에 예견하지 않았던가, 일본의 전쟁은 곧 끝날 것이라고. 다만 내가 반기던 끝은 나의 훈련 기간 중의 끝이었고, 지금은 내가 반기는 상황과는 다른 방향으로 끝을 내달아 가고 있었다.

치에코와 신혼을 꾸릴 수 있다. 하지만 새신랑으로서의 모습보다는 군인으로서 공중전을 언제 맞닥트릴지 모르는 불안한 모습으로 그녀 앞에 서게 된다. 내가 정말 전투에 불려 다녀야 하는 입장이 되고 만 것이다.

직업군인으로 전투기 훈련 과정에 들어가자 나는 별천지를 만나는 기분이 들었다. 뼈를 갉아먹던 체벌은 사라졌고, 오직 비행에만 집중할 수 있는 환경이 마련되었다. 비행 훈련 과정에는 포격술, 편대비행, 공중 기동 훈련과 자살 비행 연습이 있었다.

자살 비행?

처음 내가 이 단어를 접했을 때 나는 두 다리가 후들거림을 느꼈다. 그리고 치에코의 미소가 머리를 훑고 지나갔다. 불안, 공포, 초조, 거부 등등. 모든 부정적이라 일컬어지는 감정들이 한꺼번에 몰려왔고, 왜 개고생을 하고 전투기 조종사가 되었는지에 대한 회의가 해일처럼 밀려왔다. 나는 훈련병 중 우수한 사람이었음을 전투기 조종사가 됨으로 증명받았다. 나뿐만이 아니다. 구마모토 선배와 석훈, 시로가와, 이와키! 이 모두 그들이 자랑하는 대일본 제국의 전투기를 몰 영광을 차지한, 부러움을 한 몸에 받은 이들이 아닌가? 잠깐 눈을 돌려본다. 이들의 얼굴이 허옇게 질려 있다. 특히 석훈과 이와키….

그리고 '설마' 하는 실낱같은 희망을 만들어 내어 놀란 나의 가슴을 달래었다. 그리고 막상 자살 비행 훈련에 참가하게 되었을 때, 나는 나의 그가는 희망에 모진 욕을 퍼부어야만 했다. 희망이라는 거, 생기지나 말지.

기체 손상을 당해 본국으로 돌아올 수 없는 경우 사무라이의 법도에 따라 죽는 것이 이 일본에서는 당연한 일인 듯했다. 몸이 상한 무사는 죽어야 하는 것인가? 일본은 도대체 언제부터 무사라는 직업을 소모품 취급했단 말인가? 왜 인간이 치료와 보살핌으로 더 강해질 수 있다는 사실을 외면하고, 죽음으로 내몬다는 말인가? 살아남는 것이 어째서 치욕스러운 일이 되는 것인가?

갑자기 신라의 화랑, 관창이 생각났다. 계백에게 붙잡힌 관창은 어린 나이를 이유로 죽음을 면하고 신라의 진영으로 돌아간다. 하지만 당시 그와 함께 참전 중이던 그의 아버지는 그에게 다시 가서 죽으라 명한다. 관창은 백제 진영으로 돌아가 아버지가 강요한 죽음을 받아들인다. 역사는 살아남는 자가 기술하는 것이거늘 왜 죽으라 하는지. 어찌 되었든 살아남는 자가 이긴 자가 아닌가. 죽어 이룰 수 있는 게 도대체 무엇인지. 나는 죽을 수 없는데. 나에게는 살아 이룰 가정이 있고, 살아 생을 영위할 동반자가 있지 않은가.

제발 사는 법을 가르쳐 달란 말이다! 이 썩은 군대야!

자살 비행 연습은 적의 공격으로 본국에 돌아올 수 없는 경우, 적군의 함정이나 기체에 뛰어들어 죽음으로써 가능한 한 적군에게 많은 피해를 주려는 목적을 가진 비행 연습이었다. 전제가 있다. 기체 손상, 그리고 본국으로 돌아올 수 없는 경우. 그래, 본국으로 돌아올 수 있다면 하지 않아도 되는 공격이란 말이다. 기체 손상을 어느 정도 입어도 조종사가 컨트롤만 잘한다면 무사히 착륙하지는 못해도 아무 활주로에는 착륙할 수 있다. 그래, 살아올 수 있다면 살아오라는 내용의 교육이다. 나는 나를 그렇게 납득시키고 있었다.

자살 비행 훈련은 3천 피트의 상공에서 3백 피트 이하까지 급강하하는 훈련의 연속이었다. 나를 반기던 하늘은 이제 그 자유와 환희를 잃었고, 다만 나와 함께 떠있는 기체의 작태를 무감각하게 지켜보는 일만 수행하는 듯했다. 하늘은 오늘도 말이 없다. 나만 그를 반기고 나만 그에게 나의 자유를 털어놓았던 것이다. 나를 위해 다정한 바람 한 점 불어주지 않는 하늘, 나의 저주 같은 비행을 말리지도 못하는 하늘, 오늘은 하늘이 원망스럽다.

하늘에 V자로 늘어선 편대는 순서에 따라 관제탑을 향해 급강하고 있다. 각각 제각기의 높이에서 다시 하늘로 돌아오고 있었지만, 그들의 마음은 하나일 것이다. '죽는 훈련 따위는 하기 싫어!' 이런 훈련은 한 번에 그치는 것이 아니었다. 먼저 강하했던 편대는 선회비행을 하며 진열을 재정비했고, 다시 또, 또, 또 그렇게 급강하 연습을 해야 했다.

발아래 있던 초록 버섯 같은 나무가 점점 눈앞으로 들이밀어지고, 나의 몸을 유유히 흐르던 피가 얼굴로 쏠린다. 내 몸의 신경은 떨어지는 공포에 하나하나 의식을 잃어간다. 공중에서의 일상적인 강하 훈련쯤은 이미 비행 학교에서 끝냈었다. 하지만, 이건… 나의 몸이 나의 정신과 멀어지는 대로 놔두면 나는 정말 자살 비행을 하고 마는 것이다. 가슴을 진정시켜야 한다. 가슴을 진정시키기 위해서는 내 머리를 납득시켜야 한다. 생각하자. 지금 이것은 훈련이다. 나에게는 살 이유가 있다. 이 비행기는 전혀 손상 입지 않은 새 비행기다. 자, 정신 차려라. 이 훈련을 마치고 가면 치에코와의 저녁을 먹을 수 있다.

나와의 상담은 나를 죽음으로부터 구했고, 나는 일촉즉발의 위기에서 조종대를 힘껏 당겼다. 거의 나무 사이에 있는 흙 알맹이가 눈에 보이는 것 같았다. 잔디며 바위를 기어다니는 이름 모를 곤충까지! 굵은 식은땀이 뱀처럼 흘러내렸다. 혈류의 흐름이 갑자기 바뀌자 머리에 현기증이 몰려왔다. 나는 얼른 수평비행에 돌입했다. 봐! 살아있지 않는가! 이건 다만 훈련일 뿐이다. 또 나는 나에게 말을 건다. 그러면 나의 마음은 그게 아닌 걸 알면서 그를 받아들인다. 아니, 받아들이는 척을 한다. 그리고 불완전한 평안을 내게 선사한다.

비행기에서 내려왔을 때 나는 대담한 조종사가 되어있었다. 첫 훈련에 그렇게 낮은 곳까지 급강하하는 비행사는 여태껏 없었다는 사령관의 말이 있었다. 200피트 정도까지 내려왔다는 말을 들었다. 200피트라고? 난 흙 알갱이까지 봤단 말이다! 머리에 쏠린 피가 내 눈을 좋게 만들었나? 떨떠름한 웃음을 짓는다. 내가 저 비행기에서 느꼈던 모든 것은 진실이 아니라 과장된 것이다. 내가 하강 직전 보았던 흙이며, 바위며, 곤충이며, 죽음에 대한 공포며, 이런 훈련에 대한 걱정도 모두 다 과장된 것이다.

한차례 비행 훈련을 마치고 나는 잠시 멍하게 앉아있다가 집으로 향했다. 내게 집이 생겼다. 내게 가정이 생겼다.

"치에코!"

나는 오늘 있었던 일은 치에코에게 말하지 않기로 결정했다. 작은 우리만의 보금자리로 뛰어들어 가 치에코를 불렀다.

"어서 와요!"

치에코가 앞치마를 두르고 있다. 쌀쌀한 11월의 날씨에 그녀의 손이 젖어있다. 나는 얼른 치에코의 손을 움켜잡았다.

"다녀왔습니다. 뭐 하고 있었어? 손이 얼음장이다!"

약간의 책망을 담아 말해본다. 그녀는 배시시 웃는다.

"된장국을 끓이려고 하는데, 가쓰오가 없어서 국물 맛이 별로야."

가쓰오를 구하기 힘들어졌다. 사실 조선에는 없는 재료라 그게 있으나 마나 나한테는 똑같은데, 신경 쓰지 말라고 해도 그녀에게는 가쓰오의 맛이 중요한 듯했다. 또 입을 삐죽거린다. 이렇게 귀여운 표정 짓지 말라고 그랬잖아! 나는 그녀의 입에 쪽 하고 입맞춤을 한다. 치에코는 놀라지도 않는다. 그냥 눈을 움찔 떴다가 웃고 만다.

"오늘 비행은 어땠어?"

그녀가 나를 방으로 잡아끈다. 이미 밥상이 차려져 있다.

"잘 먹겠습니다."

나는 손도 안 씻고 앉아서 밥을 입에 밀어 넣는다. 치에코의 맛이다. 치에코는 못 말린다는 식으로 웃는다. 그러곤 마주보고 앉아 함께 밥을 먹는다. 치에코가 밥 먹는 모습은 참으로 귀엽다. 어떻게 저렇게 오물오물 음식을 잘 씹어 먹는지, 반찬이 없어도 밥이 잘 넘어간다. 치에코와 눈이 마주친다. 그리고 치에코는 뭔가 생각난 것처럼 나를 본다. 방금 자신의 물음에 답하라는 것 같았다. 나는 눈을 깜박깜박하다가 치에코에게 무엇을 어떻게 말할지 고민했다.

"기본적인 수평비행, 편대비행, 수직 낙하 같은 복습 비행을 했어. 웃기지만 칭찬도 받았어."

치에코는 고개를 끄덕인다.

"나는 비행 잘하는 남편보다 나랑 오래 있어주는 남편이 더 좋은 거

174

알죠? 너무 열심히 잘하지 말아요."

치에코는 늘 이렇게 말한다. 이런 이야기를 다른 사람이 들으면 아마 일본인으로서 정신이 덜 되었다고 욕할지 모른다. 치에코는 처음부터 전쟁을 싫어했다. 내 입대가 정해지기 전부터 말이다. 일본의 승리도 기뻐하지 않았고, 오히려 그곳에서 희생된 병사들과 그 가족들을 걱정했다. 물론 일본군의 병사만을 걱정한 것은 아니었다. 그녀는 생명 그 자체에 대한 걱정을 했고, 나는 그녀가 어쩌면 하늘에서 내려온 선녀가 아닐까 하는 생각을 하곤 했다. 전쟁이 뭔지 모르는 꼬마도 자신의 나라가 승리했다면 소리를 지르고 만세를 부르며 껑충껑충 뛰어다닌다. 꼬마뿐만 아니다. 머리에 먹물이 가득 찬 놈들도 전쟁을 반대하면서도 승리를 기뻐하고 그 승리를 두둔하기 바쁘다. 하지만 나의 치에코는 다르다. 그녀에게 전쟁은 목숨을 버리는 쓰레기통에 불과했다.

추운 겨울의 밤을 그녀를 부둥켜안고 보낸다. 따뜻하다. 일본에 온돌이 없는 걸 아주 잠깐 다행으로 여긴다. 참으로 이상한 건, 그녀와 있다면 옷 한 자락 걸치지 않아도 따뜻하다는 것인데, 따뜻하다 못해 뜨겁기까지 한 내 기분을 누가 알 수나 있을까?

달콤한 새신랑으로서의 시간을 끝내는 것은 막사로의 복귀이다. 막사에서 잠을 자는 사람이 몇 있다. 그들은 아주 바른 정신의 소유자로, 대개는 자기 신념이 확고한 사람이거나 독실한 기독교인이었다. 막사에서 잠을 자지 않는 사람은 두 부류가 있다. 유곽이나 술집을 전전하는 사람이거나 결혼한 사람이거나. 이 새로운 막사 식구들 중에는 결혼한 사람이 나를 제외하고 한 명 더 있는 것 같았다. 나머지는 전부 전자의 경우이다. 이렇게 하늘을 지키는 공군들이 유곽을 전전하는 데는 상관의 은근한 권유가 있기 때문이다. 공군으로서의 프라이드는 어디 가고, 상관이라는 사람들이 그런 것을 권한다는 것에 불길한 이유를 붙이는 사람이 많다. 죽음과 손잡고 있는 사람, 언제가 마지막일지 모르는 사람. 그런 사람에게 사랑 없는 사람의 살결이 주는 온도가 필요하다나? 유곽을 전전하고 막사로 복귀한 사람들은 저마다 지난밤의 불쾌를 털어놓는다. 아침에 일어나 입을 쩍 벌리고 자고 있는 유녀의 모습을 보며 느낀 혐오감, 일단 돈부터 내놓으라는 말을 하는 유녀에 대한 경멸감. 이런 불만을 털어놓는 녀석은 아직 좀 나은 녀석이다. 개중에는 어디, 어느 곳의 유녀가 어떻다는 둥, 어느 유곽의 모든 유녀와 잠자리를 완성했다는 식의 이야기를 하는 녀석들도 있다. 나라를 사랑하던 위대한 청년들의 입에서 나오는 소리라는 것이⋯.

아무리 저급하고 지저분한 이야기를 하는 녀석이라도, 사랑하는 사람과 결혼하여 살고 있는 나를 부러워한다. 그래서 그들에게 결혼을 권하면, 그들은 언제 죽을지 모르니 결혼을 하면 아내 된 사람의 인생을 망치는 일이라고 손을 내젓는다.

"왜 죽는 생각을 하지? 살면 되잖아! 자원 같은 거 안 하고, 살아가면 되잖아. 그러면 되는데 왜 죽음을 당연히 받아들이고 있는 거지?"

나의 당연한 질문에 그들은 눈을 마주하고 '이놈 지금 무슨 소리 하는 거야' 하는 식의 눈빛을 교환한다.

"사무라이는 항상 죽음을 준비하면서 산다. 몰라?"

그들은 내가 훈련소에서 귀가 따갑게 들어온 이야기를 한다. 물론 알고 있다. 알고 있기는 하지만, 왜 그런 말을 진심으로 받아들이고 있어야 하는 건지 잘 모르겠다.

"그게 실제로 죽으란 소리는 아니잖아."

"아니긴 뭐가 아니야? 일본국의 전투기 조종사 되는 놈이 죽음을 두려워해서 어떡할래? 그리고 뭐라고 말해도 이미 결정된 거야."

결정되긴 뭐가? 죽음이? 근데, 왜 이 녀석들은 이렇게 태연하지?

전투기 훈련 과정에 들어간 지 2개월이 지났다. 우리의 비행기는 일본 최고의 비행기 하야부사 2호로 바뀌었다. 확실히 연습용으로 타던 놈과는 기동성 면에서 탁월함을 보였다. 더 빠르고 조종하기 쉬운 비행기로 우리는 자살 비행을 계속했다. 시간이 지남과 함께 점점 더 실력이 늘게 된 우리는 이제 눈을 감고도 60피트 상공까지 접근할 수 있게 되었다. 서로 몇 피트까지 내려갔느니, 자기는 개미 뒷다리에 물이 묻은 걸 봤다느니, 이런저런 허세를 부리고 있을 때, 우리는 청천벽력 같은 소리를 듣게 되었다. 이 자살 비행을 진짜 눈을 감고 하라는 소리였다. 눈이야 뜨면 그만이지만, 왜 그런 명령을 내리는 것일까? 정말 죽이려고 작정을 했나?

그리고 이런 명령을 수행하고 있는 나를 발견했다. 하지만 나는 다만 살아남기 위해서다. 일본 남자의 운명 따위는 나는 모른다. 나는 어쨌든 살아남을 것이다. 정해지긴 뭐가 정해진 일이란 말인가? 위대하신 천황을 위해 목숨을 바칠 수많은 일본인이 있지 않은가? 나는 그들과 다르다. 전쟁은 나에게 죽음의 초대장을 보내기 전에 끝날 것이다. 살아남아 보이겠어! 꼭 살아남아서 치에코와 행복하게 살겠어!

우리는 활주로 한끝에 색칠을 해놓고 선박이나 항공모함의 외곽에 부딪치는 연습도 했다. 모의 전투를 하기도 했고, 선회비행 가르기, 보조날개와 포신을 자유자재로 사용하는 등의 기술도 배웠다. 좌측이든 우측이든 급강하를 한다든가 급상승을 하면서 방향 전환을 하는 기술도 익혀나갔다. 나에게는 이 모든 것이 생존을 위한 연습이다. 절대 죽음 따위와는 상관없는, 죽음으로부터 도망가기 위해 하는 그런 연습 말이다.

나만의 생존 연습이 완벽하게 몸에 익어가던 때, 사건이 일어났다. 기지 내에 날카로운 사이렌이 울리고 조종사들은 모두 비행기에 올라탔다. 이 무렵 일본은 인도네시아, 미얀마, 수마트라에 있는 기지를 잃어 비행기 하나 띄우는 연료 수급에도 큰 어려움을 겪고 있었고, 급기야 연료에 송진을 섞어 비행기를 띄우는 등의 열악한 상황에 직면해 있었다. 결국 연료와 기지 문제로 하야부사는 적진에 돌격해 그 빠른 몸짓을 자랑할 만한 공중전을 치를 수가 없었다. 조종사들은 미국의 B-29가 퍼붓는 소이탄으로부터, 그러면 F6F 헬캣기 등 갖가지 전투기로부터 일본의 비행기를 지키기 위해 구름이나 산의 뒤에 숨는 숨바꼭질 비행을 하게 되었다.

하늘의 사무라이로 전투 비행사를 꿈꾸던 조종사들은 계속되는 숨바꼭질에 질리기 시작했고, 그와 동시에 일본이 처한 현실을 깨닫게 되었다.

적어도 그들은 급변하는 전황 속에서도 자신들이 활약해 일본을 구할 수 있을 것이라고 생각한 듯했다. 이와키는 나와 다른 곳에 배치를 받았는데, 딱히 옆에 두고 보지 않아도 그가 어떻게 티격거릴지 눈에 선했다.

나는 처음부터 공중전 따위는 할 생각이 없었다. 어디 구름 안이나 산등성이 라인에 가만히 숨어있을 생각이었다. 비열하다고 욕해도 좋다. 실로 비열한 짓임은 익히 알고 있다. 여기서 처음에 누가 더 비열했는가 하는 논쟁은 하지 않도록 하겠다. 그리고 나름 비열하지만 비행기를 지키는 것 또한 나의 일이니, 나는 그렇게 저질의 인간은 아닌 셈이다. 또 나를 설득한다. 오늘 내가 택한 장소는 구름 속이다.

제발 모르고 지나가라!

내가 구름 안에 숨어있는 동안 이곳저곳에서 뼝뼝뼝 미사일 날아가는 소리가 들렸다. 아마 구름 위에서는 엄청난 싸움이 벌어지고 있을 것이다. 혹시 그들이 구름 안에 있는 나를 발견하고 공격하지 않을까? 아니면 동지들이 하야부사를 갖고 숨어있는 나를 욕하지는 않을까? 하지만 나는 살아남아야 한다. 오늘 비행에 함께한 이들은 이곳에서 처음 만난, 저마다 우수함을 자랑하던 파일럿들이다. 분명 나 없이도 잘 해낼 수 있을 것이다. 어디선가 빠른 속도로 기체 떨어지는 소리가 들렸다. 그리고 곧 거센 폭발음이 들렸다. 누군가의 비행기가 떨어진 것이었다. 일본군? 미국군? 굳이 구하러 가거나 함께할 의리가 내게는 없다. 구하러 간다는 말도 사치스럽다. 내가 간다고 죽을 이들을 살릴 수 있는 것도 아니고, 살 수 있는 이들을 죽일 수도 없지 않은가? 나의 사명은 죽을 때까지 치에코와 함께하는 것이다.

또 나를 붙잡고 설득에 들어갔지만 그게 쉽지 않았다. 보려 하지 않았지만 고개를 들어 머리 위를 쳐다보았고, 상황을 살폈다. 내 시야에 들어오는 것은 나는 비행기가 아닌, 나는 미사일들이었다. 나는 혹시 나를 공격하면 어쩌나 하는 마음에 총구를 열어두었다. 순간이 온다면 쓰리라.

무전기에서 갑자기 고통스러운 목소리가 흘러나왔다.

"다행히 남은 적기는 2대뿐이다. 우리는 앞으로 4대가 더 있으니, 우리의 마을을 불바다로 만들지 못하게 부탁한다. 나는 추락한다."

후세 중위였다. 적의 미사일에 그의 신체 어딘가를 맞았을 것이다. 거기에다 기체도 그를 더 이상 공중에 묶어둘 수 없는 실정이었을 것이다. 그의 마지막 음성 후 몇 초가 지나지 않아 큰 폭발음이 들리고 눈앞에 시커먼 불기둥이 솟아올랐다.

우리에게 4대의 비행기가 남아있다는 것은 아까 떨어진 비행기 1대가 미국의 비행기라는 소리가 된다. 나는 그 비행기를 격침시킨 자가 누군지는 몰랐지만, 정말 대단하다는 생각이 들었다. 용감하다는 말은 이럴 때 쓰는 것이구나 하는 생각이 들었다. 미국의 비행기는 비행기 조종사로서 꼭 한 번 조종해 보고 싶다는 열망을 불러일으킨다. 일단 크고, 속도와 기동력에 있어서 일본 비행기는 따라갈 수가 없다. 나는 고도도 높아 대공포의 사정거리 밖에 있다. 그래서 그들은 안전하게 도쿄 공습을 수행할 수 있는 것이다. 후세 중위의 말이 맞다. 일본의 땅을 지켜야 한다. 그 땅에는 치에코가 있을지도 모르는 일이다. 그들이 지금 향하는 곳은 분명 쓰치우라 근처이다. 어쩌면 쓰치우라에 한바탕 퍼부으러 가는지도 모른다.

순간 치에코를 지키는 일이 무엇인가에 대한 생각이 떠올랐다. 이대로 가다가 하늘의 나만 살아남는 것이 아닌가? 나는 구름을 헤치고 나가야 했다. 그래, 그래서 그들이 민간인이 사는 땅에 불을 지르고, 그들이 가꾼 식량을 뒤집어엎는 일은 막아야 한다. 나는 구름을 나왔다. 구름을 나와보니 막상 눈앞에 미군기의 꼬리가 보였다. 그는 눈앞의 일본기에 정신이 팔려있는 듯했다. 실제로 내가 숨어있던 구름의 고도가 조금만 더 높았어도 나는 일본기의 미사일에 맞아서 죽었을 것이다. 나는 얼른 고도를 높여 날아올랐다. 후미 공격은 치사한 짓이라는 말도 있지만, 전쟁에 그런 게 어딨는가? 성공하면 작전이지. 그러먼기를 후미에서 미사일을 쏘아 격추시켰다. 손이 떨리고 침이 말랐다. 처음에는 미사일 버튼을 눌렀음에도 미사일이 나가지 않아 당황했지만 내가 누르고 있던 것이 미사일 버튼이 아니라 내 손가락임을 알고 마른 웃음을 흘렸다. 다시 가슴을 쓸어내리며 버튼을 눌렀다. 미리 총구를 열어놓은 것이 정답이었다. 특별히 조준을 한 것은 아니지만, 운이 좋게 미군의 비행기에 미사일을 냅다 꽂았고, 비행기는 불꽃을 내며 아래로 아래로 떨어졌다. 운 좋게라… 어찌 보면 운이 좋았다고는 말하지 못할 것이다. 그만큼 피나는 훈련을 해왔으니까. 운이 아닐지도 모른다. 하지만 나는 운으로 치부하기로 했다. 내 실력으로 미군에게 해를 입혔다고 생각하면 유쾌한 기분이 들지 않기 때문이다.

추락하는 비행기를 보고 있는데, 조종사가 낙하산으로 탈출하는 것이 보였다. 나는 그가 살아있음에 안도했다. 하지만 또다시 그의 훤히 보이는 미래를 걱정하지 않을 수 없었다. 저긴 완전한 일본 땅 아닌가. 그는 분명 주민들에 의해 붙잡혀 일본군으로 이송될 것이고, 전쟁 포로로서 일을 한다거나, 제대로 된 절차에 의하지 않고 처형될 것이다. 아니면 아예 일본 주민들에게 잡혔을 때 돌에 맞아 죽겠지. 그냥 비행기와 함께 전사한다면 그런 일은 안 당할 텐데….

남은 미군기 하나는 빠른 속도로 도망가고 있었다. 도망치게 놔두면 안 된다. 지금 도망치면 그들은 더 많은 비행기를 몰고 쓰치우라를 덮칠지 모른다. 그러면 치에코는? 남은 1대까지 잡아야 한다. 나는 비행의 속도를 올려 도망가는 비행기를 쫓으려 했다.

"하야시, 본대 귀대 명령이다. 그만하고 귀대한다."

내가 미사일을 눌러 적기의 후미에 아까처럼 불을 지르려 했을 때 무전 연락이 왔다. 나는 어쩔 수 없이 본대로 돌아가야만 했고, 비행에서 돌아오자 어느새 그러먼기를 격추시킨 영웅이 되어있었다. 나는 그보다 후세 중위의 일이 신경 쓰여 상관에게 그에 대해서 물었지만 그는 후세가 제국의 사무라이다운 최후를 맞이했다는 말만 전할 뿐 큰 감정의 동요는 보이지 않았다.

나는 오늘 타인으로부터 본다면 꽤 잘난 일을 했다. 하지만 마음이 시원치 않았다. 그런 떨떠름한 마음으로 집에 돌아와 치에코를 찾았다. 치에코는 나를 보자마자 무슨 일이 있었는지 물었다.

"배고파."

나는 그녀에게 쓰러지듯 안겨들며 말했다. 그녀는 곧 밥을 짓겠다고 했다. 우리 집에 먹을 만한 음식이 아직 있는 게 신기하다. 나는 식사는 되었다고 했다. 그냥 이렇게 안고 있고 싶다고 그녀에게 아무 데도 가지 말라고 했다. 그녀는 잠깐 날 밀어내려고 하다가 그냥 그러고 있다. 뒤뚱뒤뚱 내 군화 위에 그녀를 올려놓고 꼭 붙들어 안고 있다. 음악은 없어도 된다. 그녀가 나의 음악이니까.

"치에코 너만 있으면 돼."

나는 그녀에게 속삭였다. 눈물이 핑 돌 것 같았다. 부디 신이시여, 내가 사랑하는 이 여인을 부디 지키게 하소서. 난 처음으로 신에게 말을 걸었다. 난 그저 욕심 없이 이 여인 하나로 족합니다. 부디 내가 이 여인을 한 여자로서 행복하게 할 수 있도록 해주십시오.

왜 제대로 된 결혼 생활을 시작한 지 3개월도 안 돼서 이런 고민을 해야 하는지 모르겠다. 우린 그저 신혼부부로 행복하기만 하면 되는데, 그저 사랑하고 사랑받으면 되는데, 왜?

가는 것과 남는 것

오늘은 아침 내내 치에코를 안고 있다. 다행히 올해는 시작부터 치에코와 함께했다. 조촐한 일본식 떡국도 먹었다. 치에코와 함께하는 1월은 행복했다. 나는 요즘 마구잡이로 늑장을 부리고 있다. 아침이 오면 기지로 출발할 준비를 해야 한다. 겨울은 늦게 뜨는 해를 핑계로 좀 더 누워있어 본다. 사실 농민도 아니어서 해로 시간을 계산하는 행동은 하지 않아도 되는데, 다들 시계를 가지고 있으니까 나는 괜히 해 타령을 하며 출발을 미루고 있다. 이런 내가 보기 싫은 건지, 이놈의 무정한 해는 다시 하늘을 가르는 시간을 재촉하고 있었다. 나는 그래도 될 수 있으면 더 치에코와 누워있고 싶었다. 그래서 아침밥이고 옷이고 아무것도 신경 쓰지 않고, 일어나려는 치에코를 붙들고 있는 것이다. 평소 같으면 나에게 이런저런 잔소리를 할 게 뻔한데 언제부터인지 크게 말이 없다. 그리고 어느샌가 기지에서의 일을 묻지 않게 되었다. 아마 내 얼굴에 다 쓰여있는 것 같았다. 그렇다고 그녀가 내게 슬픈 얼굴이나 괴로운 얼굴을 보여주는 것은 아니었다. 그녀는 기지의 생활이나 식사에 대해 묻는 대신 자신이 나를 얼마나 사랑하는지, 내가 왜 살아남아야 하는지를 일깨워 주었다.

공중전 이후 나는 동기생과는 경력이 다른 비행사가 되어있었다. 정찰 비행도 동기들에 비해 많이 갔고, 또 다른 공중전을 치르기도 했다. 다행히 그때도 나는 목숨을 건졌고 살아남았기에 상관으로부터 격에 맞지 않는 칭찬을 듣기도 했다. 어느새 난 관심 아닌 관심의 대상이 되어있었다. 이미 기지 내에는 내가 조선인이라는 소문이 쫙 돌았다. 나도 별로 감추고 다니지 않았다. 그들은 조선인이면서 뛰어난 파일럿인 나를 본보기쯤으로 삼고 있는 것 같았다. 나는 기지에 돌아가는 것이 무척 싫었다. 그들은 나의 정체성을 마음대로 해석하며 자신들에게 유리한 쪽으로 주제를 이끌어 나갔다. 나는 천황 폐하의 백성인 귀화인이 되었고, 졸지에 천황을 위해 목숨을 바치는 용맹스러운 사무라이가 되고 있었다.

아무리 내가 가기 싫다고 마음먹고 있다고 해서 안 갈 수 있는 곳이 아니었다. 군인이라는 게 다 그렇지 않은가? 늑장을 부리는 척하면서 결국에는 해야 할 일은 하고 마는. 나는 아슬아슬한 한계의 선까지 그녀와 노닥거리다가 부랴부랴 기지로 뛰어왔다. 내가 막사에 도착했다고 해서 막사의 파일럿들이 다 도착해 있는 것 또한 아니다. 정말 나보다 더 부랴부라 옷을 반쯤 입고 뛰어오는 이도 있으니 말이다. 또 유곽에서 추운 겨울을 달랬을지도 모른다.

조금 있으면 봄이다. 치에코와 함께 꽃구경을 가고 싶은 욕심이 생겼다. 내가 이런 단꿈에 꽃봉오리도 생기지 않은 벚나무들을 보고 있을 때, 사쿠라이 대위가 특별 회의를 소집했다. 아직 잠도 덜 깬 이들은 얼떨결에 사쿠라이 대위와 마주하게 되었다.

"드디어 우리 부대에도 중요한 결정의 시기가 왔습니다."

그의 얼굴은 짜증과 비장함이 함께 섞여있었다. 무슨 일인지는 모르지만 크게 내키지 않는 일을 해야만 하는 듯했다. 그와 단독으로 만난 적은 없지만, 그의 성격에 대해서는 익히 들어 알고 있다. 그는 이것도 저것도 아닌 중간 정도의 악함을 가지고 있는 사람이라고 들었다. 직접적으로 폭력을 휘두르거나 욕설을 하지는 않는다고 했다. 하지만 정말 사람을 짜증나게 하는 것은 보고서 작성 방법인데, 그의 마음에 들지 않으면 어디 모르는 곳으로 날아가야 함을 각오해야 한다는 것이었다. 거참 묘한 성격의 소유자가 아닌가? 그런 그에게 짜증을 불러일으킨 일은 무엇일까?

"우리의 제국은 새로운 병기를 필요로 하고 있다. 그것은 바로 우리 하나하나가 폭탄을 짊어지고 적에게 뛰어드는 것이다. 가장 강력하고 영향력 있는 새로운 병기이다. 대일본 제국의 아들로서 목숨을 바치기 싫다는 사람에게는 강요하지 않겠다. 이 명예로운 임무를 수행하지 않겠다는 사람은 손을 들라. 지금!"

이 무슨 말인가? 내 머리는 지금 정리를 필요로 했다. 갑작스러운 말.

뭐? 사람 몸에 폭탄을 달고 공격한다고? 그건 가미카제 특공대가 했던 폭탄 몸체 공격이 아닌가! 나는 라디오도 잘 듣지 않고 군에서 뿌리는 삐라도 잘 보지 않아, 그들이 미군에 대한 몸체 공격을 계속하고 있다는 사실을 분명하게 알지 못했다. 다만 지나가는 소리에 그것을 들으면, 자원한 사람들의 일이지 나의 일이 아니라는 생각만 했었다.

하지만, 지금 이 사쿠라이 대위가 하는 말은 도대체 무엇인가? 싫은 사람은 손을 들라고? 손을 안 들면 다 죽으러 가겠다는 거야? 난 죽기 싫어. 손을 들어야 하나? 나는 찬찬히 주위를 둘러보았다. 구마모토 선배와 석훈, 시로가와, 이와키의 얼굴을 살펴보았다. 그들 누구도 밝은 얼굴이 없었다. 하지만 그 누구도 손을 들지 않았다. 심지어 석훈도 말이다. 이와키는 나와 비슷한 처지이다. 그도 혼인한 지 얼마 되지 않은 새신랑 아닌가? 한데 왜 손을 들지 않는 거지? 나는 이와키와 눈이 마주쳤다. 이와키는 나를 보더니 살짝 고개를 떨었다. 무슨 뜻이지? 손을 들지 말라는 건가? 내가 손을 들면 안 된다는 건가? 잠시 혼란스러운 눈으로 그를 보자 그는 아주 얕게 고개를 끄덕였다. 무슨 뜻이지?

여기저기서 쭈뼛쭈뼛 손을 들기 시작했다. 한 사람이 들자 그 뒤는 쉬웠다. 여기저기서 망설이던 이들이 손을 들었다. 살고 싶다는 분명한 의사 표시를 하는 사람. 나도 들어야 한다. 하지만 이와키도, 구마모토 선배도, 시로가와도, 심지어 석훈도 들지 않는 손을 내가 들 수는 없었다. 아니, 들어야 한다. 나에게는 치에코가 있다. 내게는 살아남아야 할 이유가 있다. 나는 죽을 수 없다.

"그렇군."

오늘따라 무거운 손을 들려고 하는 순간 사쿠라이 대위가 말을 시작하는 바람에 손을 들지 못했다. 나의 기회는 날아가 버린 것인가? 나는 고개를 푹 숙이고 땅만 바라보았다. 치에코에게 무슨 말을 해야 하나? 오늘 치에코를 만나러 갈 수는 있겠지?

대위는 손을 든 8명을 앞으로 불러냈다.

"모두 상황을 정확히 알 필요가 있다."

대위는 여전히 짜증이 몰려오는 듯한 얼굴이었지만, 처음 우리를 불러 모았을 때와는 다른 모습이었다.

"제군들 보라, 여기에 자신들의 배신을 명백하게 증명한 8명이 있다. 이들은 제군들의 명예를 완전히 저버렸다. 따라서 이들에게 응분의 대가가 지불될 예정이다. 여기 있는 이 수치스러운 8명이 우리 비행단의 첫 특공대 공격조가 될 것이다."

순간 몸에서 힘이 풀렸다. 내가 아니구나! 아니, 아직은 아니구나! 오늘 치에코를 만나러 갈 수 있겠구나!

"너희들은 제국의 산같이 무거운 명예를 새털 같은 목숨으로 바꾸려 했다. 그 불충을 나라를 위해 적함을 격침시켜 사죄하라. 안심하라! 너희들의 불충은 상부에 보고되지 않을 것이며, 제군들의 가족은 불충한 그대들의 가족으로 치욕을 당하고 살지 않아도 된다. 제군들은 그대들의 불충과 달리 군신으로 야스쿠니신사로 모셔질 것이며, 2계급 특진의 영예 또한 얻게 될 것이다. 가족의 걱정은 말할 필요도 없다. 오직 제군들이

해야 할 일이 있다면, 그것은 마지막 최후의 순간까지 적의 함대를 침몰시켰는지에 대한 확인뿐이다."

만일 내가 나의 의지를 명확히 해 손을 들었다면? 나는 마른침을 꼴깍 삼켰다. 사쿠라이 대위의 말이 끝나자 우리는 이쪽저쪽으로 흩어졌고, 내일이면 죽게 될 8명만이 우두커니 서있을 뿐이었다. 나는 얼른 시원한 바람을 쐬고 싶었다. 오랜만에 구토가 밀려온다. 머리가 아찔하다. 앞으로 이런 일들을 얼마나 더 견뎌야 하는가? 얼마나 순서가 돌다 나에게 이런 명이 떨어질까? 정말 나도 저들처럼 특공대가 되어야 하는 걸까? 갑작스레 훈련소에서 듣던 죽음에 관한 그들의 연설이 한꺼번에 내 머리 위로 지나갔다. 사무라이, 죽음, 영광, 소모품, 늘 죽을 준비, 황군으로서의 영광, 옥쇄, 대일본 제국… 내가 여태껏 못내 무시해 왔던 말들이 머릿속을 울리고, 나에게 죽음을 받아들이라는 신호를 보냈다. 있을 수 없는 일이다. 나는 떨려오는 내 손을 꽉 잡았다. 그리고 나를 설득시키려 했지만, 어떤 말도 지금의 내 머릿속에는 떠오르지 않았고, 할 말도 없었다.

누군가가 내 어깨에 손을 얹었다. 나는 흠칫 놀라 뒤를 돌아보았다. 거기엔 이와키와 구마모토 선배가 있었다.

"괜찮아?"

이와키가 내 어깨를 꽉 쥐며 말했다.

"뭐가?"

나는 마른 입술에 침을 바르며 그의 물음을 이해하지 못한 듯 대답했다.

"오늘만 저런 식으로 골라낸 거고, 다음부터는 자원이야. 넌 그때도 손 안 들고 가만히 있으면 돼. 이 제국에 천황 폐하를 위해 목숨을 던질 사람 같은 건 널리고 널렸어. 넌 너무 걱정하지 마."

이와키는 마치 자신은 이 문제와 아무 상관이 없는 사람인 것처럼 말했다. 구마모토 선배의 얼굴이 무거웠다.

"석훈과도 이야기했어. 그래서 손 못 들게 한 거야. 너희들은 살아남아. 남의 나라 전쟁에 너희까지 개죽음으로 몰 수는 없어."

구마모토 선배는 조용히 나를 타일렀다. 정말 그의 말처럼 나 대신 죽어줄 일본인이 끊이지 않고 나타날까? 그렇게 죽고, 죽고, 죽고 하다가 결국 내 의사도 필요 없게 되지 않을까? 그렇게 되면 어쩌지? 나는 다시 손을 폈다 접었다 했다. 떨리는 손은 아직도 그 움직임을 멈추지 않았다.

"선배랑 이와키는 어쩔 거야? 자원 안 할 거지? 그렇지? 개죽음이잖아. 그렇지? 안 할 거지?"

선배와 이와키는 말이 없다. 뭔가 결의를 다진 듯했다. 난 이와키의 멱살을 확 잡고 치밀어오는 분노를 그에게 털어버렸다.

"장난해? 너 사실 천황이고 뭐고 다 모르는 놈이잖아! 입으로는 천황 폐하 만세 만세 하고 다니면서 속으로는 욕하고 다니는 거 내가 다 알아. 웃기는 소리! 너 지금 무슨 생각하고 있는 거야? 정말 전쟁에 미친 사람들 때문에 네가 죽으러 갈 거야? 아니지? 그렇지? 왜 곧 죽을 놈 같은 얼굴을 하고 있는데. 왜? 너 결혼해서 신혼살림 차린 지 100일 좀 지나지 않았니? 그치? 나도 그래! 너 죽으러 가고 그런 짓 안 할 거지?"

이와키가 눈을 감는다. 그러고는 아무 말이 없다. 난 그의 멱살을 쥐고 계속 손을 떨고 있다. 선배가 조용히, 떨리는 내 손을 이와키에게서 떨어트린다. 문득 선배 생각이 난다. 선배는 특공대 공격에 자원하고도 남을 사람이다.

"선배는 어쩔 건데? 선배는? 설마 선배 1차 공격 뒤에 소집하는 다른 특공대에 바로 합류하고 그러는 거 아니지? 또 쓸데없는 의무론이니 뭐니 내세워서 스스로를 속이려고 하는 거 아니지? 선배, 사람이 죽으려고 마음먹어도 몸은 살고 싶어 한다고. 그게 정상이야. 그러니까 몸이 시키는 대로 사는 거야. 사실 선배도 죽고 싶다거나 그런 생각하는 거 아니잖아. 선배는 앞으로의 일본을 이끌어 갈 사람이잖아. 그치? 죽어 이룰 수 있는 건 아무것도 없다는 거 알지? 모든 건 살아남은 자들끼리 이루어 나가는 거라고 선배가 그랬잖아."

선배는 이미 죽은 사람 같은 얼굴을 하고 있었다. 나는 무시하고 다녔던 특공대 공격을 선배는 하나하나 모두 기억하고, 군부의 동향을 분석하고 있었던 것이다. 그리고 포기하면 안 되는 삶의 의지라는 게 있다는 것을 알아버린 것이었다.

"오늘 편성한 특공대에 관한 것 말고는 아직 우리 부대에 하달된 사항은 아무것도 없어. 너무 걱정하지 마. 넌 너무 멀리 보는 것 같은데, 아직 정해진 건 없어."

거짓말쟁이 선배가 나를 달래기 위해 이런저런 말을 한다. 그래, 아직 아무것도 정해진 것은 없다. 그렇지만 이 불안감은 무엇인가? 오늘의 불안감은 여태껏 나를 엄습했던 다른 것들과 달리 그 어떤 희망도 동반하지 않고 있었다.

그 8명은 저세상으로 가는 자들이 되었다. 말할 필요도 없이 그들도 누군가의 아들이고, 남편일 수도 있고, 연인일 수도 있을 것이다. 홀로 세상에 떨어져 있는 이는 없을 것이다. 그들은 강렬히 살고자 한 이들 아닌가? 분명 살아야 하는 수만 가지의 이유를 가진 이들이다. 그런 그들이 처벌이라는 이름, 본보기라는 이름으로 내일 죽음의 비행에 오른다. 그들은 그 흔한, 가족과 인사할 기회도 없다. 동료들의 전송도 받을 수 없을 것이다. 아마 지금쯤 따로 불려 가 유서를 작성하고 있을 것이다. 그 유서라는 것도 아마 그들의 마음이 아닐 것이다. 상관이 하나하나 검수하여 집에 보내주는 것이기에, 그들은 가장 진실해야 할 유서에 일본 군부의 이상을 처발라 놓을 것이다. 그리고 진심은 비행기와 함께 사라져버릴 것이다. 그들은 그들 자신과 함께 진실도 갖고 간다. 다만 거짓 유서만 남아, 남은 가족에게 갈 것이다. 또 구토가 밀려온다.

한 바퀴 정찰비행을 마치고 나는 얼른 집으로 향했다. 내가 쉴 수 있는 곳은 집뿐이니까. 집 문 앞에서부터 치에코를 불렀다.

"치에코! 치에코! 치에코!"

나의 다급한 목소리에 놀란 치에코가 빠른 걸음으로 나왔다. 치에코를 보니 왈칵 눈물이 쏟아져 나올 것 같았다. 늘 보면 껴안는 치에코인데, 그녀를 껴안아도 껴안아도 마음의 괴로움이 더해갔다.

"종성! 종성! 아파."

치에코의 목소리가 떨린다. 아! 내가 지금 무슨 짓을 하고 있는 거지? 나의 소중한 치에코를 힘들게 하다니. 나는 얼른 그녀를 감싸고 있던 팔을 푼다. 치에코가 인상을 찌푸리고 있다. 아, 나의 정신 나간 힘으로 치에코를 아프게 하다니.

"미안해, 많이 아파?"

그녀가 오른쪽 팔이 아픈 듯 왼쪽 팔로 오른쪽 팔을 조물조물거렸다. 내가 대신 주물러 주려다가 또 그녀를 아프게 할까 봐 반쯤 가던 손을 거둬 주머니에 찔러 넣어 버린다.

"그렇게 아프지 않아…"

그게 아닌 것 같은데, 치에코는 아픈 팔을 쓰다듬으며 나를 살핀다. 나는 그런 치에코를 살핀다. 어떤 말을 할까? 나는 살아서 날 수 있다? 나만은 자원하지 않을 것이다. 오늘 상황을 보니 자원이고 뭐고 상관없는 듯했다. 일본의 비행기 조종사는 죽어야 하는 운명을 타고난 것이 분명했다. 우리 부대에 자살 특공대가 조직되었다고 말하면 치에코는 어떤 반응을 보일까? 역시 아무 말 말아야 하는 것일까? 어떻게 해야 하지? 치에코, 치에코, 난, 난, 어떻게 해야 하는 거지?

난 아무것도 할 수 없었다. 그냥 치에코를 끌고 방에 들어갔다. 그리고 굶주린 듯 미친 듯 그녀의 옷을 벗겼다. 죽음이 엄습해 온 나의 육체와 정신을 그녀로 위안받고 싶었다. 거칠게 그녀에게 입을 맞춘다. 치에코는 그저 나를 슬프게 바라보고 있다가 더는 못 참겠는지 눈을 감아버렸다. 그녀는 나의 눈에서 무엇을 본 것일까? 왜 이렇다 저렇다 말이 없는 걸까? 우리의 몸은 뜨거운데, 우리의 마음은 얼음덩어리를 얹어놓은 것 같았다. 끝없이 원하고 찾았지만 나는 아무것도 얻을 수 없었다. 이미 나를 지배한 죽음이란 얼음은 결코 녹으려 들지 않았다. 아무리 몸에 열을 내고 그녀의 뜨거운 숨결을 받아도 녹지 않았다.

얼마가 지났을까? 녹지 않는 나의 공포에 지쳐 나는 그녀 옆에 쓰러지듯 누워버린다. 그녀의 숨결이 축축한 아픔을 토해낸다. 입술에 막혀 나오지 못하는 눈물의 소리가 그녀의 목 안에 울린다. 그녀가 천천히 몸을 일으킨다. 미간에 주름이 잡힌다. 치에코는 몸을 일으키다 잠깐 멈춘다. 내가 그녀에게 전가시킨 고통에 이를 깨무는 듯했다. 그러고는 나의 감은 눈 위로 눈물을 떨어트리고 아무 말 없이 주섬주섬 흩어진 옷을 입기 시작했다.

"미안해…. 미안해…. 미안해 치에코…. 내가 너를…. 미안해. 미안해. 미안해."

결국 내가 울고 말았다. 단 한 번도 그녀 앞에서 운 적이 없었는데. 사실 일본에 와서 어머니 편지를 붙들고 하숙집에 틀어박혀 입을 틀어막고 운 것 말고는 운 적이 없었다. 물론 울 뻔한 날은 많았지만, 이렇게 미친 놈처럼 운 적은 없었다. 나는 부스스 일어나 그녀를 향해 앉은 채로 허리를 숙였다. 미안해서 고개를 들 수도 없었다. 그저 미안했다. 모든 것이 미안했다. 사랑하고 존경하는 나의 아내 치에코를 그런 식으로 안아버린 것도, 그녀의 마음에 상처를 입힌 것도, 그녀에게 그저 그 모든 것을 받아들이게 만든 것도 모두 미안했다.

치에코는 얼기설기 옷을 입고 내 앞에 무릎 꿇고 앉았다. 그러고는 아무 말도 없이 날 일으켜 끌어안았다. 그녀가 할 수 있는 모든 힘을 다해 나를 끌어안는 것을 느낄 수 있었다.

"괜찮아요. 괜찮아요. 괜찮아요."

치에코는 나의 등을 쓸어내렸다. 그리고 그 밤이 다 갈 때까지 나에게 괜찮다는 말을 반복했다.

또 얼마나 지났을까? 눈을 떠보니 아직 해가 뜨지 않았다. 그녀는 나의 옆에서 내 손을 꼭 붙잡고 잠들어 있다. 내가 무슨 짓을 한 거지? 나는 가만히 어제의 기억을 되돌려 보았다. 이성을 잃었고, 짐승처럼 치에코에게 매달려 그녀를 힘들게 했던 내 모습이 스쳐 지나갔다. 그리고 미친놈처럼 꺼이꺼이 울었던 것도 기억났다. 나의 치에코는 내 울음이 그칠 때까지 내 등을 쓸어내리며 나에게 괜찮다는 말을 했다. 기억이 난다. 악마가 내게 들어왔던 게 틀림없다. 그 더러운 죽음의 공포를 미끼로 사랑하는 이를 상처 입히는 잔혹한 악마가 내게 씌었던 게 틀림없다. 그렇지 않고서야, 내가 어떻게 나의 치에코에게….

자는 그녀의 모습이 유쾌하지 않다. 그런 그녀를 보는 내 마음이 쓰리다. 나는 어떻게 될 것인가? 그녀를 두고 나 또한 돌아오지 못할 비행을 해야 하는가? 그런 것인가? 그렇다면 나의 아내 치에코는 어떻게 되는가? 나는 물론 고의로 죽음을 고르는 일은 하지 않을 것이다. 하지만 나의 의지와 상관없이 여기까지 흘러들지 않았던가? 죽음도 나의 의지와는 상관없이 나를 위협할 것이다. 그렇게 되면 이 사랑과, 이 마음과, 이 아쉬움은 어떻게 해야 하는 것인가? 나는 가버리고, 남는 자가 되어버린 치에코는 어떤 생활을 할까? 많이 슬퍼하겠지? 치에코 성격에 강물에라도 뛰어들려 하지 않을까? 그러면 안 되는데. 유서라도 단단히 써놓을까? 그렇게 생을 이어나가다가 재혼을 할까? 아직 법적 서류가 구비되지 않은 결혼이니, 나와 결혼했던 사실을 숨기고 재혼하라고 말해야 하나? 조선에서 혼인 신고를 하기로 한 것은 정말 잘한 일인 것 같다. 가까운 이 말고는 그녀가 결혼한 사실을 모르니까, 그녀의 새 출발은 더욱 용이할 것 같다. 그녀는 세상의 모든 아름다움과 고결함을 가진 사람이니, 홀로되고 싶다고 해도 여기저기서 그녀를 원하고 들 것이다. 설령 그녀의 결혼 경력이 알려진다고 해서 그녀에 대한 사랑을 꺾는 이는 없을 것이다. 그래, 치에코는 홀로 살 수 없다. 그렇다면 나는 그 준비를 해주어야 하는 것인가? 살아남을 치에코를 위해 내가 무엇을 할 수 있지? 무엇을 대비하는 게 가장 현명하지? 어떻게 해야 하는 거지?

이 무슨 방정맞은 생각인가? 아직 정해진 것은 아무것도 없다. 난 오늘의 일을 너무 크게 생각하고 있는 것이다. 그렇다. 나는 지금 혼자 공상을 즐기고 있는 것이다. 전쟁은 막바지에 다다랐다. 돌아오지 못할 비행을 보내야 하는 만큼 전세가 악화되었다면 내일 전쟁이 끝나도 이상하지 않은 일이다. 그래, 이성적으로 생각하는 것이다. 나는 결코 치에코를 세상에 홀로 두지 않는다. 그래, 나는 특공대 따위는 되지 않을 거야. 나는 가지 않고 남을 것이다. 그들은 가서 죽을 것이고 나는 남아서 살 것이다. 만일 내가 특공대가 된다면 나는 가는 것이 될 것이고, 치에코는 남는 것이 될 것이다. 그녀의 남은 삶을 어떻게 해야 할까? 역시 나 또한 남는 자가 되어야 한다. 그 길뿐이다.

이제 모든 비행기는 가미카제

8명의 대원들은 이른 아침, 부대원의 전송을 받으며 비행기에 올라타고 있다. 불충에 대한 그들의 속죄라고 명명된 오늘의 행사는 차갑고 간결하다. 지금 구름보다 허옇게 질린 얼굴로 비행기에 올라있는 그들은 별다른 절차 없이 차가운 술을 나눠 마시는 것으로 지상에서의 마지막 음식에 입을 댔다. 조선은 주로 차가운 술만을 마셔 그들이 나눠 마시는 차가운 술의 묘한 의미는 정확히 모른다. 다만 그 모양새가 산 사람을 대접하는 모습으로는 보이지 않는다. 그들이 타는 비행기는 호화로운 관이다. 숨쉬는 채로 들어가 숨이 멎는 순간을 함께하는 대일본 제국의 비행기로 만든 관.

관제탑의 이륙 신호와 함께 그들은 날아올랐다. 신이시여, 왜 이런 가혹한 시련을 주십니까? 신이시여! 떠나는 그들의 비행기를 보면서 난 계속해서 신을 부르짖었다. 하늘에 버릇처럼 떠있는 비행기를 바라본다. 하늘을 가르는 기분이 이리도 처참하다니, 이리도 억압되어 있다니. 내가 동경하고 사랑한 하늘은 이런 하늘이 아닌데, 내가 자유를 느낀 비행은 이런 게 아닌데. 내가 반가워했던 하늘 위의 바람이 이런 죽음의 손길로 우리를 어루만지다니. 한숨 하나도 가슴 언저리에 걸려 입 밖으로 나오지 못하는 그런 곳이 되어버리니, 하늘은 이제 지옥이 되어버린 것이다.

그리고 쥐 죽은 듯한 부대 생활이 계속되었다. 이곳에 모인 일본인 파일럿들은 자신이 죽어야 함을 받아들이고 있는 것 같았다. 살고자 하였으나, 일본의 남성으로 태어났다면 일본 제국을 위해 죽는 것이 당연하다고 말했다. 조국을 위해 죽는 영광이라는 단어로 표현되기도 한 특공대 공격. 하지만 그들의 표정은 전혀 영광이나 뿌듯함에 차있는 것 같지 않았다. 먼저 간 이들보다 더 허옇게 질려있었으면 질려있었지 결코 밝은 표정이나 모습은 아니었다.

그렇게 4월이 될 때까지 몇 번의 특공대 차출이 있었다. 선배와 이와키의 예상대로 살고 싶은 사람은 손을 들라는 게 아니라 제국의 영광을 위해 목숨을 바칠 사람이 손을 들라고 했다. 교묘히 말을 포장하고 의미를 부여해 봤자 죽고 싶은 사람 손 들라는 소린데, 나는 아무도 손을 들지 않을 것이라고 굳게 믿고 있었다. 정말 이런 말에 자신의 삶과 죽음의 무게를 바꾸는 사람이 있을까 하는 것이었는데, 나의 확신은 곧 나를 경악으로 몰고 갔다. 나의 생각이 철저히 내동댕이쳐질 정도로 많은 이들이 번쩍번쩍 손을 들었다는 게 놀라운 일이었고, 무엇보다 제일 먼저 손을 든 사람이 다름 아닌 이와키였다는 사실에 놀랐다. 나는 고개를 저으며 이와키를 바라보았지만, 그는 나를 보지 않기로 한 모양이었다.

"일단 보고를 올리고 명단을 공시하겠다."

상관은 흡족한 얼굴로 고개를 끄덕였고, 만족한 걸음걸이로 자신의 막사로 향했다. 나는 그가 사라지자마자 이와키를 끌고 활주로 한복판으로 갔다. 이와키는 별로 저항할 마음이 없는 것 같았다. 나와 그의 뒤를 선배와 석훈이 뒤따랐다. 나는 그를 활주로에 내동댕이쳤다. 늘 기운차던 이와키는 국수 그릇 엎어지듯 그냥 활주로 바닥에 엎어져서 일어나려고도 하지 않았다. 뒤따르던 선배와 석훈이 얼른 뛰어와 나를 붙잡았다.

"이러지마. 옳지 않은 행동이다."

내게 말을 거는 선배의 모습이 무척이나 괴로워 보였다. 선배는 아까 손을 들지 않았다. 분명 손을 들지 않은 것에 대해 괴로워하고 있는 것이다. 그의 머릿속에 가득 차있는 지식인으로서의, 일본 남자로서의 책임감.

그딴 거 개나 줘버리라고! 이 답답한 양반아!

석훈은 그저 내 등을 두 번 토닥이더니 널브러져 있는 이와키에게 다가가 그를 일으켜 세웠다. 이 둘이 이렇게 사이가 좋았나 싶은 생각이 잠깐 들 정도로 자연스럽고 깊어 보였다. 그들은 마치 무언의 대화를 하는 것처럼 서서, 한참을 입을 닫고 있었다. 석훈은 이와키의 그런 결정을 이미 알고 있었다는 것인가? 알고 있었다면 왜 말리지 않은 거지? 이와키는 일본인이고 석훈은 조선인이라서? 그래서 죽던지 말던지 상관이 없어서? 일본에 대한 증오 때문에? 그 증오가 이와키에게 모두 가버린 것인가? 그렇지는 않을 것이다. 지금의 그들을 보라! 친형제라고 해도 믿을 만큼 서로를 이해하는 듯 보이지 않는가?

"석훈이! 너는 다 알고 있었던 거 같은데, 왜? 일본인이 죽는 건 마음 아프지도 가렵지도 않아서 말리지도 않았니?"

물론 그렇지 않다는 것쯤은 알고 있다. 하지만 이와키를 말리지 않은 석훈을 보고 가만히 있을 수가 없었다. 치밀어 오르는 분노. 왜 내가 그를 위해 이렇게까지 화를 내고 있는지 모르겠다. 석훈은 한껏 퍼부을 기세로 나를 쳐다보다가 곧 단념한 듯 고개를 돌렸다.

"이와키 이 미친놈아! 너한텐 아내가 있잖아. 결혼했잖아! 지켜야 할 사람이 있잖아! 너한테 아까운 사람이잖아! 너도 사랑하잖아! 근데 왜 죽음을 자초해? 왜? 왜? 일본이 네 마누라보다 중요하니? 일본이 네 미래보다 중요해? 네가 살아야 미래가 있는 거고, 네가 살아야 욕이라도 실컷 할 수 있는 거잖아. 너 이 자식아, 사와타리보다 오래 살아야 그 새끼 먹이라도 따러 가지. 전쟁 끝나면 숨줄을 끊어놓겠다고 했잖아. 할 일이 많은 네가 왜 죽어! 왜! 왜!"

나는 절규를 지나친 분노를 그에게 쏘아붙였다.

"치요가 내 아이를 가졌다."

치요는 이와키의 아내이다. 이와키 치요. 이와키가 다물고 있던 입을 열었다. 그의 눈에 새로운 생명을 얻은 기쁨이 선하게 떠올랐다. 하얗게 마른 입술에는 가는 미소가 걸렸다.

"우리 아버지는 굉장히 엄한 분이시거든. 나는 좋은 아버지가 되어주고 싶어. 그게 꿈이야. 좋은 아버지가 되는 가장 좋은 길이 뭘까 한참을 고민했다. 아주 한참을. 그러다가 문득 내 아이에게 이런 꼬락서니의 일본을 물려주지 않는 게 가장 좋은 아버지가 되는 방법인 걸 알게 됐어."

그는 내 눈치를 살폈다. 내가 무슨 말을 할지 알고 있는 듯했다. 그의 말을 들은 나는 할 말이 많았다. 하지만 그는 나를 앞질러 다시 말을 이었다.

"물론 일단은 아버지가 되는 게 먼저겠지. 하지만 나도 아주아주 오래 생각해서 결정한 일이야. 늘 미국 놈들이 하늘에서 소이탄을 떨어트리지. 그걸 불꽃놀이냐고 부르며 뛰어나가 새까맣게 타버리게 할 수는 없잖아. 그 아이가 태어나서 살게 될 세상은 탄 냄새와 연기, 앙상한 뼈만 남아있는 그런 세상이 아니었으면 좋겠어. 그 모든 걸 당연하게 여기지 않았으면 하고, 일본기든 미국기든 비행기만 보면 대피소나 땅굴로 도망가지 않았으면 하고, 포탄 소리를 아예 몰랐으면 하고, 다른 생명을 빼앗는 무기를 만들기 위해 학교를 쉬고 노동에 동원되지 않았으면 하고, 무엇보다 사람이 곁에서 죽어나가는 데 무감각해지지 않기를 바라."

거의 2년 동안 미국은 도쿄를 태우고 있다. 바싹바싹, 새카맣게 도시 전체가 타고 있다. 비단 도쿄뿐만이 아니다. 일본 열도를 바싹바싹 태우고 있다. 그들이 일본의 땅덩어리에 내던지는 포탄이라는 놈은 크게 폭발을 하거나 무언가를 부숴버리는 게 아니라 그냥 불만 지르는 건데, 그게 그렇게 간단히 설명할 수 있는 게 아니다. 나는 이와키가 왜 특공대에 지원하게 되었는지 이해할 듯도 했다.

"언젠가 전쟁은 끝나. 앞으로 길어봤자 1년이야. 그래, 그 안에 끝나! 끝나게 돼있다고. 너도 알잖아! 굳이 네 목숨을 던질 필요는 없어!"

이와키는 나를 보고 씨익 웃는다.

"나는 꿈이 있는데, 내 아이가 태어나면 왕자님이든 공주님이든 잔디에 던져놓고 키울 거야. 푸른 잔디에 말이야. 이리 뒹굴고 저리 뒹굴고. 흙도 입에 넣어보고, 벌레도 만져보고, 개미집을 습격하기도 하고 말이야. 강아지와 병아리를 키울 작정이야. 병아리가 커서 닭이 되면 좋겠지만 병아리는 잘 안 자라잖아? 그럼 내 아이는 키우던 병아리가 죽었다고 하루 종일 엄마 품에서 우는 거야. 앞마당에 작은 묘지를 만들어 주겠지. 그리고 살아있는 남은 병아리들을 더욱 소중히 키울 거야. 내 아이는 그렇게 클 거야."

이와키는 말하면서 피식피식 웃는다.

"충성? 천황 폐하를 위해? 사실 우리 집안이 선대 천황 폐하의 은혜를 입은 적이 있어서 불만이고 뭐고 다 닥치고 있었는데, 개소리야 그딴 거. 난 원래 싸가지 없는 놈이라 충성이나 우국, 천황 같은 거 몰라. 나도 그런 것들을 위해 내 아쉬움 많은 목숨을 바친다는 건 생각해 본 적도 없어. 오해하지 말아줬으면 해. 나는 다만 내가 지키고 싶은 것을 위해 목숨을 거는 거야. 그게 다른 사람 눈에 어떻게 보일지라도, 내 마음은 그게 아니니까 그걸로 된 거야"

이와키는 제발 나에게 더 이상 자신을 말리지 말아달라는 눈빛을 보냈다. 그 눈빛이 너무나 단호해서 나는 입을 닫을 수밖에 없었다. 아마 석훈도 이렇게 입막음을 당하지 않았을까 한다. 지키고자 하는 사람이 있는 이만이 이해할 수 있는 그의 복잡한 감정. 치에코…

이와키는 나에게 많은 숙제를 남겼다. 나는 한숨도 자지 못하고 '나라면'이라는 위험한 생각에 나를 빠트려 버렸다. 그렇게 복잡하고 안타까운 밤이 지나고, 특공대 확정자 공시가 붙었다. 어? 이와키의 이름이 없다. 나는 순간 큰 안도의 숨을 몰아쉬었다. 그는 유능한 파일럿이다. 그런 그를 그런 불합리한 방법으로 죽이려고 하는 이는 없을 것이다. 그래, 여기에 이름이 붙은 이는 거의 비행 학교를 막 졸업한 이들뿐이 아닌가? 숙련된 파일럿을 공중전도 아닌 그런 일에 떠밀 군부는 없을 것이다. 갑자기 군 입대가 빠르면 빠를수록 좋다는 징병관의 말이 생각났다. 처음으로 그에게 감사의 마음이 솟아났다.

나는 얼른 이와키를 쳐다보았다. 그는 자신의 이름이 없는 것을 받아들일 수 없는 듯했다. 안도의 한숨을 내쉬며 실실 웃음을 흘리는 나와는 달리 이와키는 화가 난 모습으로 상관의 막사에 쳐들어갔다. 이와키 저 자식은 죽지 못해 환장이라도 한 것일까? 나는 몰래 이와키를 따라갔다. 그리고 그가 과연 어떤 말을 할지 숨어서 들어보기로 했다.

"뭐 때문입니까?"

이와키의 성난 목소리가 고요를 깨고 들려왔다.

"이 무슨 태도인가?"

상관의 목소리가 떨떠름하다.

"아버지 때문입니까? 아버지가 안 된다고 했습니까?"

아버지? 이와키의 아버지라면 엄하기 짝이 없으시다던 그분 말인가?

"자네 아버지와는 관계없는 일이네."

"제 아버지를 아시는군요. 그럼 제 집안도 아시겠네요. 그래서 안 되는 겁니까? 그래서 이런 개죽음에 몰아넣을 수 없는 겁니까?"

이와키는 여태껏 내가 알지 못하는 무언가를 이야기하려는 듯했다. 이와키의 엄한 아버지와 그의 집안이 그의 목숨을 구할 만큼 대단한 것만은 확실해졌다.

"아무리 백작의 아들이라도 그런 말투는 용서할 수 없네!"

백작? 이와키의 집안이 일본의 화족(華族)이었단 말인가? 난 아주 잠깐 머리가 멍해졌다. 그 잘난 귀족 집 자제를 만나다니, 그런 놈이 그렇게 험한 입으로 군부 욕이나 하고 다녔다니, 그래서 천황에 관해서는 바로 욕을 해대지 못했구나! 나는 짧은 순간 빠르게 교차하는 그의 과거 모습과 행동들을 이해하고 있었다. 복잡한 놈!

"그럼 하나만 말해주십시오."

이와키는 목소리를 낮추었다. 그렇다고 들리지 않을 정도는 아니었지만, 아까의 분노는 사라진 이후였다.

"뭔가?"

상관의 목소리가 약간은 긴장되게 들렸다.

"저는 가망이 없는 겁니까?"

무슨 가망? 죽을 가망?

"자네만 알게. 황족, 화족, 군부 고관의 자제는 열외라네. 그렇게 알아!"

열외라… 이와키는 열외다. 황족도 열외, 대단한 군인 아비를 둔 사람도 열외. 그럼 누가 열 내에 있는가? 집안도, 혈통도, 군인 부모도 없는 그런 사람만 열 내에 있단 말인가? 그들만 그 무시무시한 비행기에 타야 한단 말인가?

"저보고 그럼 동료들이 죽으러 가는 것을 보고만 있으란 말입니까?"

이와키의 목소리가 격하게 떨렸다. 동료라… 상관은 대답이 없었다. 하지만 얼마간의 정적 후 이와키는 발걸음을 옮겼다. 나는 얼른 자리를 피했고, 축 처진 어깨로 나오는 이와키를 볼 수 있었다. 그의 눈에는 얼마간의 눈물도 보였다. 왜? 삶을 보장받았는데, 언제 죽어야 하나 하는 공포에 시달리지 않아도 되는데, 왜? 왜? 살아서 아내의 남편으로, 아이의 아버지로서의 삶을 살 수 있다는데, 왜? 왜?

나는 이와키를 이해할 수 없었다. 차기 백작님께서 신병 훈련으로 머리통이 깨지고, 비행 학교에서 상관의 음식에 장난을 치고, 떡이 되도록 얻어맞기를 밥 먹듯이 했다니. 왜 그는 사서 고생을 했을까? 피하려면 얼마든지 피할 수 있는 상황을 왜? 가끔씩 왈패들보다 더 지저분한 입담을 자랑하던 그가 아닌가? 이렇다 저렇다 말해도 이와키도 선배 같은 답답한 샌님이었던 것이다. 그거 말고는 설명할 길이 없다. 그에게 있어 중요한 것은 생을 이어나가는 것이 아니라, 나라를 위해 목숨을 사용하는 방법이었던 것이다. 아내가 있고 아이가 태어나도 그에게 중요한 것은 나라였다. 그가 바라본 미래는 자신의 자녀를 위한 미래가 아니라 일본의 자손을 위한 미래였던 것이다. 결국 그는 지저분한 입으로 무장한 구마모토 선배였던 것이다. 오늘에서야 나는 그것을 깨달았다.

4월, 늦은 벚꽃이 쓰치우라의 색깔을 바꿔놓고 있다. 군대 근처에는 무슨 영문인지 벚꽃이 늦게 핀다. 우리의 악에 찬 독기가 대기를 식혀서 그런지, 아니면 그들이 말하는 죽어 벚꽃이 된 우리의 영이 함께하는 것인지. 일본 군대에 들어와서 상관들에게 자주 들은 말이 '벚꽃처럼 지다'라는 말이다. 우리는 벚꽃처럼 질 것이다. 벚꽃이 되어 야스쿠니에서 다시 만난다. 벚꽃은 아름답다. 그렇게 덧없는 모습은 심장의 두근거림조차 바꿔놓기에 충분하다. 그렇게 벚꽃이 한마디 말도 건네지 않고 땅으로 돌격해 버리면 초록색 잎이 난다. 그리고 또 얼마가 지나면 피같이 빨간 열매를 맺는다. 그걸 일부러 따지 않는 이상 그들도 바람에 툭툭툭 떨어져 버린다. 그리고 핏방울처럼 짓이겨져 바닥을 더럽힌다. 정말 피 같다. 피 같아…

이리저리 죽음을 피해가던 4월 초의 어느 날, 내가 집에 돌아왔을 때 치에코는 눈물로 얼굴이 범벅이 되어 나를 쳐다보지도 않았다. 무슨 큰일이 있었던 것일까? 가스가 집안에 무슨 일이라도 생긴 것일까? 소이탄의 공격을 피하지 못한 것일까? 복잡한 심경으로 치에코 앞에 앉았을 때, 나는 그녀가 내려다보는 삐라를 볼 수 있었다.

이제 모든 비행기는 가미카제

나는 아무 말도 생각도 할 수 없었다. 다만 치에코를 달래는 것 말고는 말이다.

부대에 복귀한 나는 초상집이 된 막사를 볼 수 있었다. 그들의 얼굴은 이미 죽어있었다. 그전에 손을 들어 특공대가 되겠다고 한 이들도 말이다. 그리고 더욱 충격적인 것은 우리 부대원 전원이 특공대 지원병으로 보고가 되었다는 것이었다. 내가? 이…. 내가? 임종성이? 치에코의 남편이? 어머니의 아들이? 자살 특공대? 머리가 새하얗게 물들어 가는 걸 느꼈다. 사실 이렇게 죽을 수 있다는 것 정도는 알고 있었다. 내가 아무리 손을 들지 않는다고 해도, 이 부대에 있는 이들이 다 죽고 나와 몇 사람만 남게 되면, 나도 이 부대의 최후의 특공대 대원이 되는 것이다. 하지만 얄팍한 앎 속에서 늘 놓지 않고 있었던 것이 종전이다. 늘 곧, 곧, 곧 끝날 것이다. 끝날 것이다. 그렇게 버텨온 것이 벌써 1년 하고도 4개월이 지났다. 이제 놓아야 하는 희망의 끈. 원망도 하고 외면도 했지만, 그렇게라도 너라는 희망의 끈을 붙들고 있을 수 있어서 행복했었다.

잘 가라 희망아!

그 발표를 기다렸다는 듯이 우리 부대에서는 15~20명씩을 특공대로 조직해 하늘로, 죽음으로 날려 보냈다. 그들의 목적지는 모두 오키나와였다. 우리 부대가 그 정도를 보내고, 다른 부대에서도 다들 그만큼씩 보낸다. 그리고 한 50대 정도가 오키나와 상공에 모여든다. 그리고 각자 하달 받은 명령대로, 유조선, 항공모함, 포격선 등을 자신의 무덤 삼아 돌진한 다. 사방에서 벚꽃처럼 떨어지는 일본의 비행기를 미국 군인들은 어떻게 생각할까? 아마 미쳤다고 생각하겠지. 아니, 미친 짓임에는 틀림없다. 하 지만 이들 중 미친 사람은 아무도 없는데. 그들의 살고픈 마음과 고뇌야 어떻든 그들은 일본을 위해 목숨을 내던진 아름다운 젊음이요, 군신이요, 우국의 표상이다. 하지만 특공대원이 어떤 정신을 갖고 있든 미국의 눈에 는 그저 미친 우국주의, 그저 미친놈들, 그저 미친 것들, 미친 짓들….

벌써 몇 번의 출정식이 있었는지 모른다. 조종사들의 시퍼런 머리에는 일장기가 그려진 띠가 매어져 있다. 허리에는 부인회에서 만들어 준 인형 을 차고 있다. 벚꽃이 피어있을 때는 머리에 벚꽃 가지를 꽂았지만 벚꽃은 이미 오래전에 져버리고 없다. 조종사들은 자신의 마지막 순간을 함께할 물건들을 자신이 탈 비행기에 실어놓았다. 가족사진, 어머니 사진, 연인 사 진, 가장 좋아하던 책, 성경, 편지 등등. 정말 의외는 이름은 누군지 모르 는 어떤 유명한 사상가의 사진을 마지막 가는 비행기에 실은 이도 있었다 는 것이다. 그도 아마 꿈 많고 할 일 많은 미래 지도자였을 것이다. 하지만 그의 수많은 내일들은 오늘로 끝나버린다.

신관인 듯 보이는 사람이 새하얗고, 또 마치 새털같이 풍성한 옷을 입 고 출정식을 돕는다. 지루하게 많은 절차, 구경거리, 그리고 차가운 술, 죽 음을 독려하는 연설, 어떤 의미로 우렁찬 전투가를 부르고, 천황 폐하 만세…. 나는 그럴 때마다 조용히 대한 독립 만세를 외치고, 더 이상 공부를 가르치지 않는 학교에서 동원된 학생들, 부인회 회원들의 전송을 받는다. 그들은 누구도 죽음을 붙잡지 않고, 조용히 눈물 흘리듯 흘려보낸다. 그들의 눈물을 달래기라도 하듯 조종사들은 얼기설기 웃는 얼굴로 그들의 최후를 함께하는 이들에게 크게 손을 흔든다. 가끔씩 꼭 적의 함대를 격침시키겠다는 다짐을 내던지며 가는 이도 있다.

특공대원들은 오키나와에 들르기 전에 가고시마에 들러 연료 공급을 받게 된다. 그들은 그곳에서 마지막 지상을 딛는다. 그 어떤 무전 통신도 없이 무언으로 가고시마까지 날아 온 그들의 표정은 기지를 떠날 때와 다른 얼굴이 되어있다. 어설프게 웃던 입은 다시는 열리지 않을 것처럼 굳게 닫혀있다. 비장한 그들의 눈빛은 어떤 이의 최후의 말처럼 자신의 목숨의 값을 꼭 미군에게 지불하게 하고 말겠다고 말하는 것 같았다. 그러고는 아무것도 보지도 듣지도 않는 그런 껍데기뿐인 사람이 된다.

다행인지 불행인지 나는 숙련 파일럿으로 구분되어 당장 특공대에 포함되지는 않았다. 다만 특공대를 오키나와까지 엄호하는 호위 임무를 수행하게 되었다. 말이 호위이지 그들이 죽는 장소까지 도망치지는 않는지, 그들이 얼마나 적에게 타격을 입혔는지, 그들이 제대로 죽었는지를 확인하고 귀환한 후, 그들이 죽은 형태에 관해서 보고서를 쓰는 임무였다.

특공대의 비행기에는 적게는 200킬로그램에서 많게는 800킬로그램까지의 폭탄의 실려있다. 그들은 다시는 돌아오지 않을 것이기 때문인지는 모르지만 썩 상태가 좋은 비행기와 마지막을 함께하지 못한다. 어떤 이는 교육용 비행기를 타기도 했으니 말이다. 연료 또한 매정하다. 호위대와는 달리 그들에게는 돌아올 연료가 없다. 비행기를 띄울 연료조차 곤란을 겪고 있는 일본. 왜 아직까지 버티고 있는지 모르겠다.

그들의 비행기는 기동성뿐만 아니라 성능조차 최악의 수준이라고 말할 수 있다. 적을 만난다고 속 시원히 공중전을 펼칠 상황이 아니라는 것이다. 이런 그들이 장소를 골라서 죽을 수 있도록 함께 가는 것이 나의 임무. 임무 도중 몇 번이고 미국의 비행기를 만난 적이 있다. 그때마다 결코 이길 수 없는 상황임에도 어떻게든 그들을 격추시켜 왔다. 계속되는 비행에, 나뒹굴어지는 미군기를 보고도 감정이 없다. 계속되는 비행에 특공대 대원들의 마지막을 보며 한숨을 쉰다. 어떤 특공대원은 비행 학교를 갓 졸업하고 실질적인 파일럿으로서의 첫 비행으로 특공대에 합류한 이도 있었다. 그들의 비행은 이루 말로 다 할 수 없을 만큼 덧없다. 항공모함에 접근은커녕 편대비행에서 저공비행은 가지도 못하고 하강하자마자 격추되기 일쑤이니 말이다. 비행기가 바다의 표면과 거세게 부딪치면 그들이 싣고 간 폭탄이 그들만을 위해 높은 물줄기를 하늘로 높이 끌어 올리며 펑 하고 터져버린다. 그리고 그 물결이 바다에 아무렇지도 않게 섞여가는 것처럼 그들도 아무렇지도 않게 바다에 내던져진다. 자주 그런 모습을 보니 어떻게 하면 적함에 돌진해서 그들이 원하는 최대한의 많은 미군 사상자를 이끌어낼 수 있는지에 대한 이론이 머리에 섰다. 끔찍한 생각들….

부대로 돌아와 귀찮은 듯 그들의 마지막을 전한다. 오늘 출정한 13명

중 2명은 기체 고장으로 귀대, 이들은 이미 보고를 끝내고 다음번을 기다리고 있을 것이다. 7명 공중 격침으로 사망, 2명 유조선 오른쪽 갑판을 스치고 바다로 침몰, 2명 항공모함 몸체 공격에 성공하였으나 항공모함을 침몰시키지 못함. 이 말들을 어떻게 군사적으로, 죽은 동료들을 위로하는 어투로 설명해야 할까?

튀어올랐다가 떨어지는

　1945년 7월, 모든 특공대가 한곳에 집결하여 순번을 기다려야 하는 상황에 이르렀다. 그간 공중전으로 거덜이 난 하야부사가 히로 공군기지에 불시착한 적도 있었고, 그 공군기지가 공격을 받아 수리 중이던 하야부사를 데리고 포르모사까지 도망친 적도 있었다. 그러고 보니 포르모사의 다이후쿠 본부 기지에서 내가 보기에 나름 인간적인 사건이 있었다. 이곳도 특공대를 이날 저날 하늘로 올려 보내고 있었고, 그날도 마찬가지였다. 여느 때처럼 전송식이 끝나고 8명의 특공대 대원들이 비행장을 한 바퀴 돌고 오키나와를 향하고 있었다. 그런데 비행 중이던 비행기 한 대가 돌아오는 것이었다. 또 기체 고장인가 해서 비행기를 활주로에 인도하기 위해 준비를 하는데, 그의 고도로 보았을 때 그는 활주를 시도하는 것이 아니었다. 그는 미 군함이 아닌 기지의 격납고에 특공대의 최후 공격을 퍼부을 생각이었다. 그를 격추시키라는 명령이 있었지만, 어느 비행기가 그보다 빨리 이륙해서 그를 향해 미사일을 쏠 수 있겠는가? 땅에 묶인 고사포와 속사포는 그를 따라갈 수 없었고 그는 예상대로 격납고를 향해 돌진했다. 격납고 안에는 비행기 20대와 늘 그렇듯 다량의 폭탄과 미사일이 들어있었는데, 이것들이 거의 줄지어 터지는 광경이란 그렇게 속이 시원할 수 없었다. 어설프게 불을 끄겠다고 붙어있던 소방병들은 속수무책으로 포탄이 모두 터질 때까지 겉만 맴돌아야 했다. 나중에 그의 관물함에서 유서가 발견되었다고 했다. 나는 그의 유서를 직접 보지도 않았고, 정확한 내용을 듣지도 못했다. 다만 쉬쉬거리는 소리로는 그가 남은 동지 20명의 목숨을 더 연장시켰다는 말을 들었을 뿐이다. 어떤가! 인간적이지 않은가?

내가 이렇게 부대에 제대로 복귀하지 못하면 치에코의 애간장이 녹는다. 전원 특공대령을 받은 이후로는 집에 자유롭게 가지도 못한다. 나는 치에코를 어떻게 해야 하는가에 대한 심각한 고민에 빠지기 시작했다. 내일이면 치란으로 떠나야 한다. 그녀는 어디든 따라오겠다고 했지만, 이제 그런 달콤한 사랑에서 헤어 나와야 했다. 사실 나는 벌써 사랑의 달콤함을 잊었다. 이제 치에코가 알아주었으면 한다. 우리에게 더 이상 희망도 미래도 없다는 것을.

꼭 살아남으려고 발버둥 쳤다. 내 손을 잡는 죽음을 뿌리치려 악을 썼다. 모두가 죽음의 구렁텅이에 빠질지라도 나만은 살아남을 것이라 소리질렀다.

나의 발악이 거세질 때 구마모토 선배가 자원을 해서 특공대가 되었다.

"선배, 안 됩니다. 제발, 조금만 더 견디세요. 조금만 더 염치없이 살아남으십시오. 제발!"

나는 선배가 미쳤다고 생각했다. 나는 살고 싶어서 미칠 것 같은데, 동료의 죽음을 보면서 살아남는 것에만 집착하고 있는데, 그는 죽음에 착념하고 있었다.

"아니, 나는 더는 힘들 것 같다. 초개처럼 죽어가는 동료들이 있는데, 며칠을 더 살아서 무슨 의미가 있겠니…"

어째서지? 왜 목숨을 이렇게 헌신짝처럼 버리려고 하는 거지?

성큼, 어떤 묵직한 발자국 소리가 머리통 안에 울리는 것 같았다.

죽음이 다가오는 소리.

선배를 비행에 보내고 나면, 내게 그놈이 더 가까이 다가올 것만 같았다. 그러니 더욱더 막고 싶었다. 나에게 있어 선배가 차지하는 의미, 가치, 친근함을 말하기 이전에, 그를 이대로 비행에 보내고 나면 그다음은 반드시 내가 되고 말 거라는 불안이 나를 엄습했다.

"의미가 없긴 왜 없어요! 살아남는데, 내가 살고 싶다는데, 염치는 뭐며, 의미는 또 뭡니까! 그딴 거 개나 주라고 하세요! 지금까지 잘 버티셨잖습니까. 그러니까 조금만, 조금만 더 버티십시오. 제가 선배의 팔이든 다리든 어디든 부서트려줄 테니, 비행기 못 몬다고, 못 간다고 하세요!"

선배에게 매달렸다. 화도 냈다. 사정도 했다. 무릎도 꿇었다. 살아달라고 부탁도 했다. 결국 눈물도 보였다. 하지만 선배는 꿈쩍도 하지 않았다. 나는 많은 말을 바위에 계란 치듯이 내던졌다. 정말 바위가 단단한 건지 계란이 약해 빠진 건지 바위는 꿈쩍도 않았고, 계란은 비린내와 끈적한 몸체만 터져 나왔다. 특공대라는 게 모두 달걀이다. 새가 되지 못한 달걀, 심장 정도 생긴 달걀, 이제 곧 뼈와 살을 만들 그런 달걀, 그런 생명의 흔적이 비상하기도 전에 깨져버린다. 그것이 특공대인 것이다.

"전쟁은 곧 끝납니다. 선배도 알고 있잖습니까. 그런데… 다 알고 계시면서… 자원이라니. 선배 아니어도 이 대단한 나라 일본을 위해 죽을 사람은 널리고 널렸다고! 왜 죽으려고 환장을 했습니까!"

나는 길길이 날뛰며 미쳐가는데, 선배가 내게 한 말은 무서울 정도로 미래 지향적인 말들이었다.

"그래, 종성, 네 말이 맞아. 이 전쟁은 곧 끝나. 그러면 너의 조국은 독립을 하게 될 것이고, 너는 이곳을 떠나 조선에 건너가서 살 수 있을 거야. 하지만 그게 문제가 아니야. 중국과 소련의 움직임이 이상해. 군대가 없는 너의 나라가 이 상태로 독립을 맞이하게 되면 치안을 이유로 미군이 들

216

어가게 될 거야. 하지만 사회주의 진영인 소련과 그에 물든 중국이 가만히 있지 않을 거야. 둘 중에 하나야. 너의 땅에서 소련군과 미군의 전쟁이 일어나든지, 아니면 너의 나라를 두 나라가 나눠 먹기를 할 수 있다는 거야. 정신 바짝 차려야 해. 기껏 되찾은 나라가 반 토막 나면 안 되잖아."

나는 당장 눈앞에 닥친 상황이 아닌 너무나도 다른 세계에 그저 눈만 깜빡거릴 뿐이었다. 이 사람은 지금 무슨 소리를 하고 있는 것인가? 조선이 뭐 어쩌고, 소련은? 미국은? 뭐? 반 토막? 내가 어색한 단어들을 머릿속에서 정리하고 있을 때, 그는 말을 이어갔다.

"나는 나의 조국을 위해 이렇게 지지만, 나의 기억을 가진 이들이 나를 대신해서 일본을 살기 좋은 나라로 바꾸어 줄 거야. 과연 미국이 일본을 점령했을 때 어떻게 될지는 잘 모르겠지만, 아마 천황제를 없애려 하겠지. 그건 일본에 잘된 일일 거야. 하지만 미국이 어떤 변덕을 부릴지 정확히는 몰라. 천황제를 유지하는 대신에 많은 것을 받아낼지도 모르지. 그것도 일본 국민 전체로 볼 때 크게 나쁘지는 않을 거야. 우리 국민들은 아주 순수하거든. 난 나의 일본을 후세에게 맡길 거야. 너는 살아서 풍전등화인 너의 나라를 살리렴. 미안한 말이지만 일본의 후손들이 좀 더 머리가 좋아. 교육 문제도 있고 해서 말이지. 너의 나라에는 제대로 된 교육을 받은 이가 많이 없다고 했지? 물론 그것도 다 나의 조국의 탓이라 했지? 동의해. 하지만 너는 제대로 된 교육을 받았잖아? 그러니까 너는 살아서 너의 나라로 돌아가! 살아서 너의 조국을 위해 힘쓰렴. 난 내가 지금 내 조국을 위해 할 수 있는 일을 할게."

튀어올랐다가 떨어지는   217

선배가 내게 한 말들을 반도 이해하지 못했을 때, 선배는 출격했다. 그의 마지막 비행을 동행하기 위해 나도 비행에 올랐다. 그의 비행기엔 돌아올 연료 대신 수백 킬로그램의 포탄이 실려있었지만 내 비행기엔 돌아올 충분한 연료가 실려있었다. 땅을 박차고 하늘을 동하는 순간 이전에 우리는 이미 다른 운명이었다. 생과 사. 구마모토 선배는 왕벚꽃나무라고 이름 붙여진 특공대의 선두에서 특공대를 이끄는 역할 또한 맡았다. 나는 그의 비행에 동행하며 사방을 살폈다. 그가 일본 제국이 의도한 대로 죽게 하기 위해서.

번쩍.

오키나와 상공을 아직 제대로 돌입하기도 전이었는데, 눈앞에 가는 불기둥이 지나갔다. 적군이었다. 언제부터 미군이 내게 적이 됐는지 모르겠지만, 구마모토 선배를 향해 미사일을 날린다면 그들은 내 적이 맞다. 격추시켜야 한다. 그의 죽음이 일본 제국이 말하는 의미 있는 죽음이 되게 하기 위해서라도 나는 미군과 싸워야 한다.

나는 얼른 미사일이 날아온 방향 밑으로 들어갔다. 고도를 높여서 비행하는 게 대공포의 공격에서 좀 더 안전할 수 있겠지만 나는 저공비행을 선택했다. 어차피 지금 구름 아래는 바다뿐이니까. 적군의 비행기를 발견하는 건 어렵지 않았다. 미사일이 날아온 속도, 방향으로 유추했던 그 위치. 그곳에서 적군의 비행기는 날아오고 있었다. 나는 얼른 화구 방향을 맞춰 한 치의 망설임도 없이 미사일을 발사했다.

펑.

펑.

나는 한 번 미사일을 쏘았는데, 두 개의 폭발음이 너무나도 강렬하게 내 귓구멍을 때렸다.

내가 쏜 미사일은 계획대로 미군의 비행기에 꽂혔다. 그래서 눈앞에서 시뻘건 불꽃과 검은 연기를 내며 한없이 바다로 내리 꽂혔다.

그리고 또 한 대가 내가 격추한 비행기와 거의 같은 속도로 바다를 향해 처박히고 있었다.

"…선…배."

왕벚꽃나무의 가지가 그려진 비행기. 선두에 선 사람에게만 그려 넣었던 분홍빛 벚꽃잎.

각오하던 일이었다. 처음부터 선배가 죽을 그런 비행이었으니까. 하지만 각오한다고 모든 것을 쉽게 받아들일 수 있는 것은 아니었다.

미사일이든 총이든 내가 맞은 게 아닌데, 내 온몸에 있는 피란 피는 다 빠져나가는 기분이 들었다. 꺽꺽거리며 숨을 쉬려고 해도, 입으로도 코로도 숨이 들어오지 않았다.

펑.

또 한 번 굉음이 들렸다. 이번 폭발음은 물기둥을 동반한 폭발음이었다. 비행기가 바닷속에서 폭발하면 들리는 소리. 선배의 비행기가 떨어진 곳이었다.

그가 정말로… 죽었다.

그 아까운 목숨을 버렸다. 일본이 선배를 죽음으로 몰아넣었다. 어떻게 그런 대학자를, 누구보다 일본을 사랑하는 남자를, 누구보다 양심적인 사람을, 누구보다 살아서 이루어야 할 일이 많았던 한 인간을… 일본은 이로써 50년의 사상적 퇴보를 겪게 될 것이다. 일본 정부는 잘 모르지만 일본은 일본의 발전을 위해 중요한 인재를 바다에 버려버린 것이다. 이 나라는 잔인한 나라다. 익히 알고 있었다. 하지만 나는 또 모르고 있었다. 선배가 이렇게 쉽게 죽을 것이라는 것을. 선배는 일본식으로 말하자면 아름답게, 훌륭하게 죽었다. 그렇지만 그것도 내 눈에는 개죽음이다.

동지이자 스승이자 어머니였던 선배의 죽음을 목도하고 나서야, 나는 뜨거운 신혼의 단꿈에서 완전히 깨어날 수 있었다. 늘 아슬아슬했고, 늘 죽음을 군복처럼 걸치고 다녔다. 하지만 그에 지배되지 말자, 죽을 때 죽더라도 치에코에게 좋은 기억으로 남자! 그런 남자가 되자! 그리 다짐했지만 떨려오는 손과 밀려오는 구역질은 숨길 수가 없었다. 내일이면 치란행이다. 그 전에 그녀와의 관계를 정리해야 했다. 나에게는 다행히 마지막 정리의 순간이 있다. 그것만은 정말 다행이다.

치에코와 나는 조용히 마주보고 앉았다.

"나 내일이면 이곳을 떠나."

나는 치에코의 눈을 바라보지 못한다. 그저 그녀의 곱게 꿇은 무릎을 볼 뿐이다.

"치란으로 간다고 들었어요…."

도대체 어디서 다 듣고 다니는지… 치에코에게만은 이야기하지 않으려고 했다. 그녀의 성격에 분명 치란까지 따라오고 말 것이니까.

"그거… 군사기밀인데…."

나는 순간 할 말을 잃는다. 이제 무슨 말을 이어나가야 하나? 계획되었던 말 하나의 단추가 엉클어진다. 빨리 말을 정리해야 한다.

"부인회에 기밀은 없답니다."

역시 조선이고 일본이고 부인들은 무서운 사람들이다… 아니다, 내가 지금 이런 데 감탄하고 있을 때가 아니다. 다시 차가워지자. 차가워지자.

"헤어졌으면 해."

그녀의 온몸이 움찔한다. 미동도 없다. 아무 말도 없다.

"우리 결혼한 거 아는 사람은 알지만, 굳이 말 안 하면 모르잖아. 재혼해."

나는 심장이 저려옴을 느꼈다. 이를 잠깐 꽉 깨문다.

"아니면, 내 연금 수령자가 될래? 2계급 특진하면 대위가 되니까 네가 좋아하는 책을 마음껏 사 볼 수 있지 않을까?"

아, 이런 말은 하는 게 아닌데, 나는 잠시 머뭇거린다. 치에코는 말이 없다.

"다행히 우리 사이에는 아이가 없어. 그러니까… 그러니까…."

뒷말을 이어야 하는데 심장이 뒤틀린다. 심장이 녹아내린다. 차가운 얼음으로 만든 대못이 여기저기 박힌다. 뒷말을 이어야 한다.

"내 대답은 하나입니다."

치에코의 건조한 목소리가 방을 울린다. 그리고 다시 고요하다. 아아, 치에코, 왜 내 마음을 몰라줄까? 내가 나 좋자고 이러나! 전부 치에코를 위해서 이러는 거잖아. 나라고 치에코를 다른 사람에게 보내고 싶겠어? 나도 죽기 싫어. 널 두고 죽는 게 싫단 말이야. 이런 말로 내 마음의 거부가 다 표현될까? 그래, 죽기보다 싫어. 죽음이 다가온 사람 입에서 죽기보다 싫은 게 있다는 말은 설득력이 없는 걸 알아! 어떻게 하면 나의 마음이 전해질까? 치에코, 오해하지 마! 난 살고 싶어. 나라고 죽고 싶어 환장한 사람이 아니라고. 그래, 난 살고 싶어 환장한 사람이야. 동료들을 거의 다 특공대로 내보내고, 그들이 죽는 걸 빤히 지켜보면서도 그들이 손을 더 많이 들어서 전쟁이 끝날 때까지 내 목숨을 연장해 주길 바라고 있다고. 그런 놈이야 나는. 아주 비열한 놈이지. 단지 살고 싶어서. 사람이 생명을 얻어 살고 싶다고 생각하는 게 죄는 아니잖아. 하지만 죽어야만 한다는데 어쩌겠어. 내가 죽어야 한다잖아. 나는 죽기 싫은데 죽어야 한다잖아. 나도 누구도 치에코도 어쩔 수 없다잖아. 어쩔 수 없는 일이니까 뒷일을 생각해야 하잖아. 그게 치에코의 입버릇처럼 현명한 일인 거잖아.

나의 말이 없자 치에코는 내 손을 잡는다. 나보다 더 차가운 손. 며칠 못 본 사이 많이 야윈 치에코. 그렇지만 여전히 아름다운 치에코. 치에코의 입술이 약간 퍼렇다. 감기라도 걸린 걸까? 여름에 추위라도 타나? 왜 이렇게 손이 차지?

"왜 죽을 때까지 당신만 봐달라고 말 못 해요? 왜 다른 남자에게 시집 가지 말라고 말 못 해요? 왜? 왜 함께 죽자고는 말 못 해요? 왜 못 해요? 왜 저 혼자라도 조선에 가서 어머니를 모시고 살라는 말을 못 해요? 왜 당신 어머니의 딸이 되어달라는 말도 못 해요? 내가 당신에게 표현했던 사랑이 그 정도였나요? 그런 건가요? 내가 당신에게는 지나가는 사람이었나요?"

참아왔던 치에코의 눈물이 툭툭 손등 위로 떨어진다. 내가 어떻게 그런 말을 해. 내가 어떻게 아름다운 너에게 죽은 망령이나 붙들고 살라고 그래, 내가 어떻게….

"내 가장 큰 기쁨은 너의 행복이야. 네가 살아서 너의 행복을 이루는 게 가장 큰 행복이야. 일본 따위를 위해 죽을 마음은 추호도 없어. 다만 너의 행복과 나의 기쁨을 지키기 위해 죽을 마음은 있어. 그렇게 죽을 수 있어. 너는, 치에코가 할 일은, 내 몫까지 더 행복하게 살아나가는 거야. 그래야만 해. 그래야 내가 억울하지 않지. 마지막인데 나를 기쁨 속에 내버려 두지 않을래? 절대 다시는 죽는다는 말 하지 마! 생각도 하지 마! 꿈도 꾸지 마! 그런 말은 듣지도 마! 네 그 말 한마디에 내 모든 게 갈기갈기 찢어지는 기분이야. 제발 날 위해 꿋꿋하고 행복하게 살아주면 안 되겠니?"

치에코가 깊은 숨을 내쉬었다.

"그러면 조건이 있어요. 나 하고픈 대로 하게 해줘요. 그러고 나면 당신 없는 세상을 살아야 할 용기가 생기겠죠."

튀어올랐다가 떨어지는

치에코의 조건은 간단했다. 치란까지 함께 가겠다는 것이고, 내가 살아 있는 한 나의 아내로서의 일을 다할 것이라고 했다. 왜 그렇게까지 치에코가 고생하며 나를 따라야 하는 걸까? 내가 거의 걸레가 되어가는 하야부사를 타고 치란에 도착했을 때, 치에코는 험난한 길을 하나하나 거쳐, 소이탄 폭격을 피해가며 치란을 향하고 있었다. 비행기에 태워서 가고 싶은 마음이 굴뚝같았지만 그럴 수 있는 일이 아니기에, 혹시 미군을 만나면 치에코의 목숨도 위태롭기에⋯. 육로든 항로든 모두 위험하긴 마찬가지인가? 결국 치에코를 설득시키지 못하고 치에코에게 설득당해 버렸다. 나는 치에코를 이길 수 없다. 익히 알고 있었지만 이렇게 보기 좋게 무너져 버리다니⋯. 더군다나 치란에서 치에코를 기다리는 꼴 하고는, 한심하다는 말도 아깝다.

언제부터였는지 모르겠는데, 음악 방송 라디오에서는 미군에 붙은 일본인의 교화? 감화? 방송이 흘러나왔다. 처음에는 그냥 음악 방송이라고 생각하고 듣고 있었는데, 그 노랫소리가 뚝 하고 끊기더니 멜로디 없이 이런저런 질문을 하는 남성의 음성을 듣게 되었다. 그는 자신을 일본인이라고 밝혔고, 자신은 전쟁의 위협이 없는 곳에 있다고 했고, 평화롭다는 말을 서슴지 않고 사용했다. 그리고 죽음에 내몰린 나 같은 파일럿에게 물었다. 왜 의미 없는 전쟁으로 죽어가고 있는지? 가미카제의 희생은 도대체 뭔지? 왜 죽으려 하는지. 근데 이 자식은 진짜 몰라서 묻는 것일까? 일본이라는 나라가 시켜서 하는 거지! 누가 원해서 한단 말인가! 왜라고 묻는 폼이 이놈은 민간인임에 틀림없다. 이놈은 우리의 출격 전날을 모르는 놈이다.

　부인회고 학생들이고 몰려와 우리의 죽음을 향해 깊이 허리를 숙이고 감사의 눈물을 흘린다. 그들은 우리 모두를 국가에 대한 충성으로 죽음을 기쁘게 받아들이는 성인쯤으로 생각하고 있을 것이다. 그들은 모른다. 우리의 출격 전야를… 주로 기러기 룸이라고 불리는 곳에서 다음날 특공대 지정자의 송별연이 열린다. 처음엔 경건하기까지 한 이 연회는 한 시간을 채 넘기지 못하고 개판이 되어버린다. 개죽음을 당하러 가는 것이니, 개판이 되는 것이 당연할 수밖에. 술이 얼근하게 오른 병사는 상관에게 삿대질을 하며 묻는다.

　"같이 간다면서? 왜 우리 같은 예비생만 가냐고? 언제 올 건데? 언제까지 속일 건데?"

　상관은 그런 그를 노려보지도 못한다. 그저 이 친구가 술이 과하구만, 하는 껄끄러운 웃음을 보인다. 그리고 어떤 이는 칼로 등을 쳐서 떨어트리고, 환한 주석연을 어둠으로 뒤덮어 버린다. 상을 뒤엎고, 의자를 들어 이것저것 부수다가 기러기 룸의 유리창을 모조리 산산조각 내버리기도 한다. 어떤 이는 나라라도 망한 것처럼 엉엉 울고, 미친 듯이 군가를 부르고, 찬송가를 부르고, 욕을 해대고, 어떤 이는 팔짱을 낀 채 입과 눈을 굳게 닫고 있고, 어떤 이는 주석연에 나온 술을 다 마실 기세로 벌컥벌컥 술을 들이켠다. 어디서 배운 춤인지 춤을 추는 이도 있고, 혈서를 쓰는 이도 있고, 처음부터 끝까지 뭔가를 쓰는 사람도 있다. 자신의 유품함에 보낼 만한 물건으로 머리카락을 자르는 이도 있고, 손톱, 심지어 손가락을 하나 자르는 이도 있다. 그런 건 아프지도 가렵지도 않다. 이미 죽은 몸을 갖고 있으니 말이다. 그렇게 한바탕 아수라장을 만들고 난 다음 날 그들은 거짓말처럼 차분한 모습으로 마지막 비행기에 오른다. 웃는 이도 있다 하지 않았던가? 분명 라디오에서 저렇게 말해대는 놈은 군인 출신이 아닐 것이다. 그렇지 않다면 어떻게 저렇게 말할 수 있단 말인가?

쓰치우라에 비해 옅은 바다 냄새가 나는 치란의 첫인상은 좋았다. 특공대 대원들을 자식처럼 생각해 주는 지정 식당의 주인도 있었다. 이곳에 온 이후 훈련이 없으면 나는 강둑을 걷는다. 그렇게 강둑에, 강물에, 바람에, 하늘에, 흙에, 잡초에 나의 삶을 하나하나 내려놓는다. 내가 내려놓은 삶을 받아 강둑의 흙이 더 단단해지기를, 강물은 더 맑아지고 생명이 넘치기를, 하늘은 더욱 푸르르기를, 흙은 더 많은 생명을 잉태하기를, 잡초 하나도 더 강해지기를, 그러면 그걸로 되지 않았을까?

내가 강둑에 앉아 나의 생을 자연에게 돌려보내고 있을 때, 내 곁에 나처럼 홀로 앉은 이가 눈에 들어왔다. 그도 치란에서 마지막을 준비하는 것일 것이다. 어디서 온 것일까? 그런 생각에 그를 바라보고 있을 때, 그도 날 바라본다. 그러고는 그가 가볍게 목례를 한다. 나는 내 자리를 털고 일어나 그에게 다가갔다. 그는 그저 내가 오는 걸 기다린다.

"난 조선에서 온 임종성이라고 합니다."

내게 하야시는 이제 모르는 이름이다. 나는 그냥 임종성이다. 곧 죽을 마당에 나로서 제대로 죽고 싶다. 내 소개를 하자 그는 잠깐 놀라는 듯했다. 그도 그렇겠지. 조선인이 이렇게 직접적으로 다가와 자신을 밝히는 것이 이해되지 않을 테니까.

"아, 저는 대만에서 온 두백이라고 합니다."

나는 잠깐 귀를 의심했다. 대만? 대만이라…. 대만에 강제 징집령이 내린 것은 올해 초, 그렇다면 이 청년은 정말 걸음마 수준의 비행 실력을 가진 이가 아닌가? 제대로 공격도 못 하고 죽을 사람들을 비행기에 태워 날려 보내는 것은 정말 뭐 하는 짓이지? 곧 끝날 전쟁을 위해 비행기를 내다 버리는 건가? 아니면 군속을 줄이기 위한 방편인가? 왜? 또 머리가 아프다. 선배가 그렇게 사랑한 일본, 치에코의 조국 일본…. 도대체 뭘 하고 있는 거야.

끝과 시작

치란에 온 지도 보름이 지났다. 그간 석훈이 특공대로 선발되어 오키나와로 향했고 돌아오지 않았다. 시로가와도 죽었다. 나도 이제 곧이구나. 아직 치에코는 치란에 도착하지 않았다. 나는 훈련이 끝나면 늘 토메야 식당에 가서 치에코를 기다린다. 험한 길을 오다 사고를 만난 것은 아닌지, 방정맞은 걱정이 나를 힘들게 한다. 덧없이 져버리는 동료들을 두 눈으로 보면서, 몸에 남은 지독했던 나날들을 기억해 내면서, 나는 모든 것을 놓았다. 일본은 대단한 나라다. 나의 육체는 살려놓고 나의 사랑도, 꿈도, 어머니도 모두 모두 한순간 죽여버렸으니까. 물론 곧 육체를 죽일 거지만, 대단하다. 정말 대단해.

두백이라는 청년과 친해졌다. 사실 친해졌다기보다 강둑에서 주고받는 말이 늘었다는 표현이 적절할 것 같다. 나는 그에게 비행에 관련된 사항을 좀 일러주었다. 죽음을 기다리며 교관들에게 배우는 것도 한계가 있다. 예상대로 그는 비행 경험이라고는 자신의 원래 기지에서 치란으로 올 때까지의 평탄한 비행뿐이라고 했다.

우리는 둘 다 힘없는 나라의 국민으로 서러움을 토로하곤 했다. 두백은 자신의 나라 황실에 일본 여인이 시집온 이야기도 해주었다. 나는 조선도 그러하다 했고, 왕실을 마음대로 조종하는 일본에 치를 떨기도 했으며, 전쟁이 끝나면 정통성을 잃은 황실이 사라질 것이라고 했다. 얼추 비슷한 배경을 가진 사람과의 만남이 다가오는 죽음을 더욱 덤덤하게 만드는 것 같기도 했다. 두백과의 만남에서 우리는 웃은 적이 없다. 하얗게 마른 웃음을 몇 번이고 흘린 적은 있지만, 결코 가까워지려고 하지 않았고 정들려고도 하지 않았기에 웃을 수 없었다. 물론 인간의 가슴 속에서 늘 샘솟는 기쁨의 원천 또한 일본이 끊어버렸으니 웃음도 행복도 마를 수밖에. 그 웃음이 그의 마지막이었다. 그 햇병아리 비행사는 이틀 후 오키나와로 향하는 비행기를 탔다. 정들지 않기를 잘했다. 친해지지 않기를 잘했다. 하지만 나는 그에게 건네받은 게 있다. 잉크의 무게가 더해진 노트 세 권. 그의 일기라고 했다. 혹시 내가 더 길게 살다가 전쟁이 끝나게 되면 그것을 자신의 고향으로 보내달라는 것이었다. 그럴 수 없는 걸 알지만 나는 알았다고 고개를 끄덕였다. 사실 내게는 시로가미의 일기, 석훈의 일기가 있다. 그리고 내가 알지 못하는 이의 다른 기록들도 내 관물함에

가득 차있다. 내 순번이 나름 뒤에 있었기 때문에 자연스레 내게 모여든 타인의 기록들… 사실 처음 이름도 기억나지 않는 누군가에게 일기를 부탁받았을 때, 나는 그가 과연 죽기 직전에 무슨 말을 썼는지 궁금해서 그의 일기를 열어본 적이 있었다. 다른 종이보다 무게가 조금 더 무겁게 느껴지던 그 지면 위에는 맨 오른쪽부터 왼쪽 끝까지 작은 글씨가 빼곡하게 쓰여있었다. 生きたい, 살고 싶다… 이 한마디가 내일 죽으러 가던 일본인 병사의 마지막 일기를 가득 채우고 있었다. 그 후로 나는 그들이 건네주는 일기를 열어보지 않았다. 나도 살고 싶을까 봐…

7월 25일. 늘 붙는 하얀 게시판에 내 이름이 있다. 임종성. 한자로 적힌 그 이름이 하야시 쇼세이같이 읽히기도 한다. 가만히 그 이름을 바라본다. 그래, 임종성이다. 나다. 드디어 내가 가는구나. 막상 내 이름을 여기서 보게 되면 조금이라도 놀랄 것이라고 생각했다. 조금이라도 발악을 할 줄 알았고, 조금이라도 죽었던 마음이 생을 소리치며 나를 설득시키려 할 줄 알았다. 근데, 담담하다. 죽음을 기다린 시간이 너무 오래되었다. 지겨울 정도로 오래되어 이미 내 오장의 반은 타들어 갔을 것이라고 장담한다. 이제 죽는구나. 겨우 죽는구나. 내가 가면 나의 어머니는 어쩌지. 나의 치에코는. 나는 그 두 여인에게 내 죽음을 어떻게 납득시킬 것인가? 치에코는 이미 나의 죽음을 알고 있다. 내가 죽어야 함을 잘 알고 있다. 나의 어머니는 어쩌지? 여태껏 치에코를 통해 조선으로 보낸 편지는 희망과 꿈으로 가득 차있었는데, 어머니는 갑작스러운 내 죽음을 받아들일 수 있을까? 분명 자책하실 거야. 나를 설득한 사람은 어머니였으니까. 많이 자책하시겠지? 안 되는데, 어머니가 나를 일본으로 인도하셔서 나는 치에코를 만났으니까 어머니가 자책하시면 안 되는데. 내 생의 마지막 의지가 되는 치에코가 있었기에 지금까지 버틸 수 있었다고 전해드리면 나으려나? 나는 치에코와의 만남 자체로 이미 평생 받을 행복을 다 받았다 전하면 어머니는 덜 슬퍼하시려나? 슬퍼하지 말라고 해서 안 슬퍼하실 것도 아니고… 어떻게 해야 하지?

나는 토메야 식당에 밥 대신 흰 종이를 식탁에 두고 앉아있다. 어머니께 무슨 말을 써야 하나? 치에코는 무사한 것일까? 하얀 종이가 내 생각을 그대로 비추고 있다. 나는 그들에게 전할 말을 쓰지 못한다. 유서 따위를 전하고 싶은 마음은 없다. 다만 당부를 전하고 싶다. 그 값진 목숨을 아껴 오래오래 살아달라고. 그리고 내가 기다리는 하늘로 늦게 늦게 찾아오라고 말하고 싶다. 그때까지 천국에서 어머니를 위해, 치에코를 위해 가장 아름다운 천국의 자리를 잡고 손짓할 것이다. 그러니 준비 기간이 필요하다. 늦게 늦게 나를 찾아오라고…

"종성!"

순간 나의 느린 생각을 뚫고 치에코의 목소리가 들린다. 나는 얼른 소리가 나는 쪽으로 고개를 돌린다. 역시… 치에코가 있다. 치에코, 치에코, 나의 아내. 나는 자리를 박차고 나가 치에코를 와락 껴안는다. 치에코가 무사히 이곳으로 왔다. 정말 오고 만 것이다. 포기하고 본가로 돌아가 가족과 합류할 것이라고 생각했다. 아니면 고향인 나가사키로 돌아갈 것이라고 생각도 했다. 정말 오다니, 정말 나를 위해 이곳까지 그 불구덩이 속을 헤치고 오다니. 치에코.

한참을 안고 있다가 치에코의 얼굴이 보고 싶어 한 걸음 물러서 본다. 아주 많이 야윈 그녀, 또 입술이 퍼렇다. 춥기라도 한 것일까? 그럴 리는 없다. 8월의 고개에 서있는 일본의 여름은 숨이 턱턱 막힐 정도로 덥다. 추운 게 아닐 것이다. 그러면 쓰치우라에서 나와 헤어질 때부터 병이라도 걸린 것일까? 아닐 거야. 기침도 안 하고, 콧물도 안 흘리잖아. 아니면 더 무서운 병이라도 걸린 걸까? 또 생각이 방정맞다. 그저 더운 걸 거야. 이런 날씨에 여기까지 얼마나 힘들었을까? 차는 탈 수 있었을까? 설마 모두 걸어온 것은 아니겠지? 열차가 운행했을까? 군데군데 끊겼을까? 기지에만 갇혀있어 일본이 어떻게 돌아가는지 잘 모른다. 다만 상공에서 바라본 일본은 화전 같았다. 거의 모든 게 타버린 화전 말이다. 어떻게 이곳까지 왔는지 묻고 싶다. 하지만 치에코는 말하지 않을 것이다. 분명 인심 좋은 이들을 엄청나게 등장시켜 한바탕 아름다운 마을 이야기를 만들어 낼 것이다. 묻지 않기로 하자.

나의 아내 치에코가 내가 앉아있던 식탁 위의 흰 종이를 본다. 머리 좋은 치에코는 그 종이의 의미를 알고 있다. 방금까지 기쁨에 흔들리던 눈동자가 다른 의미로 흔들린다. 이제 와서 울거나 나보고 도망치라는 말은 하지 않을 것이다. 그녀가 마른침을 삼키고 깊이 숨을 들이켠다.

"…언제…?"

"28일."

문장이 되지 못한 단어들만 툭툭 던진다. 그녀도 나처럼 긴 말은 하지 못한다. 이제부터 할 일은 죽기 직전 최후의 휴가인 이틀을 어떻게 보내는가 하는 것이다. 그녀는 마지막까지 나의 아내로 있겠다 했다. 하지만 그녀가 곧 죽을 남자의 아내로 아까운 시간들을 보내지 않기를 원했다. 곧 시체가 될 남자의 체온 따위는 몰랐으면 한다. 가까운 곳에 여관을 잡았다. 난 그저 그녀의 눈만 바라본다. 그녀도 나의 마음을 다 아는지 나처럼 내 눈만 바라본다.

이 아름다운 창이 바라보는 세상이, 그녀의 조국이 어떻게 이렇게 추악할 수 있단 말인가? 어떻게 이 아름다운 여인에게 죽음을 가족으로 받아들이게 한단 말인가? 왜 이 젊은 여인의 과거에 유쾌하지 않은 기억을 남긴단 말인가? 왜 나의 조국은 자기 나라 백성의 목숨 하나 지키지 못한단 말인가? 왜 백성들을 고통 속에 방치해 놓는가? 왜 짓밟히게 하고, 사랑하지 못하게 하고, 행복하지 못하게 하는가? 도대체 조국이란 무엇인가? 왜 나라라는 것이 있어, 살아있는 모든 것을 죽어야 간다는 지옥에 몰아넣고 있는가? 숨을 쉬고는 있는데 지옥 속이고, 체온이 있는데 수라장이다. 지금 내가 서있는 곳은 연옥쯤 되는 곳인가?

우리는 그렇게 서로의 눈만 깜빡깜빡 바라보다 잠들고, 또 일어나서 서로를 바라보고, 또 잠들기를 계속했고 그렇게 이틀을 흘려보냈다. 가장 편안하고 가장 내게 필요한 시간이었다. 이제 나는 부대로 돌아가야 한다. 치에코는 살아야 할 의무를 진 사람처럼 보였다. 다행이다. 무엇이 그녀에게 살고자 하는 의지를 불어넣었는지는 모르지만, 내가 이틀 동안 바라본 그녀의 눈에 생의 의지가 보였다. 다행이다. 정말 다행이다. 나는 치에코에게 아주 힘든 부탁을 전했다. 나 대신 어머니께 내 마지막을 편지로 전해 달라고 했다. 치에코는 나의 어려운 부탁을 흔쾌히 승낙했다. 그녀가 해준 다니 그리 될 것이다. 그렇게 헤어지려는데 치에코가 날 불러 세워 예쁜 인형 하나를 건네준다. 치에코의 손으로 만든 인형. 특공대 대원들은 비행기에 타기 전에 부인회에서 만든 꼬마 인형을 받는다. '데려가줘' '꼭 성공해' '고마워, 내가 할 수 있는 건 이거뿐이야' '일본을 구해줘' 같은 의미가 있는 인형이라고 들었다. 그중에 몸체에 글씨를 써넣은 인형도 있었다. 치에코의 인형에는 아무런 글씨도 없다. 그냥 예쁜 인형이다. 그래, 비행 내내 쓸쓸하지는 않겠다. 우리는 호흡이 되지 않을 만큼 거센 입맞춤과 포옹으로 마지막 인사를 대신하고 헤어졌다. 살고자 하는 그녀의 숨이 내게 닿았을 때, 잠깐이나마 살아있음을 느낄 수 있었다. 이 또한 내게 필요한 마지막 생의 감각이었다.

"この命を大事にします"
- 이 목숨을 소중히 하겠습니다.

나를 향한 그녀의 마지막 말이었다. 나는 기쁘게 고개를 끄덕였다.

27일 저녁 나는 덤덤히 그녀와 헤어지고 부대로 돌아왔다. 지겨운 송별연. 이러한 형식적인 송별연에 흥미도 미련도 없다. 그저 여기나 저기나 아수라장으로 변하기 마련이니, 나는 얼른 술이나 한 잔 받아 마시고 막사로 돌아왔다. 이렇게 가벼울 수가! 이렇게 평안할 수가! 말도 안 된다. 나는 이런 불합리한 죽음에 아무런 반항을 하지 않는 내가 못마땅하다. 아무리 죽음을 오래전부터 받아들였다고 해도, 저기 연회장에서 개가 되어버리는 이들처럼 날뛰어 봄직도 한데 그럴 마음도 기분도 없다. 왜? 이건 오히려 더 절망적이다. 사실 절망적이란 단어를 쓴다고 해도 내가 느낄 절망은 없지만, 나는 내가 당황스럽다. 나는 가만히 치에코가 만들어 준 인형을 바라본다. 내가 이 여인의 삶을 망쳐버리진 않았을까? 그녀가 살기로 마음먹은 이상 그녀라면 분명 행복한 삶을 살 수 있을 거야. 그녀가 대신 써주는 편지에 어머니는 어떤 반응을 보일까? 나는 눈을 감아버린다. 그리고 지상에서의 마지막 나의 밤은 깊은 잠으로 나를 또 당황시키며 마지막 미소를 흘리게 했다.

28일 쓰치우라와는 좀 다르지만, 치란도 거의 비슷한 전송식을 거행했다. 나는 무덤덤하게 입을 굳게 다물고 서있다. 그러다 문득 밖으로 빼내지 못한 타인의 일기들이 생각난다. 이런, 갑자기 해야 할 일이 눈앞을 스치자 내가 곧 죽는다는 건 생각도 안 나고 이 문제를 어떻게 해결해야 하는지가 걱정되었다. 분명 내가 가고 나면 내 관물함을 비워 유족에게 전해줄 것이다. 그러나 군부는 절대로 특공대의 기록 같은 건 밖으로 돌리지 않는다. 어떻게 해야 하지? 아, 미련 없이 세상을 떠나나 했더니, 별일이 내 발목을 다 잡는다. 나는 얼른 주위를 둘러본다. 저기 고개 숙인 이와키가 보인다. 이와키는 특공대가 되지 않는다. 그런 그가 왜 치란까지 와있는지는 모른다. 아마도 자기가 고집을 부렸거나 절차상의 오류일 수도 있다. 하지만 그는 그 어떤 오류가 일어나도 특공대가 되지 않는다. 고개 들어, 이와키! 날 보라고, 이와키! 네가 할 일이 있어! 이와키! 이와키! 난 속으로 이와키를 천 번을 부른 것 같았다. 우연일까? 아니면 신령한 힘일까? 거짓말처럼 이와키가 고개를 들었다. 이와키의 동료 중에 아직 살아있는 사람은 나뿐이다. 아, 그가 날 배웅하러 왔구나! 하는 생각이 머리를 스쳤다. 이와키는 나를 미안한 듯 바라보고 있었다. 나는 계속 이와키에게 눈짓을 했고, 뭔가 나의 이상한 낌새를 느낀 이와키가 서서히 자리를 옮겨 왔다. 단 한순간이다. 우리가 여기 모인 인파들에게 깊숙한 감사의 인사를 받을 때, 그때, 이와키가 부인회원들 사이에 섞여 들어왔다. 이와키는 나에게 손을 내밀었다. 나는 이와키의 손을 덥석 잡으며 그의 귀에 대고 말했다.

"내 관물함에 있는 일기들, 부대 밖으로 빼돌려!"

잘 전달이 되었는지 이와키는 고개를 끄덕였다. 하! 이제야 마음이 편하다. 나는 산보다 무거운 의무감이 새털보다 가벼워짐을 느꼈다. 이와키가 죽지 않아서 다행이다. 정말로.

나의 마지막 비행을 함께하는 비행기는 다행히 하야부사다. 정말 다행이다. 곧 죽을 놈한테 아쉬운 비행기라서 잘 내어주지 않는데, 비행기 기종이 좋다고 비행기 성능이 좋은 건 아니다. 이놈은 내가 타고 다니던 비행기는 아닌데, 내가 탔던 것만큼 상태가 엉망인 것은 틀림없었다. 나는 500킬로그램가량의 폭탄을 싣고 활주로를 박찼다. 나의 마지막 땅은 오늘따라 부드럽다. 하늘도 궂은비를 보내지 않는다. 마지막 비행을 하기에 참으로 알맞은 날씨이다. 확실히 폭탄을 실은 비행기와 싣지 않은 비행기의 상태가 다르다. 도중에 적이라도 만나면 영락없이 공중분해다. 그도 나쁘지 않다. 굳이 밉지도 않은 미군에게 피해를 입힐 필요가 뭐 있나. 그냥 나물에 소금 흩어버리듯 흩어지면 그만이지. 하지만 나의 동료들이 이지러져 간 오키나와에서 함께 죽고 싶다. 오키나와. 나의 무덤. 나는 이제 죽는다. 알고 있다. 어떻게 살았는가? 누릴 건 다 누리고 죽는다. 물론 아버지가 되는 건 누릴 수 없었지만, 그래도 할 만큼 다 하고 간다. 내 나이 24세. 내 옆에서 함께 날고 있는 소년병들에 비하면 나는 오래 살았고, 또 많은 것을 경험해 보지 않았는가? 만족이란 늘 자기보다 아래에 있는 것들을 바라보며 찾을 수 있는 간사한 마음. 나는 죽는 순간까지 간사하다. 비행 직전 마신 술맛이 기억나지 않는다. 탁주를 마시고픈 생각을 잠시 한다. 훗! 입술을 비집고 웃음이 나온다. 죽어 조선 땅에 가지 못하는 것은 좀 한이 될 것 같다. 하지만 일본 근해에 있으면 치에코의 삶을 더 잘 지켜볼 수 있다는 생각에 이도 나쁘지 않다고 고개를 끄덕인다.

"3시 방향에 적기 출현."

고요한 나의 마지막 순간을 깨운 것은 다급한 병사의 목소리였다. 휙하고 옆을 보니 정말 미군기가 날아오고 있었다. 아직 오키나와까지 가려면 멀었는데, 여기는 어디지? 너무 딴생각을 많이 하고 와서 어딘지도 모르겠다. 멀리 아래를 내려다보니 작은 섬들이 보인다. 오키나와 상공까지 자주 와봤는데, 저 섬들의 이름은 뭐지? 오키나와까지 가려면 좀 더 날아야 할 텐데, 왜 하필 이런데서 미군을 만나는지… 처음으로 미군이 밉다는 생각이 들었다. 우리를 엄호하는 비행기가 필사적으로 미군기를 공격했다. 나도 호위대였을 때가 있었다. 이제는 특공대지만 말이다. 그들은 숙련된 파일럿일 것이다. 크게 문제가 없으면 적기를 따돌리든 격추시키든 수를 낼 것이다. 나는 적어도 쓰치우라에서 그렇게 해왔으니까. 이렇게 안심하고 있었지만 그럴 상황이 아니었다. 이러다가 오키나와에 가기 전에 죽겠다는 생각이 들었다. 그것도 그렇게 나쁜 것은 아니다만 이왕 죽을 거 동료들이 기다리는 데서 죽고 싶다는데, 왜 안 도와주나…

결국 임산부처럼 무거운 몸을 이끌고 공중전을 하게 되었다. 내 비행기는 뒤뚱거린다. 내가 탄 비행기에는 많은 미사일이 없다. 아예 미사일이 달리지 않은 비행기보다는 낫지만, 아! 비행기 하나가 바다로 떨어진다. 펑! 물길이 치솟는 소리가 들린다. 연습용 복엽비행기에 타고 있던 이들이다. 저기엔 2명이 타고 있었는데, 오키나와에 가보지도 못하고 사이좋게 가다니. 내가 지금 이렇게 감상에 젖어있을 때가 아니다. 도대체 호위대는 뭐 하는 건지. 비행 곡예를 하지 말고 적을 격추시키란 말이야! 이 머저리야! 그래야 네놈만은 살아서 돌아갈 거 아니야! 하루라도 더 살 수 있는 놈이 왜 특공대 흉내를 내고 있는 거야! 결국 호위대 하나가 바다로 또 떨어졌다. 바다가 그를 삼키는 소리가 신경질스럽게 들린다.

이번엔 특공대 비행기가 공격당한다. 빠른 헬캣기는 특공대 비행기가 따돌릴 수 있는 게 아니다. 저 녀석도 오키나와에 가기 전에 이곳에서 사망이군. 나는 조종대를 붙잡고 있지 않았다. 지금 이들에게서 도망쳐서 내가 할 수 있는 일은 계획된 죽음뿐 아닌가. 틀에 맞춰진 결과보다 의외가 더 낫다는 생각에 빠진다. 이런 생각으로 나를 납득시키고 눈을 들었을 때, 그 잠깐 사이에 무슨 일이 있었는지 일본의 전투기가 헬캣기와 정면충돌을 하고 있었다. 눈을 뜨자마자 본 광경이 이런 말도 안 되는 광경이라니! 어떻게 폭탄을 실은 전투기가 헬캣기를…

공중을 울리는 엄청난 폭파에 내가 탄 기체가 저만치 밀려나는 것을 느꼈다. 얼떨결에 나는 조종대를 잡고 있다. 나도 얼마간의 의지를 보여야 하는 것인가? 아! 미사일이 내게 집중된다. 두두두두 기체에 미사일 박히는 소리가 들린다. 어? 기계판이 멋대로 움직인다. 엔진을 맞은 것인가? 어? 비행기가 내 말을 듣지 않는다. 옆의 배선을 살핀다. 끊어진 곳도 잘못된 곳도 없다. 역시 엔진? 아…. 얼마 남지 않은 연료가 쑥쑥 떨어진다. 연료 통을 맞은 모양이다. 어? 또 어디가 잘못된 거지? 뭐야! 진짜 이렇게 가는 거야? 내 비행기는 그렇게 앞으로 쏠리더니 휘파람 소리를 내며 머리를 바다로 향했다. 지독한 급강하 훈련 때문일까? 바다를 정면으로 마주하고도 정신을 잃지 않았다. 이렇게 수면에 닿아 터질 때까지 눈을 뜨고 있는 건가? 짧은 순간 많은 것이 머리를 스친다. 지금껏 죽음을 대할 때 나를 향하던 나의 과거는 지금 이 순간을 위한 예행연습이었는지도 모른다. 어디선가 거센 바람이 불었던 것 같다. 바람에 눌려 기체가 기울었다. 바다가 코앞에 가까웠다.

신이시여, 나의 생을 걷어가시는 대신 내가 지키고자 했던 것들을 나 대신 지켜주시고, 나를 불쌍히 여기시어 나를 한 점의 바람으로 만드소서. 그대가 지키는 나의 소중한 사람의 이마에 부는 산들바람이 되고자합니다. 신이시여, 바람이여, 부디 이 목숨을 받아 소망을 이루어 주소서.

치에코, 어머니…

파란 하늘이 보인다. 하지만 뿌옇다. 어디선가 상쾌한 바람의 향기가 느껴진다. 나는 바람이 된 것인가? 신께서 나의 기도를 들어주셨나? 그가 지키는 나의 사람들이 보고 싶다. 나도 얼른 먼저 간 바람처럼 흐르고 싶다. 바람이 푸른 나뭇잎을 희롱하며 흐른다. 나뭇잎의 즐거운 웃음소리가 대기에 울린다. 얼른 나도 저 이름 모를 나무의 꼭대기에 닿아보고 싶구나. 얼른….

"윽…."

바람이 되어도 고통을 느끼는가? 아니, 뭐지?

"Oh! He opens his eyes."

- 오! 그가 눈을 떴습니다.

설마…. 그럴 리가…. 나 살아있는 거야? 설마? 왜? 여긴 어디야? 내가 왜 살아있지? 아니, 지금 나 살아있는 거 맞는 거야?

"God saves your life! Unbelievable! It's a miracle!"

- 신이 당신을 살리셨어요! 믿을 수 없군요! 기적이에요!

이건 또 무슨 소리인가? 아⋯. 영어⋯. 엇? 왜? 웬 영어?

"Are you korean? I heard you said umuni."
- 조선인인가요? 당신이 어머니라고 말하는 것을 들었어요.

바람의 길을 쫓던 눈이 내 앞으로 보이는 곳으로 시선을 옮긴다. 그리고 내 눈앞에 초록색 눈을 가진 서양인을 보고 번쩍 뜨인다. 장난꾸러기 같은 인상의 노란 머리를 가진 서양인. 지금 내가 있는 곳이 병원이라는 가정하에 그가 입고 있는 하얀 가운은 의사를 상징하는 옷일 것이다. 이렇게 가까이서 서양인을 보는 것은 처음이다. 신진주 호텔에 서양인이 투숙한 적이 있다. 하지만 이렇게 노골적으로 가까이서 눈을 빤히 보고 있는 건 처음 있는 일이었다. 눈이 비취 같기도 하고 햇빛에 빛나는 잔디 같기도 했다. 일본은 왜 이런 사람들과 적이 되어버렸을까?

"Yes⋯. I'm a korean."
- 네⋯. 전 조선인입니다.

그는 내게 할 말이 많은 눈을 갖고 있었다. 하지만 나는 이 상황을 받아들이는 게 우선이었다. 문득 치에코가 만들어 준 인형이 생각났다. 나의 옷은 이미 군복이 아니라 환자복으로 바뀌어 있었다.

"Have you ever seen a little doll? That was made by my wife."

- 작은 인형 못 보셨어요? 제 아내가 만든 건데.

"A doll? I don't know."

- 인형이라고요? 잘 모르겠는데요.

나의 작은 기대와 달리 그는 내 인형에 관해서는 모르고 있었고, 다시 급하게 피로가 몰려옴을 느꼈다.

"I know you have a lot of things to speak to me. But I'm really tired and I need a little time to understand what this situation means."

- 당신이 내게 말하고픈 게 많다는 걸 알아요. 하지만 난 정말 지쳤고 지금의 상황이 무엇을 의미하는지 이해할 시간이 필요하답니다.

그는 나의 모든 상황을 이해한다는 듯이 고개를 끄덕이고 기분 좋게 내 곁에서 물러났다. 나는 지금 미군에게 치료받고 있다. 살아났다는 건데, 왜? 분명 내 비행기는 수면에 돌진하지 않았던가? 그러면 보통 기체의 낙하 속도와 수면의 표면장력이 만나 폭탄이 폭발하기 좋은 충격이 형성된다고 하지 않았나? 내가 탄 비행기가 폭발하지 않았단 말인가? 왜? 나는 내 비행기가 추락하기 직전 기체가 기울었던 사실을 기억해 냈다. 아, 그럼 미끄러지듯이 수면에 닿으면서 착지할 수 있겠군! 아니, 난 분명히 물에 빠졌어. 사선으로 침수한 게 틀림없어. 폭탄이 터지지 않았다고 해도 분명 바닷속으로 잠겼을 거야. 그런데 왜 살아났지? 내가 어디에 있던 거야? 혹시 해저에서 비행기가 폭발했나? 그래서 튕겨나갔나? 아주 기적적으로 손이고 다리고…

"내 다리가…"

나는 손발을 확인하려고 각자 힘을 주어 몸 쪽으로 당겨보았다. 팔은 눈에 보이니 안전 확인이 끝났고, 다리를 들어보려는데 뭔가 이상함을 느꼈다. 내 오른쪽 다리는 변함없이 내 말을 듣는데, 내 왼쪽 다리가 말을 듣지 않는다. 나는 몸을 일으켜 내 왼쪽 다리를 쳐다보았다. 발가락까지 다 붙어있었다. 왜 말을 안 듣는 거야? 나는 놀라 이불을 걷었다. 내 왼쪽 다리가 피가 배어 나온 붕대로 칭칭 감겨있었다.

"이제 정신이 드신 거예요? 정말 아차 했는데, 기억 안 나세요? 이곳에 옮겨 오신 후 처음 한 나흘간 발작을 얼마나 하셨는지 먹으면 토하시고, 열도 정말 무섭게 오르시고, 그러고는 쓰러지셔서 정말 죽니 사니 하시다가 엿새 만에 깨어나신 거예요."

이 청년은 내가 당연히 모를 거라는 식으로 정말 내가 모르는 나에 대해 이야기했다.

"해안에 밀려오셨는데, 다리에 비행기 파편이 이리저리 꽂혀있더군요. 이미 신경이고 근육이고 거의 다 끊어지고 바닷물에 장시간 담겨있었지 상처 입은 지 24시간이 지나있었지… 신경이 죽어있어서 다른 선생님들이 다 절단하자고 그랬는데, 닐 선생님이 붙여놓자고 하셔서⋯ 그 다리가 수술 13시간 만에 나온 걸작이랍니다."

한참을 듣다가 귀에 익은 일본어에 놀란 눈으로 그를 쳐다보았다. 멀쩡하게 생긴 일본인 청년이 웃으며 서있었다. 일본 청년이? 환자도 아닌 일본 청년이? 미군의 병원에서? 뭐 하는 거야? 뭐라고? 내 다리가 못쓰게 됐다고 하고 있는 건가? 이 왼쪽 다리가? 신경이고 뭐고 다 나갔다고? 설마, 아니 정말? 내 다리가 병신이 됐단 말이야? 설마⋯ 설마⋯.

"아, 저 때문에 놀라셨나요? 네, 저는 일본 입장에서 보면 배신자거나 수치 정도 되는 사람입니다. 당신이 절 비난하셔도 전 별로 개의치 않아요. 처음에는 모두 제 생각을 이해해 주지 않으시다가 시간이 지나면 모두 제 의견을 따르려 하죠. 당신은 가미카제 특공대시죠. 전 일본을 너무나도 사랑하지만, 일본의 더러운 군국주의의 톱니바퀴가 되는 치욕은 견딜 수 없어서 일본을 버린 사람입니다. 하지만 그것도 다 옛날이야기입니다만⋯."

분위기 파악을 못 하네, 내가 내 다리 때문에 충격을 먹은 거지 지금 네 놈이 무슨 사상을 가지고 있든 생각하게 생겼냐? 난 시끄러운 청년에게 한마디 갈기고 싶은 마음이 들었지만 청년이 뭔가를 가득 알고 있는 사람의 눈으로 나를 빤히 쳐다보고 있어 나오는 말을 삼켰다.

"아! 모르시겠네요. 전쟁은 끝났습니다. 이제 더 이상 일본과 미국이 전쟁을 하지 않을 겁니다. 곧 일본의 천황이 패전 발표를 할 겁니다. 어제 미국에 패전을 알리는 연락을 해 왔고 이제 절차에 들어간다고 하니 말입니다."

이 청년은 아까부터 내 머릿속에 들어오지 않는 말만 계속하네. 전쟁이 끝나? 뭐? 전쟁이 끝나? 정말? 끝난 거야? 이 전쟁이? 전쟁이 끝났는데 나 살아있는 건가?

"이제부터 제가 할 일이 바빠질 거예요. 전 천황 따위는 애초부터 몰랐어요. 다만 조국은 알죠. 이제 미국이 썩은 일본을 바꿔나갈 겁니다. 이때, 미군이 나의 조국과 나의 사람들을 고통으로 밀어 넣지 않도록 잘 보좌하는 게 제 일입니다. 그렇게 조국을 지키는 게 제 우국입니다만 아직도 매국노라는 소리를 듣고 있기는 합니다. 아직 일본인들에게는 당신 같은 가미카제가 우국지사로 보이겠지요?"

이렇게 말 많은 일본인은 처음 봤다. 우국? 매국? 그게 정의 내릴 수 있는 거였나? 이 청년이 뭐라든 상관없다. 다만 나는 생의 끝에서 새로운 시작을 얻었다. 내가 그렇게 바라던 전쟁의 끝과 일본의 새로운 시작을 말이다. 이제 나는 치에코와 조선으로 돌아갈 수 있다.

벗어날 수 없는 사실

　내가 머물고 있는 곳은 하와이의 해군 병원이었다. 그들 말대로 난 섬으로 떠내려갔고, 순찰 중이던 병사가 날 발견했다. 특공대 공격으로 동료를 잃은 병사가 날 확인 사살 하려고 하였으나 옆에서 그를 말렸다는 말도 듣게 되었다. 일단 미군 항공모함 병원에서 다리에 꽂힌 이물질을 제거했으나 계속되는 상태 악화와 흔들리는 배 안에서는 정밀한 수술이 불가능하다고 판단, 미군의 피로 수혈을 해가며 하와이까지 급하게 이송되었다는 게 그들의 설명이다. 진주만이 내려다보이는 언덕에 위치한 이 병원은 정말 여유롭기 짝이 없다. 일본에는 이미 포로 확인에 관한 절차를 끝내고 내가 살아있음을 가족에게 통보했을 것이다. 일본에서의 나의 가족은 가스가 집안으로 되어있으니, 분명 치에코도 내가 살아있음을 알고 있을 것이다.

닐이라는 의사는 그가 살려놓은 내 다리가 자랑스러운지 내 왼쪽 다리만 보면 웃으면서 말을 걸어온다. 겉만 살아있는 다리가 뭐 좋다고, 그의 그런 태도는 절름발이가 된 내가 슬퍼할 겨를을 주지 않았고, 어느샌가 나 또한 이 다리를 자르지 않은 것을 다행으로 여기게 되었다. 다만 눈에 밟히는 것은 치에코였다. 치에코에게 무어라 말할까? 설마 다리병신이 됐다고 나랑 안 살겠다고 하는 건 아니겠지?

청년의 말대로 1945년 8월 15일 일본의 천황은 패전을 선언했다. 그렇게 쉽게 할 종전을 왜 그렇게 살고픈 청년들을 많이 죽였는지. 좀 당황스러웠던 것은 천황의 패전과 동시에 자진해서 마지막 특공대가 된 이들이 있다는 것이었다. 죽음만을 기다리던 이들은 갑자기 찾아온 삶을 감당하기 힘든 듯했다. 그렇게 많은 동기가 죽고 이제 단 한 명 남은 게 자신이라면 더 그럴 것이다. 또 이와키가 자주 이야기했던 '상관부터 잡아 죽이자!'를 수행한 사람이 있기는 있는 것 같았다. 가미카제 특공대를 지시한 오오니시는 자신의 수하들과 함께 자살했다. 일본의 군인들은 대개 8월 말쯤에 제대를 했고, 군대 자체가 해산되었다.

결국 이 지루한 싸움을 끝낸 것은 미국의 폭격기 공격이었다고 한다. 늘 소이탄만 가지고 공격하더니, 역시 커다란 무언가를 갖고 있는 게 틀림없었다. 하긴 라디오에서 자주 무서운 폭탄을 일본에 터트린다고 하지 않았던가. 얼마나 위력이 강력하면 쇼와 천황을 움직였는지 궁금했다. 히로시마와 나가사키… 왜 하필 치에코의 고향에! 센스 없는 미군들. 그러나 종전의 공을 인정해 그냥 감사하기로 한다.

일본의 패전 선언과 더불어 나의 조국은 일본의 압제로부터 벗어나게 되었다. 이 얼마나 꿈에 그리고 그리던 일이었는가? 조용한 아침의 나라에 눈물과 절규, 압제와 착취가 사라져 다시 고요가 찾아온 것이다. 과연 일본이 흩어놓은 우리 민족 고유의 것들을 바삐 찾을 수 있을지는 궁금하다. 다만 광복 발표가 나자 구정물 색 옷을 입고 있던 이들이 흰옷을 입고 나와 대한 독립 만세를 외쳤다고 하니 감사할 따름이다. 나도 태극기를 흔들며 백의를 입고 덩실덩실 춤추고 노래하고 싶은데, 그런 기쁨을 나눌 이가 없다. 나는 지금 하와이에 발이 묶여있는 것이다. 나는 나를 일본에 보내달라고 했지만 그들은 일본의 상황이 곤란해서 안 된다고 했고, 정식 포로 교환 절차를 통해야 하기 때문에 멋대로 나갈 수 없다고 했다. 그러면 편지라도 전해달라고 했으나 그것 또한 바쁜 패전 정리와 협상 문제로 들어주지 않았다. 나는 어떻게든 치에코와 연락을 통하고 싶었지만 모든 길이 막혀 있었다.

얼마 후 외관상 상처가 완치된 나는 육군 수용소로 이동되었고 그곳에서 많은 조선인을 만나게 되었다. 육군 수용소에서 조선인은 일본인과 다른 캠프로 수용되었고, 간단한 잡초 뽑기나 사무가 끝나면 자유 시간이 주어졌다. 해방이 되기 전에는 동포들끼리 부산 상륙작전을 훈련하기도 했다고 했지만, 지금은 다만 빨리 조선에 돌아가기를 바라는 것밖에 달리 이곳에서 조선인이 할 수 있는 일은 없다. 나는 일본에 남아서 치에코를 데리고 가야 하는데. 나는 조선에 가지 않고 일본에 가야 하니, 일본의 포로 절차에 넣어달라는 말을 했다. 하지만 그도 이미 조선 정부와 일본 정부의 이야기가 끝난지라 그리 할 수 없다는 말만 들었다.

결국 이 반유배 생활 같은 것에서 풀려난 것은 이듬해 1월 10일이었다. 1월 10일, 이곳에 있던 모든 조선인을 태운 미군 군함이 우리를 인천항에 내려놓았고, 우리들이 인천으로 온다는 소식을 들은 포로의 가족들이 항구를 빼곡히 메우고 있었다. 사돈에 팔촌까지 가족이란 가족은 다 나온 듯했다.

나의 가족이라고 예외는 아니었다. 절뚝절뚝 닐 선생이 만들어 준 목발을 짚고 배에서 내렸을 때 제일 먼저 눈에 들어온 것은 나의 어머니였다. 나의 어머니. 어머니는 나의 얼굴을 확인하시고는 금세 앞이 안 보일 정도로 우셨고, 아버지와 나는 어머니를 달랜다고 한참을 애먹어야 했다. 아버지는 그간 하던 나쁜 짓의 여파를 어떻게든 잘 견뎌내고 계신 듯했다. 다음 날 신진주 호텔에 도착해서 직원들의 진심 없는 환영을 받았고, 나는 먼지 하나 없는 내 방에 들어가 지친 몸을 쉬었다.

나의 조국은 달라져 있었다. 구마모토 선배의 말대로 반 토막이 나 있었다. 압제로부터 해방이 되자마자 분단의 방해가 들어오다니, 이념이 갈라놓은 나라? 웃기는 소리. 두 나라의 양보할 수 없는 욕심이 갈라놓은 나라. 다행히 북쪽에는 혈육이 없다. 그래서인지 난 크게 생각하지 않기로 했다. 선배의 당부는 귓전을 떠나지 않았지만 지금 내가 해야 할 일은 일본에 가서 치에코를 데리고 오는 것이다. 정식으로 나의 고향에서 결혼식을 올리고, 혼인신고를 하고, 남부러울 것 없는 부부로 사는 것이다. 내게 갑작스레 주어진 여분의 삶이 과거 죽었던 마음들을 깨워 빈 곳을 채워가고 있다. 아, 난 살아있다. 살아있음으로 치에코와의 삶을 생각할 수 있다. 치에코! 이런 행복한 고민에 빠져있을 때, 어머니의 조용한 노크 소리가 들렸다.

"예."

나는 퍼뜩 쓰러져 있던 몸을 세워 어머니를 맞이했다. 어머니는 식혜를 내오셨다.

"네가 좋아하는 식혜란다."

나는 얼른 식혜를 받아 벌컥벌컥 마신다. 몇 년 만에 먹는 식혜인가? 아, 여기가 바로 내 땅이구나! 어머니는 내 얼굴을 기특하게만 바라보신다. 내 다리에 대해서는 말을 않기로 하신 것 같았다. 우리는 싱글거리며 말없이 쳐다보고 있다. 늘 편지로 만나던 어머니였지만, 얼굴을 이렇게 보는 건 너무 오랜만이어서 뭐라 표현하기가 힘들다. 아…: 주름살이 느셨구나. 나 때문에 끝 간 데 없는 걱정을 하셔서 그런 게 아닐까? 역시 그런 걸 거야. 많이 야위셨네. 내가 사랑하는 여자들은 왜 이렇게 다 야위는 거야.

"어머니, 저 일본에 갔다 오겠습니다. 치에코를 데려와야 해요."

어머니는 약간 아쉬운 듯 미소를 지으셨다.

"벌써 말이냐? 언제?"

나의 어머니는 나의 마음을 잘 아시는 듯했다. 언제 간다고 해도 크게 말릴 분위기는 아니었다.

"내일 가겠습니다. 어머니께서 어떤 생각하시는지 알아요. 하지만 보고 싶어요. 또 보여주고 싶어요. 사진이 아닌 실제 모습을 말이에요."

어머니는 나를 못 말리겠다는 눈으로 보신다. 그래도 흥겨우신가 보다.

"짧게는 2달 길게는 1년 정도 있다 올지도 몰라요. 치에코의 생활 터전을 바꾸는 일이니, 그녀에게도 사랑하는 것들과 이별할 시간이 필요하지 않겠어요. 저도 사실 가볼 장소도 있고."

역시 내 여행 기간에 어머니께서 못마땅한 표정을 지으신다. 그리고 내 다리를 잠깐 쳐다보신다. 아… 이 다리로 여기저기 다니는 것은 힘들지. 하지만 그래도 가야 한다. 쓰치우라도, 치란도, 이와키도 만나야 한다. 오키나와 바다에도 가야 한다. 살아남은 사람이 끝까지 지켜봐야 하는 일이란 게 있다. 이런 내 마음을 아셨는지 어머니는 말리지 않으셨고, 이틀 후 일본에 가는 배편을 구하기 위해 이리 뛰고 저리 뛰어서야 바다를 건널 수 있었다.

항구에 내리자마자 일본의 낯선 분위기에 놀라지 않을 수가 없었다. 언제 미국과 전쟁을 했냐는 식으로, 거리에는 미군이 넘쳐났고 그들은 제각기 아름다운 일본인 처자들을 옆에 두고 있었다. 그들 모두 실로 환하게 웃고 있어서 나는 놀랐다는 말보다 경악을 금치 못했다. 그리도 일본 군인이 미군에게서 일본의 여인들을 지키려 했는데, 그들이 미군의 밑에 깔리어 더러운 꼴을 보는 것을 막으려 했는데, 그들의 그런 생각은 잘못되었단 말인가? 이 여인들은 또 무엇인가? 군인들이 얼굴도 모르는 그대들을 위해 목숨을 휴지 버리듯 버렸는데, 짧은 묵념은 있었을까? 항복 이후 일본에 무슨 일이 일어났던 걸까? 어떻게 아직 천황이 있을 수 있는 거지? 역시 선배의 말처럼 천황의 보호를 담보로 일본이 미국에 뭔가를 지불한 게 아닐까? 갑작스레 밀려드는 현실의 감각에 머리가 핑 돌았다. 그리고 이제야 머리가 깨어남 또한 느꼈다.

도로는 군데군데 끊긴 것이 보이기도 했지만 거의 모든 것이 이상하리 만치 정비가 되어있었다. 상점가도 번성하기 시작했다. 이런 걸 격세지감 이라고 하나? 나는 얼른 도쿄로 향했다. 절뚝거리는 다리로 어딘가를 향해 가는 것은 쉽지 않다. 하지만 치에코를 만날 생각을 하니 이런 것쯤이야. 결국 나는 일본 땅을 밟은 지 이틀이 지나서야 도쿄에 갈 수 있게 되었다. 잠시 치에코의 집 앞에 서있다. 잿더미에 다시 지어진 집임에 틀림없었다. 형태도 완전히 달랐고 아직 집으로서 완성되었다고는 할 수 없었다. 하지만 이 집은 치에코의 집임에 틀림없다. 문 앞에 붙어있는 봄날 혹은 봄 햇살, 가스가(春日)라고 겸손하게 적힌 나무 조각. 이 집은 치에코의 집 이다.

"치에코! 장인어른! 장모님! 형님!"

나는 한껏 목청을 높여 대문을 두드렸다. 안에서 사람 기척이 들리고 바쁜 걸음이 문을 연다. 역시, 치에코의 집이다. 형님이 나를 향해 놀란 눈을 하고 있다. 이렇게 갑작스럽게 찾아올 것이라고는 생각도 못 하셨겠지. 그리고 뒤에서 장인과 장모가 버선발로 뛰어나와 나를 반겼다. 치에코는?

"어머님, 치에코는요? 어디 나갔나요? 설마 이 와중에 책이라도 사러 간 건 아니겠죠?"

나는 이리저리 고개를 돌리다 어머니께 여쭈었다. 치에코는 전쟁 끝난 지 얼마나 됐다고 혼자서 돌아다니는 건지. 따끔하게 혼이라도 내야겠다. 얼굴의 근육이 말을 듣지 않을 정도로 환하게 웃고 있는 나를 눈치챈다. 이것도 오랜만에 겪는 감정이다. 역시 치에코를 만날 생각을 하니 나는 바보가 되어버리는구나! 어쩔 수 없어. 나의 이런 환한 얼굴과 달리 가스가 사람들의 표정이 좋지 않다. 순간 불안이 엄습한다. 어디 다친 걸까? 병원에 입원한 걸까?

"일단 안으로 들어가세."

형님이 묵직한 목소리로 나의 주의를 환기시켰다. 나는 설마 하면서 방 안으로 발을 옮겼다. 그리고 내 눈이 멎은 곳은 자그만 불단이었다. 환하게 치에코가 웃고 있는 사진이 보였다. 어? 이 불단은 뭐야? 왜 치에코 사진이 있는 거야? 왜? 설마? 에이… 아니겠지. 치에코가? 아니야, 날 놀래키는 거야. 이건 내가 모르는 일본의 다른 풍습일 거야. 그래. 내가 머릿속에 날아다니는 방종한 생각들에 발길이 붙잡혀 있을 때, 장모님이 흐느끼기 시작했다. 그러고는 장인의 품에 얼굴을 묻으시고 한참을 우셨다.

"나쁜 미국 놈들."

왜? 그들이 이 불단을 세우고 간 건가? 치에코와 미군이 무슨 상관이 있다고, 어머니는 왜 이렇게 서럽게 우는 거지?

"나가사키에 갔어. 치에코가."

설마? 정말? 왜? 나는 가만히 눈을 뜨고 있는 것 말고는 할 수 있는 게 없었다. 아직은 괜찮아. 설마 나보다 먼저 세상을 떠났다거나 하지는 않은 것 아닌가.

"고향에서 8일에 치에코를 본 사람이 있어. 고향 사람인데, 그 사람이 치에코의 몸이 좋지 않다고 치에코가 전하는 물건을 들고 도쿄로 올라왔어. 그리고 9일 그 일이 있었던 거야."

치에코가 몸이 좋지 않아? 왜? 역시 입술이 파랬는데, 어딘가 아팠던 거야. 그 일은 또 뭐야? 원자폭탄?

"아직 죽었다거나 확인된 건 아니죠. 그래, 죽었으면 시체나… 뭐 이런 게 있어야 하잖아요. 시체가 없으면 완벽하게 죽었다고 말하는 거 아니잖아요. 그렇게 낙심하지 마세요. 그리고 저 불단 같은 건 없애버리세요. 산 사람에게 저런 거 만들면 정말 마가 낀다고요."

웃기는 소리, 1월 말을 내달리고 있는 일본은 평화로웠다. 거리는 소이탄을 잊은 사람들로 넘쳐났고, 저마다 찾게 된 작은 미소를 웃음으로 행복으로 키워가며 다시 일어서고 있었다. 그런 와중에 치에코가 보이지 않는다. 치에코의 웃음이 보이지 않는다.

"우리 고향 집 주변이 폭심이었네. 아무것도, 아무것도 찾을 수가 없었어. 정말 아무것도, 거짓말같이 말이야."

형님은 말을 잇다가 나가사키의 참상이 떠오르기라도 하는 듯 머리를 쥐어 싸고는 고개를 젓기도 하다가 결국 눈물을 보이셨다.

"정말 치에코가 죽기라도 한 것처럼 말씀하시지들 마세요. 왜 치에코가 죽어요? 죽긴 왜 죽어요. 다만 연락이 안 될 뿐이에요. 치에코가 그렇게 쉽게 죽을 수 없습니다. 분명 마지막에 자신의 생명을 소중히 여기겠다고 했는데…. 왜 아직 확실하지 않은 일을 사실처럼 말씀들 하시는 거예요? 보세요! 제가 살아있잖아요. 저라고 살아있을지 누가 알았겠어요? 그런데 이렇게 살아있잖아요. 치에코가 죽다니, 그건 말도 안 돼. 그럼 전 왜 살아있죠. 뭐라고들 말 좀 해주세요. 치에코는 살아있죠? 그죠? 혹시 절름발이가 된 저를 만나기 싫다고 하던가요? 아니면 절름발이에게 귀한 딸, 귀한 동생을 주기 싫으신 건가요? 가족분들이 싫다고 그러시면, 치에코가 날 싫다고 그러면 저 그냥 이대로 돌아갈 수 있어요. 그러니까 그런 장난치지 마시고 사실을 말씀해 주세요. 치에코…. 내 치에코 어딨는 거죠?"

무슨 말이라도 하라고! 그들은 아무 말이 없다. 정말 없다. 다만 모두 고개를 숙이고 저마다의 방법으로 터져 나오는 울음과 곡성을 누르고 있을 뿐이었다.

"알겠습니다. 제가 가야 치에코가 편하게 나올 수 있겠군요. 치에코, 듣고 있는 거지? 괜찮아. 난 네가 이런 나를 사랑하지 않아도 상처 입거나 하지 않아. 괜찮아. 나 이만 갈게. 난 다만 네가 무사하면 그걸로 됐어. 나 갈게. 그럼 이만"

나는 가스가 사람들에게 허리 숙여 인사하고 절름발을 이끌고 문밖으로 나왔다. 웃기는 소리. 치에코가 죽다니. 왜? 아닐 거야. 정말… 아닐 거야. 어? 나 지금 울고 있는 거야? 치에코는 죽지 않았다는데 울긴 왜 울어! 그녀는 죽지 않았어.

내가 미련한 발걸음을 옮기며 눈물과 격한 씨름을 하고 있을 때, 뒤에서 누군가 나를 쫓아왔다. 그리고 익숙하게 내 팔을 잡았다. 치에코? 나는 획 고개를 돌렸다. 형님이었다. 치에코와 닮은 치에코의 오빠 말이다.

"이거, 치에코가 자기가 하나 갖고 있고 집으로 하나 보낸 거라네."

형님은 내게 작은 부적 하나를 내밀었다. 그러고는 나를 잡은 손을 부르르 떨더니 고개를 푹 숙이고는 돌아서 버렸다. 치에코의 물건. 문득 하늘을 올려다본다. 노을 탓인가? 그녀가 없을 거라는 불안 탓인가? 하늘이 피 같다.

나는 일단 쓰치우라로 가기로 했다. 치에코의 문제는 받아들일 수 없었다. 앙상한 겨울바람이 텅 빈 활주로에 불고 있었다. 사람이 어떻게 아무도 없지? 왜 이렇게 조용하기까지 한 거지? 나는 빈터를 쭈욱 둘러보다가 잠자고 있는 아직은 어린 벚나무를 보았다. 그러자 내 속에서 무슨 투지가 생겼는지 들고 있던 목발로 벚나무 밑동을 치기 시작했다.

"왜! 왜! 왜! 왜! 왜!"

미친 듯이 나무를 치자 어느 순간 나무가 쓰러져 버렸다. 숨이 턱까지 찬다. 치에코가 정말 없는 걸까? 이 세상에? 나는 치에코의 부적을 만지작거린다. 문득 내 목발을 본다. 걸레가 되어있다. 오랜만에 대등한 승부를 본다. 원래 싸움이란 이래야 하는 거다. 동등한 조건과 상태에서 해야 싸움이 되는 것이다. 만일 현격한 상태와 조건의 차가 있는 싸움이 있다면 그건 싸움이라고 부를 수 있는 게 아니다. 힘이 몰리는 쪽에서 보면 개죽음이고, 힘이 우세한 쪽에서 보면 살인 축제에 지나지 않으니까.

정처 없이 일본을 1년 정도 돌아다녔다. 우리가 처음 만났던 그곳에, 늘 함께 거닐던 그 둑길에, 자주 가던 커피숍에, 함께 소원을 빌러 갔던 신사에, 입대를 말리던 내 하숙집에, 면회를 왔던 쓰치우라에, 우리의 첫날밤이 있던 곳에, 우리의 신혼살림이 있던 곳에, 우리가 마지막을 함께했던 치란 근처의 여관에… 내가 어딜 가든 치에코는 살아있었다. 늘 다양한 표정으로 웃으며 나의 기억에 함께하고 있었다. 그 눈물도 그 숨결도 그 살갗도 모두 그대로다. 모두 살아있었다. 근데, 왜 치에코가… 이렇게 생생하게 눈에 잡힐 듯 내 속에 살아있는 치에코가 죽기는 왜 죽냔 말이야! 왜 내가 죽음으로부터 해방되니까 네가 죽냐고! 왜! 하늘이시여! 왜 나의 행복과 미래를 방해하나이까. 나는… 절더러 어쩌란 말씀이십니까? 제가 어떻게 해야 합니까. 치에코 대신 저를 죽이시지. 원래 죽을 이는 제가 아니었습니까? 왜 그녀가… 설마 저 대신은 아니겠지요. 그런 잔인한 말씀은 하지 않으실 거지요? 왜 하필 그녀입니까? 왜 그녀를…

문득 치에코를 너무나도 닮은 그 인형이 나 대신 바닷속에 내던져져 있는 것은 아닌가 하는 불안이 엄습했다. 정말 나 대신 죽음의 세계로 가버린 것일까? 아닐 거야. 아닐 거야. 신이시여, 제게 미래가 있다면 그건 모두 그녀와 만들어 갈 하루하루였나이다. 이제 제가 무엇을 할 수 있습니까? 제가 어떻게 해야 합니까?

다시 일어난 비극

나는 사랑스러운 며느리를 어머니께 데려가지 못했다. 어머니는 싸늘한 치에코의 소식을 좀처럼 받아들이지 못하시는 것 같았다. 나 또한 이런 사실 따위는 처음부터 믿지 않았다. 다만 치에코가 우리들에게 연락을 하지 않을 뿐이라고 생각했다. 내가 죽었다고 생각하고 있으니, 다른 남자를 만났을 수도 있다. 아니면 널 같은 서양인 신사를 만났을 수도 있다. 그럴 수도 있다. 그렇게라도 살아있을 수 있다. 머릿속에 원폭의 잔혹함을 그대로 비춘 기사들이 지나갔다. 까맣게 타버린 인간의 육체들… 신문 따위는 보지 않는 건데, 나가사키 같은 곳에는 가는 게 아니었는데. 그래도 치에코만은 살아있을 것이다.

대한제국이었던 나의 조국은 반뿐인 땅덩어리에 대한민국이라는 나라를 설립했고, 또 다른 땅덩어리에는 조선민주주의 인민공화국을 수립했다. 내가 머물고 있는 남쪽에는 이승만이라는 미국인 처자를 아내로 둔 남자가 수장의 자리에 앉아 자신을 대통령이라고 칭했다. 북쪽에서는 독립군 출신의 김일성이라는 자가 자신을 수령이라고 칭했다. 그들이 각각 자신을 우두머리로 내세우고 있는 그 땅, 그 둘을 합해야 내 조국 조선이 된다. 난 반뿐인 땅덩어리에서 반뿐인 육체를 가지고 반뿐인 치에코를 붙들고 있다. 치에코는 눈을 감아야 볼 수 있는 나만의 여인이다. 모든 게 반토막 나버렸다. 선배가 말했던 대로다. 선배는 이런 조국을 위해 내가 정신을 바짝 차려야 한다고 했고, 나에게 조선을 위한 소정의 기대를 거는 듯해 보이기도 했다. 하지만 내가 온전하지 못하니, 내 치에코가 나에게 반뿐이니, 나는 아무것도 할 수 없다. 아무것도 하기 싫다. 어떻게 해야 하는지도 어떤 게 조국을 위하는 길인지도 모르겠다. 난 그저 갑작스레 찾아와 당연하듯 내 옆에 머물고 있는 질긴 목숨을 감당하고 있을 뿐이다.

1950년 6월 25일, 어머니는 내가 일본에서 군 생활을 할 때부터 교회에 다니기 시작하셨는데, 오늘도 아침 일찍 교회에 갔다가 호텔로 돌아오셨다. 나는 오랜만에 남강에 나갔다. 진주성을 다리를 질질 끌며 둘러보고 있다. 나의 불편한 다리와 함께 있는 이 나무는 지난번 쓰치우라에서 부러트린 어린 벚나무인데, 벚나무가 지팡이 쓰기 좋은지는 잘 모르겠지만, 내 손에 익어서 그런지 여간 편한 게 아니다. 이름도 지었다. 쓰에노스케. 내가 지은 것치고는 귀여운 이름이다. 진주성, 촉성루, 의암 바위… 나의 발걸음이 의암 바위에 멈춘다. 문득 자신의 생을 일본인 적장과 마감한 논개를 떠올린다. 누군가 가미카제와 논개를 비교하고 있는 나를 보면 돌을 던질지는 모르지만, 그래도 그런 결정의 끝은 똑같은 죽음으로 끝나기에 마음대로 생각하기로 한다. 그녀는 내가 그리도 거부한 죽음을 즐거이 받아들였을까? 그녀의 죽음을 쉬이 만들었던 것은 무엇일까? 나를 죽음으로 인도한 것은 순간의 결심 같은 것이 아니었다. 곁에서 우수수 죽어간 나의 동료들과 죽기를 강요받은 내 육체였다. 그녀를 그리 죽음으로 인도한 것은 무엇인가? 정말 나라에 대한 충성인가? 진주성이 공격을 받았다. 그녀의 남편이 죽고, 그녀가 벗으로 여기던 이들이 무참히 왜적의 칼에 쓰러졌다. 그 죽음의 목도를 통해 그녀는 죽음을 결심하지 않았을까? 결국 죽음을 가르치는 것은 죽음이다. 눈앞에 존귀와 혼을 잃은 육체가 나뒹구는 모습을 본다면, 그로써 살 의미를 잃는 것이다. 그녀도 그처럼 죽음을 받아들였을 것이다. 건방진 나의 생각을 마치 그녀는 헤아리는 듯하다.

나는 건방진 나에게 조소를 흘린다. 이런 웃음도 오랜만이다. 벌써 조선 땅에 돌아와 이런 상태로 있는 게 몇 년째인가? 한 3년 지났군. 이제 잡히지 않는 치에코의 손을 쓰에노스케라고 생각하고 잡고 살련다. 그렇게 살아가련다. 그렇게 하지 않으면 또 다른 나의 소중한 이가 아파할 것이다. 나의 어머니, 어머니를 위해 남은 빈껍데기라도 살아야지. 그렇게 살아야지.

이런 결심을 어머니가 먼저 듣기라도 한 것일까? 어머니가 저기서 나를 향해 손을 흔들며 뛰어오고 계셨다. 삶을 살아가잔 결심이 나를 금세 변화시킨 것일까? 어머니를 보자마자 꽤 온도가 높은 미소가 흘러나오고 있었다. 나는 쓰에노스케를 붙들고 내게 오는 어머니의 수고를 덜어드리려고 성큼성큼 나아갔다. 그런데 나의 환한 얼굴과 달리 어머니의 얼굴이 어둡다. 호텔에 무슨 일이라도 생긴 건가?

"종성아! 북한이 삼팔선을 쳐들어왔다는구나!"

무슨 말씀을 하고 계신 거지? 북한이라고 하면 한 5년 떨어져 있던 그 서울 위쪽 사람들? 오고 싶으면 그냥 오면 되지. 왜 쳐들어오나? 나는 잠시 어머니의 다급한 눈을 바라만 보았다. 어머니는 상당히 답답한 얼굴을 하고 계셨다.

"전쟁이야. 전쟁."

어머니가 또 뭐라고 말씀하시는 건가? 전쟁? 뭐? 전쟁? 어느 나라랑 어느 나라가? 조선이랑 누구? 뭐? 설마… 말도 안 돼! 왜? 우린 한 민족이잖아. 하나의 조상이 있는 그런 민족 아니었나? 한 3, 4년 전만 해도 자유로이 오가던 그런 사람들 아니었나? 왜 소련하고 미국이 그어놓은 선에 맞추어 우리의 길이 갈라지고, 우리의 만남이 나뉘고, 각각 새로운 정부가 들어서게 된 거지? 설사 그렇다고 해도 그것이 우리가 한 민족이라는 사실을 바꾸는 것도 아닌데, 왜? 우린 소련 사람도 미국 사람도 아닌 조선인인데, 왜 조선인끼리… 전쟁이라니!

26일 의정부가 점령당하고 27일 서울을 빼앗기면서 이승만 정부가 대전으로 이동할 것이라는 소식이 전해졌다. 그것도 발 빠른 상인들의 귀로

들은 것이고, 라디오에서는 태평하게 우리의 군인이 잘 막아내고 있으니 안심하라는 방송이 흘러나오고 있었다. 일본의 군대에 있으면서 이 라디오를 통한 국민 현혹 플레이는 지겹도록 보아왔다. 특히 전시가 되면 이런 방송들은 국민을 속이는 용도로 제작되어 방송되는 것이 기본이다. 계속해서 그들이 남쪽으로 내려온다면 진주도 위험하다.

나는 아버지와 어머니, 호텔 식구들에게 빨리 남쪽으로 피하는 것이 좋겠다고 설득했다. 호텔 식구들은 내 말을 잘 듣지 않는 경향이 있다. 이 사람들은 내가 사장이 되면 이 호텔을 나에게서 빼앗을 사람들이다. 결국 나의 말을 들은 것은 아버지와 어머니였다. 나의 부모님은 호텔의 돈이 될 물건을 빨리 처분하기 시작했다. 아버지는 값나가는 물건을 어딘가 감추시는 듯도 했지만, 나는 그런 데까지 신경 쓰지 않기로 했다. 다만 어디로 가는 것이 가장 좋은가 하는 것을 생각했다. 가장 좋은 방법은 일본으로 도망가 버리는 것이다. 하지만 그도 그렇게 쉽지 않을 것이다. 일단 항구로 가야 한다. 일본이든 다른 곳이든 떠나기 제일 가까운 곳, 부산!

나의 결정을 존중한 가족들과 식구들은 각자 한 짐 한 짐을 싣고 부산으로 향했고 나의 결정은 우리 가족을 안전하게 지키기에 충분했다. 피난길의 하늘은 여름을 몰고 와 더없이 청아한데, 피비린내가 보이는 듯했다. 붉은 하늘⋯ 전쟁이라니⋯ 8월이 지나고 진주가 북한의 손에 들어갔다. 부산의 관문인 대구, 영산, 마산까지 북한군이 밀고 들어왔고 부산도 곧 그들의 손에 떨어지나 했다. 하지만 그것은 아니었다. 9월 15일 맥아더의 인천 상륙작전이 성공하여 북한군의 허리를 끊어버렸다. 어느새 부산은

임시 수도가 되어있었다. 나의 아버지와 어머니는 이런 아수라장 같은 환경 속에서도 일을 찾아 하고 계셨다. 아버지는 일본을 상대로 장사를 하고 계신 듯했고, 어머니는 난민들을 위해 밥을 퍼주는 일을 하시는 것 같았다. 나는 아무것도 하지 않고 그냥 걸어 다니기만 했다.

이곳의 병원에는 전선에서 북한군과 전투하다 부상을 입고 후송된 청년들이 끓어 넘치고 있었다. 절뚝절뚝 걷다 보니 병원 앞을 지나게 되었는데, 누군가 내 팔을 덥석 잡았다. 무슨 일인가 무심결에 고개를 돌려 보니 낯익은 외국인이 날 보고 생글생글 웃고 있었다. 누군가 한참을 쳐다보고 나서야 닐이라는 사실을 기억해 냈다. 닐은 왜 계속 남의 나라 전쟁터를 돌아다니는지 모르겠다. 전쟁으로 사람 죽어가는 꼴을 계속 보고 싶을까? 이런저런 말을 닐에게 전했고, 그는 내가 그와 영어로 소통할 수 있는 한국인이라고 병원 측에 소개를 해, 졸지에 나를 병원 행정관으로 만들어 버렸다. 병원에서 의사나 간호사가 아닌 내가 할 일이란 그저 붕대나 약품, 소독약 등이 얼마나 더 필요한지를 말하고 가끔 싸우는 일이었다. 이런 나의 물자와의 싸움은 과거 내가 공부했던 경제학의 어떤 부분을 떠올리기에 충분했다. 나는 피식 웃고 만다.

오늘도 한껏 약품 문제로 물품 담당 미국인과 전화로 싸우고 나서 나는 병원 밖을 산책했다. 절뚝절뚝.

"뎌기, 아바이는 오디소 있다 오셨시라?"

내 굼뜬 발걸음이 젊은 청년의 눈길을 붙잡은 듯했다. 나는 나무 밑에 목발을 세워두고 퍼질러 앉은 어린 청년에게 다가갔다. 그 청년은 오른쪽 다리가 무릎부터 없었다.

"저 말씀이십니까? 전 이번 전쟁으로 이렇게 된 게 아닙니다만, 청년은 어디서?"

"내레 756고지서 이래 됐시라."

이렇게 몸의 한쪽이 눈에 띄게 없는 이는 비단 이 청년뿐만이 아니다. 이 병원에 들어온 이들 대부분이 이러하다. 나는 청년에게 전선 상황을 물었고, 청년은 내 질문의 의도와는 달리 여기저기서 시체가 나뒹굴고 조각난 팔다리가 발에 차이는 이야기를 했다. 포탄 조각에 맞아 몸이 성한 장병들이 없다고 했다. 현지 의료 시설이 너무나도 열악해 수술을 해놓으면 해놓는 대로 구더기가 끓기 일쑤라고 했다. 청년이 말하는 전쟁의 참혹함이란 인간의 육체가 얼마나 끔찍하게 망가지는가에 대한 보고서 같았다.

문득 나의 동료들이 생각난다. 대부분이 일본인이었고, 조선인도 대만인도 포함되어 있던 나의 동료들 말이다. 우리는 이런 땅 위의 전쟁을 모른다. 우리는 육체가 죽어나가는 순간을 목도할 겨를도 없이 우리가 죽었기 때문에 피를 모른다. 피를 안다고 해봤자 상관에게 얻어맞아 흘리는 자기 피뿐이었다. 그래, 나는 이런 전쟁을 모른다. 모른다. 내가 쏜 총알이 피를 튀기며 타인의 육체에서 생을 빼앗아 가는 그 순간을 모른다. 몸에서 떨어져 나온 신체 일부는, 과거 내 동료들이 마지막 비행 전에 남긴 손가락이 대부분이었다. 팔, 다리, 내장 따위는 나는 모른다. 깨어진 두개골, 숨쉬는 몸에 기생하는 구더기 같은 것은 나는 모른다.

어떻게 보면 죽음의 그 순간을 몰랐기에 그리도 덧없이 죽을 비행을 했는지 모른다는 생각을 했다. 더 이상 완벽하지 않은 나의 조국은 반쪽이 되어서 서로를 잡아먹으려고 안달이다. 그리고 그들의 아들을 또 죽음으로 내몬다. 잔인한 나라… 이 전쟁이 터졌을 때부터 내가 얼마나 바보였는지, 일본에서 징병된 조선인들이 얼마나 멍청했는지를 알게 되었다. 우리가 그리도 막고자 했던, 동포에게로 향하는 총포. 사실 그런 것 따위는 아무것도 아니었던 것이다. 정말 아무것도. 사람이라는 것은 자기 몸에도 살인을 저지르는 동물이 아닌가. 사실 같은 땅덩어리를 공유하고, 조상이 같고, 한 말을 쓰는 건 중요치 않다. 그렇지 않고서야 어떻게 이렇게…

사상이라는 것이 무엇인가? 이념? 이 전쟁에 참여하는 병사들이 이 사상과 이념이라는 것에 자신의 목숨을 걸고 있는가? 엄밀히 말하면 병사들은 그런 것들을 생각할 필요가 없다. 원래 그런 고차원적인 생각은 지도자들이 대신 해주는 것이고, 각자의 가정의 아들들은 그들의 고차원적인 생각에 동원되는 소모품에 지나지 않는다. 그래, 군대에서 지겹도록 들은 소모품. 어떤 나라도 자신들의 아들들을 사랑하지 않는다. 그들의 생각을 실행하기 위한 소모품으로밖에 여기지 않는다.

구마모토 선배가 자신의 정신적 스승으로 삼았던 마르크스. 선배는 마르크스에 대한 열렬한 사랑을 보였지만, 마르크스가 자신의 조국의 발전을 위해 도움이 되지 않는다고 했다. 그것은 이상이고, 이상이라는 것은 인간을 상대로 이루어 낼 수 없는 것이라고 했다. 욕심 많은 이와, 간사한 이와, 멍청한 이와, 음란한 이들이 함께 사는 이 세상에서 이상은 실현될 수 없다고 했다. 그렇기에 그런 낭만은 그저 꿈에, 이상에 살면 된다고 했다. 그리고 자신의 가슴만 그의 이상을 따르고 잊지 않으면 그로 족한 것이라고도 했다. 세상에 적합한 학문은 마르크스가 아닌, 자본이라고 했다. 자본은 욕심이 있으며, 간사하고, 멍청하며, 음란하다고 했다. 선배가 그렇게 사랑하던 학문을 조용히 접고, 자본을 택했을 때, 그와 같은 현명한 선택을 하지 않는 이도 있었다. 이상을 이루기 위해서는 혁명이 필요하다. 혁명은 이상에 걸림돌이 되는 이들의 피를 원한다. 우상을 만들어 내고, 그것으로 흩어진 마음을 하나로 모으려 시도한다. 지금 남한과 북한이 바로 그러하지 않은가? 한마디로 바보 같은 짓을 하고 있다는 것이다.

전쟁이라. 전쟁은 간단하다. 전쟁이란 말은 얼마나 간단한가. 전쟁을 하자고 제안한 이들은 정말 거짓말처럼 하나같이 죽지 않는다. 정말 그 속에 죽어가는 이들은, 전쟁 저 너머의 꿈 많던 이들이었다. 그들이 원래 바라보던 세상에는 피도 전쟁도 없다. 오직 꿈과 희망이라는 동화책 속의 말들만 있을 뿐이다. 하지만 그 쉬운 전쟁이란 말이 그런 그들을, 그런 이상을, 그런 정신을 자근자근 밟아버린다. 이제 겨우 가족을 꾸린 자도 있을 것이고, 아내의 배 속에 얼굴도 보지 못한 아이가 있는 자도 있고, 어제 고백해서 데이트 신청을 받아낸 이도 있을 것이다. 근데, 왜 그 모든 행복을 빼앗겨야 하는가? 나라가 뭔데, 국가가 뭔데? 조국이 뭔데, 이념이 뭔데 왜? 남한은 뭐고 북한은 또 뭐길래! 지들이 도대체 뭐하는 놈들인데 그걸 다 빼앗는단 말인가? 왜?

266

아무것도 남지 않았다

　나는 또다시 의지를 잃었다. 한때 한 나라였던 남한과 북한의 전쟁이 3년이나 계속된 데에 대한 상실감이었다. 아무리 머리를 굴리고 이해하려고 해도 그게 잘 되지 않는다. 나의 의지와 상관없는 것이 나라임을 잘 안다. 그러니 그런 데 신경 쓰지 말고 일어서야 함도 잘 안다. 하지만 또 힘이 없다. 아버지는 작년에 노환으로 돌아가셨다. 우리 아버지 같은 장사꾼도 없을 것이다. 나의 아버지는 6·25전쟁을 틈타 일본과 거래를 하면서 꽤 많은 돈을 벌었다. 그렇게 번 돈과 원래 갖고 있던 돈으로 우리는 진주에 돌아와 호텔을 재정비하고 다시 신진주 호텔을 개장했다. 더 크게, 더 멋지게. 나는 지금 신진주 호텔의 사장이다. 그렇다고 내 말을 원래부터 듣지 않던 이들이 내 말을 잘 들어 경영에 도움을 줄 리는 없었다. 실질적 호텔의 경영은 나의 어머니가 맡고 계신다.

세상이 돌아가는 속도는 나의 머리보다 빠름이 확실했다. 남한의 국민들은 부정한 대통령을 몰아내 버렸다. 대단하지 않은가? 나는 국민이 나라를 이기는 것을 본 적이 없었다. 오래 살다 보니 정말 별의별 사건을 다 보겠군 한다. 일어설 희망이 생긴다.

나는 결혼을 했다. 치에코 치에코 하던 놈이 결혼이라니, 나의 결혼에는 내 의지가 없다. 다만 어머니의 숭고한 뜻에 보답하려는 아들로서의 도리였다. 한국전쟁이 끝나고 진주로 돌아온 어머니는 나를 따로 조용히 불러 말씀하셨다.

"아들아. 나는 욕심이 많은 노인넨가 보구나."

무슨 말을 꺼내시려고 서설을 시작하실까? 나는 가볍게 장단을 맞추며 어머니의 말에 귀를 기울였다.

"나는 죽고 싶지 않구나! 이 어미는 영원히 살고 싶어!"

필요 이상으로 죽음에 닿아있던 이는 죽음에 설득당하기 십상이라고 생각했는데, 나의 어머니를 보니 그것은 다만 나의 착각이었나 보다.

"하지만 어미가 바보가 아닌 이상, 사람이 태어나면 죽는 것 정도는 잘 알고 있단다. 그런데 한번 영원히 살아보고 싶구나!"

나는 머리가 복잡할 따름이다. 어머니가 무엇을 원하고 이런 말씀을 하시는지 모르겠다. 어머니의 동상이라도 세워달라는 말씀을 하시는 걸까? 그런 거라면 경영권을 쥐고 계신 어머니의 손으로 하시면 좋을 텐데.

"어미의 이런 소원은 사실 이미 반은 이루었다. 하지만 내가 남긴 반이 나의 반을 이루어 주지 않으면 처음 나의 노고는 수포로 돌아가고 말아."

"반을 이루셨다니요? 어머니의 항구적 삶에 반을 이루셨단 말씀이십니까? 어떻게 말입니까?"

나의 궁금증은 어머니의 눈가에 미소를 짓게 만들었다.

"모르겠니? 바로 너란다. 나의 피와 살의 반을 떼어 너를 만들어, 나의 생의 기억을 네게 주지 않았니. 그러니 나는 내가 죽어도 내 남은 반인 너로 너만큼 살아갈 수 있단다. 아들아, 어미의 소원을 이루어 주겠니? 너의 반을 남기거라. 그래서 내 피의 기억이 내 혼이 멸한 세상에서 오래오래 살아갈 수 있도록 해주지 않겠니? 그것이 어미가 원하는 영원한 생이란다."

어머니가 날 설득하기 위해 얼마나 고민하셨는지 잘 알 것 같았다. 나는 다만 어머니의 소원을 위해 어머니가 정해준 여인과 결혼을 했다. 사실 그녀를 아내로 받아들인 데는 그녀의 이름이 이춘애(李春愛)라는 이유도 없지 않았다. 낯익은 봄이 들어있는 이름. 나의 치에코의 성에 들어있던 가스가(春日)가 떠오르는 이름이다. 그리고 그녀와 나 사이에 딸아이 하나가 태어났다. 나는 아무런 망설임 없이 나의 딸에게 지혜라는 이름을 지어주었다. 가까이 두고 불러 늘 함께할 이름으로 말이다. 임지혜(林智惠). 실은 이 이름은 치에코가 나의 아내가 되었을 때 내게 적어준 자신의 서명에 있었던 그녀의 새로운 이름이다. 정확히 말하면 임지혜자. 하야시 치에코(林智惠子). 나의 어머니는 손녀의 이름이 마음에 들지 않는 듯했다. 사실 며느리였던 사람의 이름이니까. 지혜가 태어나고 나는 더 이상 내 아내와 한 방을 쓰지 않았다. 어머니의 소원을 이룬 것으로 나는 그녀에게 볼일이 없었다. 다만 그녀를 형식상의 아내로서 존중하기는 했다. 지금의 나의 아내에게는 정말 미안한 일이지만 나도 어쩔 수 없다. 난 결코 지금의 아내를 내 아내로 받아들일 수 없다. 내 호적에 올라가 있는 그녀의 이름만 봐도 치에코에게 미안하다. 나란 놈은 아내를 맞이하면 안 되는 놈이었나 보다. 진정한 아내이든 형식상의 아내이든 미안한 일뿐이니 말이다. 하늘로 돌아가면 치에코가 이런 나를 받아줄까? 아… 그러고 보니 어느샌가 치에코가 죽었다고 받아들이고 있는 나를 발견한다. 나란 사람이란…

1964년 위대하신 남한의, 대한민국의 지도자께서는 미국의 원조를 위해 우리의 아들들을 베트남에 파병했다. 세상에는 군인이 필요한 일이 많다지만, 이건 뭔가? 우리의 아들들의 생명이 또 풍전등화에 놓여 그 목숨을 위협받아야 한다는 뜻인가? 이번에는 또 무엇을 위함인가? 박 대통령 자신이 미국에 인정받기 위해? 달러를 벌어들이기 위해? 육군사관학교 출신이라는 대통령은 전쟁을 겪어보지 못한 사람인가? 윗사람들이 보는 전쟁에는 피가 흐르지 않으니 그런 결정을 할 수 있는 것인가?

이번 전쟁에 응한 우리의 젊은이들의 목적은 돈이었다. 자본. 그들은 전쟁으로 피폐한 나라에서 굶주리고 헐벗었다. 가난한 부모님을 둔 이가 많았고, 달러를 손에 쥐고 귀국하리라 다짐했다. 왜 또 미워하지도 않는 적과 싸워야 하는 꼴이 되었단 말인가? 우리가 베트남이라는 나라와 무슨 악감정이 있다고… 이것도 미국이라는 거대한 나라의 숭고한 사상을 위한 이념 전쟁이란 말인가? 도대체 무엇을 그리 지키고 싶어서 목숨을 담보로 해야 한다는 말인가? 나는 도저히 이 나라를 이해할 수 없다. 왜 우리의 아들들에게 피 맛을 알게 하고, 그 무서운 전쟁 후의 공허와 공포를 느끼게 하려는 것일까?

밤이면 밤마다 죽으려 했던 내가 나를 괴롭힌다. 오키나와 해상에서 펑펑펑 분쇄해 간 나의 동료들의 울음소리가, 그들의 고독이, 그들의 고통이 들려온다. 온몸이 땀에 흠뻑 젖어 헐레벌떡 어두운 밤에 홀로 깨곤 한다. 차오르는 숨을 가라앉히고 오키나와 바닷물 같은 내 땀에 치를 떨며 옷을 벗어 던져버린 것이 한두 번이 아니다. 나의 한반도가 우리의 아들들에게 온당하지 않은 이유로 죽음을 강요한 것은 한두 번이 아니다. 죽음만이 중요한 것이 아니다. 결국 전쟁에 나가면 내가 죽지 않기 위해 살인을 한다. 나 또한 과거 몇몇의 미군을 공중에서 땅으로 내리꽂은 적이 있다. 몇몇은 낙하산으로 도망쳤고, 몇몇은 비행기와 함께 시커먼 연기로 바뀌었다. 눈에 보이지 않는 시체. 내가 저지른 일이 살인이 아니라고 지금까지 나를 납득시켜 봤지만 결국 살인이다. 군인이라는 이유로 타당해졌던 살인. 그 더러운 기억이 나에게 씌어 나의 골수까지 병들게 한다. 잊으려는 노력조차 불쾌하다. 미워하지도 않는 타인의 생을 꺼트린 기분을 아는가? 이러한 지옥 같은 기분을 왜 우리의 아들들에게 겪게 해야 하는가? 그래, 이유는 다 약한 나라. 언제까지 이를 답습하고 있을는지. 머리가 아찔하다. 나의 악몽은 언제 끝날 것인가?

1970년 10월 9일. 나의 마지막 사랑 나의 어머니가 세상을 떠났다. 나의 어머니가 나를 떠났다. 슬퍼하지 않기로 했다. 어머니는 총칼에, 대포에, 원폭에 가신 게 아니라 나이를 드셔서 가신 것이다. 자연의 순리를 따라 물 가듯, 그리 고요히 따뜻했던 가슴을 식히셨다. 할머니를 무척 따르던 16살 된 나의 딸 지혜는 가을 날씨같이 싸늘한 나의 어머니를 붙들고 눈이 헐어라 목이 쉬어라 울부짖었다. 나의 아내도, 호텔의 식구들도. 하지만 나는 눈물이 나지 않았다. 자연의 법칙을 거스름 없이 간 나의 어머니. 그렇게 어머니는 내 곁을 떠났다.

1975년 4월 신진주 호텔에 예상치 못한 중년 신사가 찾아왔다. 주름살이 꽤 잡혀있었지만 그 얼굴은 이와키였다. 분명 이와키였다. 어색한 눈빛이 서로를 향해 인식을 열어 격한 포옹을 이끌어 냈다. 눈앞에 이와키가 있다. 그에게 마지막인 줄 알고 했던 말이 기억난다. 그리고 그런 상황들이 우습게 여겨진다. 정말 내가 그 장소에 그렇게 있었단 말인가? 내게 그런 때가 있었단 말인가? 이와키는 짐 한 상자를 든 젊은 청년과 함께 나를 찾아왔다.

"종성! 그동안 너무 늙어서 못 알아볼 뻔했네."

근데 이 자식은 예나 지금이나 나를 골리는 데서 생의 재미를 느끼는 것 같았다.

"적당한 농담은 건강에 좋지만, 자네 상태를 보니 웃다 골로 가겠네. 이제 늙을 만큼 늙었으니 혈관 조심하게."

아주 오랜만에 말하는 일본어인데 별 지장 없이 나오는 게 신기하다.

"인사드리거라."

이와키는 옆에 있는 청년의 등을 툭 치며 말했다.

"안녕하십니까? 이와키 유토라고 합니다."

이 젊은 청년은 다름 아닌 이와키의 아들이었다. 아, 그날이 생각난다. 이와키가 특공대가 되겠다고 자원하던 그날, 이와키를 활주로에 내팽개 치고 욕을 퍼붓던 날. 그때 이와키가 곧 아버지가 될 거란 말을 했었지.

"혹시 그때 그… 아이인가?"

나는 반가운 듯 유토에게 손을 내밀었다. 유토는 짐을 한 짐 들고 있어 서 내게 손을 내밀 만한 형편이 아니었는데, 무리를 해서 내 손을 잡아주 었다. 나는 나의 벨보이에게 얼른 짐을 받으라고 시켰고, 그들을 사장실로 안내했다.

"자네 아버지는 어떤 사람인가? 많이 다정하신가?"

이와키는 나의 질문을 말린다. 아마도 예전에 자기가 했던 말과는 다 른 아버지가 되어있는 듯했다.

"아니요, 아주 엄하십니다."

나는 이게 어찌 된 일이냐는 식으로 늙은 이와키를 바라보았다. 이와 키는 변명이라도 하듯 중얼거렸다.

"요즘 애들은 몰라도 너무 몰라."

유토 군은 이런 이와키의 말을 많이 들었는지 그냥 미소를 지으며 고 개를 끄덕이기만 했다.

아무것도 남지 않았다

"어쩐 일인가?"

문득 반가움에 뒤쳐져 있던 궁금증이 한 걸음 쑥 나섰다.

"이걸 돌려주러 왔다네."

이와키는 벨보이가 가져다 놓은 상자를 가리켰다. 유토 군이 들고 있던 짐 가방과 상자. 나에게는 돌려줄 물건이 없다. 난 남기고 온 게 없기 때문이다.

"나에게라면 돌려줄 것이 없네. 난 일본 땅에 남기고 온 것도 가져온 것도 없으니까. 그보다 내 관물함의 노트들은 다 챙겼나?"

"물론 자네 것은 아니네. 그리고 자네가 시키는 대로 다 챙겨서 몰래 빼돌렸지. 전쟁이 끝나자마자 상부에서 각 병사들이 쓰고 있던 일기를 모두 소각하라는 명령이 떨어졌다네. 난 자네 비행을 보자마자 자네 관물함의 징그럽게 많은 노트를 정리했다만, 다른 병사들은 눈물을 흘리며 일기를 소각해야 했네."

나는 그럴 줄 알았다고 고개를 끄덕였다. 정말 그럴 줄 알았다.

"그런데, 정말 일본에서 가져온 게 아무것도 없는가? 좀 서운하네만."

이와키의 서설이 긴 걸로 보아서는 그가 온 목적이 가볍지 않은 것 같았다. 나는 곰곰이 생각하다 나의 지팡이를 가리켰다.

"아참! 이게 어디서 나온 건지 아는가?"

나는 재밌는 수수께끼라도 내듯이 그에게 물었다.

"모를 거라고 생각하고 있지 않은가? 어딘가?"

"쓰치우라라네! 전쟁이 끝나고 너무 화가 나서 쓰치우라에 가서 내가 갖고 있던 목발로 나무 하나를 쥐어 팼는데, 정신을 차려보니 똑 하고 부러져 있는 게 아닌가. 그래서 그걸 가까운 목공소에 들고 가서 지팡이로 깎았다네."

나는 마치 자랑이라도 하듯이 그에게 말했고, 그와 그의 아들은 똑같은 모양으로 웃으며 신기해하는 것 같았다. 나는 잠시 내가 일본에서 가져온 게 이것뿐인가 하다가 나의 맨살에 매달려 있는 치에코의 마지막 부적이 떠올랐다. 늘 내 몸처럼 지니고 있어 옷을 갈아입을 때 말고는 주로 잊고 있다. 나는 얼른 목에서 부적을 빼냈다.

"아! 그리고 이거!"

"부적 아닌가? 근데 왜 하필 이 부적인가? 자네한테는 필요가 없는 부적 아닌가."

늙은 이와키는 부적을 이리저리 둘러보며 말했다. 유토 군도 이와키와 똑같은 표정으로 부적을 쳐다보며 고개를 끄덕였다.

"뭔가? 부적마다 의미가 따로 있나?"

거의 30년 동안 이 부적을 하고 다녔는데도 이 부적에 사람을 가리는 의미가 있다는 걸 몰랐다. 세상의 부적 중에 내게 필요 없는 부적도 있구나! 부적이라는 것이 언제나 온순한 의미만 담고 있지 않던가.

"당연한 거 아닌가? 자네는 아직 그런 것도 모르고 있었나? 이 부적, 순산을 기원하는 부적 아닌가!"

순산을 기원하는 부적? 순산? 순산이라면 아이를 낳는 것과 지극히 연관되는 단어가 아닌가? 이런 걸 왜 치에코가? 치에코? 설마? 순간 머릿

속에 내가 본 마지막 치에코의 얼굴이 떠오른다. 치란에 오기 얼마 전부터 묘하게 야위었던 치에코, 파란 입술, 홀로 걱정하기도 실실 웃기도 하던 치에코, 그리고 살아야 할 의지로 넘쳐나던 치에코. 아… 그녀의 마지막 말이… 'この命を大事にします'. 그녀가 소중히 여기는 목숨은 그녀의 목숨이 아니라… 설마, 치에코와 나 사이에… 나는 잠시 아무 말도 못하고 주먹만 꽉 쥐었다. 오랜만에 손바닥에 손톱자국이 꽉 찍힐 정도로 말이다.

"미안하네만, 바쁘지 않다면 아주 잠시만 기다려 주겠는가? 내가… 잠깐 생각해야 할 일이 생겼네."

난 그들의 동의도 듣지 않고 쓰에노스케와 부적을 가지고 사장실 안쪽에 딸린 방으로 들어갔다. 난 그렇게 한참을 홀로 치에코와 함께 죽어버린 나의 아이를 생각했다. 더 이상 말라 흐르지 않던 눈물이 끝을 모르고 흘러내렸고, 심장을 쥐어짜는 고통이 나의 입을 열어 서러움을 토했다. 나는 얼른 입을 막고 다른 한 손으로 부적을 움켜쥐었다. 치에코, 나의 아가야. 살아있었다면 유토 군만 한 나이가 되었을 나의 아가, 나의 치에코. 나의 아가야…

얼마간 그렇게 그들을 소리 없이 불렀는지 모른다. 한참 그렇게 숨이 찰 정도로 울고 나서야 나를 기다리는 이와키 부자를 떠올릴 수 있었고, 거울을 한 번 본 후 방문을 열었다.

"미안하네, 기다리게 해서. 그래, 온 목적이 뭐라고?"

이와키 부자는 내 얼굴을 유심히 살피는 듯했다.

"내 문제는 대충 넘어가고, 그보다 나는 자네가 느닷없이 온 이유가 궁금하네."

이와키는 그의 물음에 내가 대답해 주지 않을 것을 알고는 크게 숨을 들이켜더니 내게 진지한 얼굴로 말했다.

"지금 이곳에 들어있는 노트는 자네가 그때 내게 맡긴 노트라네. 이미 대만에는 다녀왔네. 이제 조선인들 것뿐이야. 자네 관물함에서 조선인 두 명의 노트를 발견했네. 하나는 석훈의 것이더군."

이와키는 잠깐 석훈과의 추억에 빠지는 듯했다. 나도 덩달아 석훈을 떠올린다. 나 같은 사람은 비교도 안 될 만큼 용감했고, 나 같은 사람은 비교도 안 될 만큼 조국을 사랑했던 남자. 조선의 자존심과 조선 민족의 긍지를 위해 억울한 죽음을 받아들였던 남자. 석훈을 떠올리는 나의 목이 메어온다. 이와키는 잠시 기억 속의 석훈을 만나고 오더니 급하게 말을 이었다.

"이미 일본에서 그들의 유족이 살고 있는 주소는 알아냈다네. 자네가 필요하네. 사실 그들의 마지막을 본 이는 내가 아닌 자네 아닌가. 자네가 함께 가주었으면 하네."

이와키는 잠시 말을 고르는 듯했다. 그러더니 갑자기 내 손을 덥석 잡고는 나에게 비밀이라도 이야기하는 것처럼 음성을 낮추어 말을 이었다.

"자네는 아마 모를 것이라고 생각하네만, 작년에 조선인 군인과 군속들의 유골이 후생성 원호국 창고에 2,300주가 넘게 있다는 기사가 아사

히저널에 실렸다네. 보도가 나가고 나서는 우천사로 옮겨졌지."

아… 그런 일이 있었군. 그런 이야기를 왜 내 손을 이렇게 살뜰히 잡고 이야기하지?

"모르겠는가? 운이 좋다면 석훈의 유골이 거기 있을지도 모른단 말이야. 석훈의 유골이 거기 있다면, 그를 다시 그의 고향으로 돌려보낼 수 있단 말일세!"

아! 그렇게 되겠군! 이와키의 눈에 아쉬움이 서린다. 무슨 일이라도 있는 걸까?

"할 수만 있다면 내 손으로 유골까지 운구하고 싶지만…. 절차가 좀 복잡하더라고. 그렇다고 못 하는 것은 절대 아니네. 어떤가? 일본에서의 일은 내가 처리할 수 있는 데까지 하겠으니 한국에서의 일은 자네가 맡아서 처리해 보지 않겠는가? 딱히 석훈이 아니어도 좋으니 말이야…"

나는 이와키 부자를 둘러보았다. 이와키는 그렇다 치고 이 청년은 왜 그리 열심히 나를 쳐다보고 있는지, 약간 부담스럽기까지 했다.

"자네라면 거절하지 않을 걸 알고 있네. 자네도 알지 않은가? 이제 동기생 중에 남은 동료는 자네와 나뿐이라는 사실을 말일세. 그때 그 막사에서 14명이 죽고 자네와 나 이렇게 남았네. 비행사가 아니었던 이들까지 차례차례 죽지 않았는가? 다행인지 불행인지 그들이 남긴 유품은 석훈의 것 빼고는 다 돌려줄 수 있었네만, 치란에서 만난 이들 것은 아직이라네. 그리고 할 수만 있다면 그들의 유골이나마 고향 땅에서 쉬게 하고 싶네. 나도 이젠 쉬어야 하고… 사실 말이야, 나도 길지 않다네."

278

이와키의 말에 고개를 끄덕이던 나는 돌연한 말에 눈을 끔뻑거렸다. 길지 않다니?

"저의 아버지 간암이십니다. 이렇게 다니시는 것도 의사는 말리셨습니다만, 아버님 손으로 모두 끝내셔야 한다고 고집을 피우셔서. 그게 당신이 살아남은 이유시라며… 조선의 두 건이 아버지의 마지막 일입니다. 도와주십시오."

이와키가 찾아온 이후로 내 머리가 온통 멍하다.

"길지 않다니, 자네가 왜? 어쩌다가…"

이와키는 나의 아쉬운 눈에 껄껄껄 웃는다.

"염치없이 친구들을 다 보내고 홀로 이만큼이나 살지 않았나. 이제 갈 때도 되었지. 다만 갈 때 가더라도 이 일은 내 손으로 끝내고 가야겠네."

이와키의 시간이 그의 목숨을 서두른다는 사실에 나 또한 서둘러 떠날 채비를 했다. 호텔은 총지배인에게 맡겼고, 우리는 서둘러 수원으로 향했다.

그러고 보니 기억 날 듯 말 듯한 조선인 청년이 있었다. 그도 일본 유학 중에 차출된 경우라고 했다. 그는 자신이 전할 것은 세상에 이것 하나뿐이라며 내게 자신의 얇은 노트를 내밀었다. 조선어로 쓰인 마지막 장을 언뜻 본 기억도 함께 되살아난다. 일부러 보려 한 건 아니었고 바람의 장난이 나의 눈을 잡았을 뿐이었다. 그 마지막 장의 작은 글씨는 잘 모르겠고 이곳저곳 쓰여있던 "왜!"라는 말이 다시금 내 눈을 질끈 감게 한다.

아무것도 남지 않았다

이와키 부사와 함께 그의 가족을 찾아갔을 때, 그들은 30년을 건너 찾아온 자신의 형제의 이야기를 믿지 못하는 눈치였다. 그들은 이와키와 그의 아들을 향해 심한 모욕을 던지기도 했다. 이와키에 대한 그들의 반감은 어느 정도 예상하고 있었다. 단순한 일본인을 향한 반감 아닌가. 하지만 내가 정말 이해할 수 없었던 것은, 자신의 형의 유품을 받은 이의 반응이었다. 지금의 아내와, 지금의 자녀와, 지금의 안정에 가미카제였던 형은 방해가 된다는 식의 반응이었다. 그리고 결국 친일 매국노의 극단적인 형태인 일본 군인으로, 그것도 일본을 위해 가미카제 특공대로 전사한 형의 유품을 받아들이는 것은 자신의 가족에게 누가 된다는 뜻과 함께 유품수령을 거부했다. 이뿐만 아니라 후일 절차를 통해 운구할 가능성이 있는 형제의 유골의 수령 또한 완강히 거부했다. 석훈의 집도 마찬가지였다. 석훈의 집도 말이다. 출격 당시 허옇게 질려있던 석훈의 어린 모습이 허탈하게 지나간다. 궁금하지도 않을까? 자신의 형제의 마지막 외침이, 그들이지키고자 했던 마음이. 설령 원수가 되었던 형제지간이라 할지라도 죽음의 문턱에서는 화해의 형식을 취한다고 하지 않던가. 헌데, 그렇게 잘못된것인가? 그대, 혹은 그대의 현재인 과거의 미래를 지키기 위해 일본군의옷을 입은 것이? 죽으라고 해서 죽은 것이 그리도 잘못된 것인가?

난 그들의 뺨이라도 한 대 갈기고 싶은 마음이 들었다. 그들이 누리고 있는 아내와 자녀와 안정에 대한 방해라? 애초에 형의 희생이 없었다면 그에게 지금의 행복이 존재할 수 있었을까? 그는 형이 동생의 미래를 위해, 동생을 군에 보내지 않기 위해 입대에 응했다는 사실을 모르는 듯했다. 어리석은 사람들. 뭐, 더 이상 유골을 돌려주려는 수고를 하지 않아도 되게 생겼다. 가족이 받아주지 않는데, 돌아온 조국에 무슨 원이 있으랴.

선택의 여지가 없는 젊은 시절이 있었다. 나의 과거, 석훈, 그리고 제2, 제3, 제4의 무수한 이들이 있었다. 조선이라는 나라의 아들로 태어나 바라는 것이라고는 조선인끼리의 삶뿐이었던 이들이 있었다. 청년이라 불릴 만한 푸른 나이의 이들이었기에 배움을 원했고, 그러기에 굴욕을 견뎌가며 내 나라 내 백성에 힘이 되는 학문을 하고자 죽기보다 싫은 땅을 밟은 이들. 하지만 그들이 해야 했던 것은 과연 무엇이었는가? 나의 나라가 나와 나의 동지들에게 열어준 미래는 무엇이었는가? 한 치 앞을 생각하는 것이 사치이고, 행복을 꿈꾸는 것이 소설이 되게 한 그러한 미래? 그것이 나의 나라가 그때 그 시절 우리에게 넘겨준 것이 아니었던가? 나 자신보다 가족을 지키는 것이 우선이었기에 말도 안 되는 징병에 응했고, 지독하게 멍청했고 우직했기에 대륙을 등지고 하늘을 날아야 한다는 결심을 했다. 미워하지도 않는 적을 죽이는 훈련을 몸이 으스러지도록 받아야 했고, 결국 차가운 바닷속에 무수한 기포처럼 그렇게 사라졌던 과거의 나와 너.

바닷속에 몸을 숨기고, 징그러운 무게의 폭탄과 함께 몸을 태웠던 나의 동지들은 그저 미친놈에 지나지 않는다. 친일 분자. 조국을 배반한 매국노. 특히 이 반 토막 난 한국 땅에서 그들의 그 먹먹한 가슴은 현실의 방해, 행복의 걸림돌에 지나지 않고, 시간을 건너 고향에 전한 마지막 유서는 그들이 지킨 가족의 품에도 들어가지 못했으니… 헛수고 참 많이 했네‥. 니도 자네들도 참으로 헛수고 많이 했네 그려….

 1년 후 이와키의 부고를 들었다. 그렇게 나의 마지막 동지가 세상을
떴다.

생의 기억

이와키가 떠난 후 내게 남은 것은 더욱 또렷해진 치에코와 그녀와 나의 아이, 그리고 나를 보는 세상의 눈과의 머리가 타는 실랑이였다. 치에코를 닮은 딸이라면 내게 또 다른 작은 우주가 되었을 것이리라. 치에코를 닮은 아들이라면 치에코를 두고 나와 꽤나 다투지 않았을까? 벌써 다른 이와 혼인하여 가정을 꾸렸을 것이다. 그리고 나는 치에코와 손자를 안고 있었겠지? 문득문득 치란으로 떠나기 전 치에코에게 했던 말들이 생각난다. '우리 사이엔 아이가 없으니까'였나? 아… 이 말이 치에코에게 얼마나 상처가 되었을까? 그래서 내게 말하지 않은 걸까? 그래서? 그러면서 그 몸으로 치란까지 소이탄을 피해 왔단 말인가? 나를 보기 위해?

그대 아이의 아버지의 얼굴을 더 보기 위해? 치에코… 너란 여자는…. 왜 언제고 나를 작게 만드는지… 내가 많이 원망스러웠겠지? 홀로 아이와 무슨 생각을 했을까? 얼마나 많은 눈물을 삼키고 살아가고자 결심했을까? 그런 결심을…. 그렇게도 까맣게 태워버리다니. 치에코, 너는 내가 없는 나날을 생각하며 많은 미래를 세웠겠지? 그래, 너의 시간에는 내가 없고, 나의 시간에는 네가 없구나. 치에코…. 치에코…. 나의 아가야….

이런 명상에 잠겨 목구멍이 따갑다가도 석훈과 이름이 기억나지 않는 또 다른 병사의 가족들의 말이 머리를 스친다. 세상이 나를 그렇게 구분 지어 부르고 있었다고는 생각지 못했는데, 난 한국을 배반한 쓰레기고 미친놈이었고 일본 극우주의자였다. 비행기를 몰아 미군 군함에 몸을 내리꽂은 정신병자였다. 나의 변명은 목소리가 되지 못한다. 분노도 되지 못한다. 스스로 외면하고자 무던히 노력했다. 그 시절 그곳에서 피범벅이 될 만큼 맞았던 동료들의 기억을 하나하나 버리고, 마치 없었던 일로 하고자 했다. 그래, 나는 그런 가미카제 조종사 따위가 아니었다. 나는 다만….

하지만 이런 나의 부인을 또다시 무력하게 하는 것은 오키나와 해상에서 죽어야 했던 내 몸 대신 먼저 죽은 왼쪽 다리이다. 아무리 외면하고 저항하려 애를 써도 이 다리는 내게 그날의 기억을 되살린다. 오키나와 바다 위 벌 떼처럼 떠있던 나의 동료였던 이들, 그들의 고통이 나의 다리에 달라붙어 외치는 고함 소리, 이명처럼 들리는 추락하는 비행기 소리, 터지는 폭탄 소리, 끔찍하게 분노한 바다 소리, 그리고 그 바다 위에 하늘을 삼킬 듯 타올랐던 불기둥. 내가 아무리 잊으려 노력해도 나 대신 이 다리가 모든 것을 기억하고 있다. 마치 영화처럼 이 다리를 보면 모든 것이 떠오른다. 과거는 결코 꿈이 아닌 것이다.

1978년 나는 믿었던 총지배인에게 호텔을 빼앗겼다. 나의 아내는 나를 떠났고 나의 딸 지혜 또한 나를 버렸다. 호텔을 쌓아 올린 경위가 그리 좋지 않다는 것을 늘 인식하고 있었기에, 혹은 내가 호텔 경영보다 치에코를 만나는 일에 더욱 열중하고 있었기에 호텔을 빼앗긴 건 슬프지도 분하지도 않았다. 나의 아내의 경우도 그러했다. 나는 그녀가 아직까지 버텨준 것이 오히려 고마웠고, 그녀가 나를 떠날 때 수중에 많은 돈이 없음에 미안한 생각이 들기도 했다. 하지만 정말 나를 힘들게 한 것은 지혜가 떠난 것이었다. 임지혜, 나의 치에코를 늘 떠올리게 하는 지혜가, 치에코가 날 떠났던 것처럼 말없이, 편지 한 장 없이, 내 눈앞에서 사라진 것이었다. 치에코도 날 그렇게 떠났지. 치에코도…

하긴… 이런 말이 그들이 떠난 몇 줄의 편지가 된다면 내가 대신 써줄 수도 있다. 다른 여자와 다른 아이를 마음에 품어, 절대 남편으로, 결코 아버지로 있어주지 않은 것에 대한 인과응보. 헛웃음이 나온다. 그들이 날 떠난 이유는 그들이 굳이 편지에 적지 않아도 말을 하지 않아도 일목요연했다. 편지를 바랐던 내가 과욕을 부린 것일까? 하지만 지혜가, 지혜가 이렇게 날 떠날 줄 알았다면 치에코라는 이름은 붙여주지 않는 것인데. 장성한 자식이 내 곁을 떠나는 건 말릴 길도 말릴 마음도 없다. 다만, 다만 치에코… 치에코가 정말 그때 그렇게 날 떠났음을 지독하게 떠올리게 하는 딸의 행동은 나에게 또다시 치에코에게 버려져 남겨졌다는 슬픔을 상기시켰다. 나란 놈은 마누라고 자식이고 다 떠났는데 아직도 치에코, 치에코. 모르는 이가 본다면 욕깨나 얻어먹을 것이다. 하지만 그들은 내 가슴속의 치에코를 모른다. 그래, 모르니 그런 말을 할 수 있을 것이다.

더 이상 진주에 있을 수 없었다. 삶의 터전이 되던 호텔도 잃었고, 이곳에는 나의 아내였던 치에코가 날 떠난 것처럼 나의 지혜, 치에코가 날 떠난 기억들을 다시 불러일으킬 것들로 가득 찬 곳이 되었다. 나는 나의 외가, 광주에서 외사촌이 운영하는 영화관의 필름 돌리는 일을 하게 되었다. 하긴, 나 같은 다리병신을 받아주는 곳도 없으니 나에게는 딱 맞는 일이 아니겠는가?

그렇게 소일하며, 치에코를 만나기 위한 독한 술들을 입에 대며 하루하루를 보냈다. 이곳에서의 생활은 나쁘지 않았다. 외사촌은 나를 불쌍히 여기는 듯했고, 나는 작은 단칸방을 얻어 사람 사는 흉내는 내지도 않고 치에코만 생각하는 시간을 즐겼다. 치에코를 다시 보는 순간에는 눈치 없이 눈물이 흘러 그녀를 그렇게 또렷하게 보지는 못한다. 그렇게 흐린 그녀의 손을 한번 잡아보자고 손을 내밀면 그녀는 얄싸한 미소를 남기고 사라진다. 나의 손길이 그녀를 흩어버리는 것일까? 사랑의 맹세를 저버린 나의 손길은 싫은 걸까? 하지만 그녀는 나를 버리지는 않았다. 내가 목이 뜨거워지는 술을 입에 대면 그녀는 어김없이 내게 나타나 내 눈앞을 흐리곤 하니 말이다. 이렇게 흐르는 나와 치에코의 시간에 또다시 전쟁이 찾아들었다. 그녀가 그리도 싫어하던, 우리를 죽음과 삶으로 갈라놓고 손으로는 다시는 만나지 못하게 서로를 흩어놓는 그러한 사건이 말이다.

1980년 5월, 광주. 국가가 시민을 향해 탱크를 몰고 왔다. 적군의 몸을 관통하기 위한 총알들이 광주 시민에게 향했다. 곤봉으로 시민들의 머리를 깨부쉈고, 온 거리와 벽에 피를 발라놓았다. 그러고 보니 이런 피 튀고 총알이 날아다니는 전쟁을 목도한 것은 이번이 처음이었다. 결국 나는 그런 전쟁 한복판에 내던져지고 말았다. 내 나이 59살에 말이다. 군이 시민을 친다. 군을 경험한 시민은 독과 악으로 무장하고 사랑하는 가족과 생을 나누는 이별을 결심한다. 도청의 모습이 총포가 스친 자국과 피가 튀긴 자국으로 금세 모양도, 분위기도, 용도도 바뀐다. 메케한 포연과 화약 냄새가 거리에 배고, 가벼운 관이 속속 주인을 찾아간다. 비릿한 피 냄새.

아! 전쟁이라는 것이 이런 것이구나.

옛날부터 국가 따위는 믿지 않았다. 타국의 침략으로부터 나라를 지키기 위해 군대를 모집하던 국가가 그 군대로 자기 나라 시민을 도륙한다. 나는 60을 바라보는 나이가 돼서야 내가 젊은 날에 지키려 했던 수많은 것들이 다 개뿔도 아니었다는 것을 알게 되었다. 동포의 목숨? 가족의 평안? 나라의 평화? 이딴 것들을 지키려고 그 어린 나이에 나를 죽이려 그리 노력했단 말인가? 한마디로 지랄을 하고 다녔던 게 아닌가? 정말 혼자서 지랄을 하고 다녔다. 이제야 웃음이 나온다. 이제야 깨달음을 얻었다.

그렇게 지키고 싶었던 동포의 목숨은 북한이 내려와 한번 쓸어버리고, 우리 또한 그들의 목숨을 죽음의 강에 내던지지 않았던가? 위정자는 장기 집권을 위해 몇 번이고 법을 개정하고, 그러다 쫓겨나고, 아내를 총알받이로 만들고, 그 또한 그렇게 가버리고… 쿠데타를 학습처럼 배운 그의 심복은 하극상을 일으켜 자신이 장기 집권의 자리에 앉으려 하고, 시민은 이를 반대하고, 또 싸우고, 또 싸우고…

나의 싸움에 늘 함께하던 사랑하는 두 여인이 없다. 늘 죽음 앞에서 나의 삶을 지탱하던 두 여인이 없다. 나의 전쟁에 그녀들이 더는 없다. 그러고 보면 내가 태어난 후 많은 일이 있었다. 중국과 일본의 전쟁, 내가 한때 직접적으로 싸움의 톱니로 굴러다닌 제2차세계대전이라 명명된 전쟁, 6·25전쟁, 베트남전쟁, 그리고 지금의 이 광주 시민과 계엄군과의 전쟁… 만일 내가 삶을 더 이어나간다면 나는 또 어떤 전쟁을 보게 될까? 문득 전쟁이 나를 따라다닌다는 생각이 들었다. 만일 내가 진주에 있었다면 진주에 이와 비슷한 일이 일어났을 거라는 생각이 든다. 여태껏 생각해 본 적 없던 명제가 머리를 스친다.

내가 그렇게 용을 쓰고 꾸역꾸역 살아갈 이유가 있는가.
나는 도대체 무엇을 위해 죽음을 거부해 왔는가.

정말 미쳐버릴 정도로 살고 싶었던 때가 있었다. 그리고 목숨 같았던 사람을 잃고서도, 나는 그래도 이 목숨을 부지해 왔다. 무엇 때문에.
또다시 숨이 턱 하고 막힌다. 모두가 그렇게 보고 싶었던 미래를 나는 현재로 삼고 살아가고 있지만, 내가 보아온 건 전쟁이란 것이 내 숨통을 조여오는 것뿐이다.

주권을 갖지 못해서 억눌렸던 때, 미워하지도 않는 적과 싸워야 했던 때, 동족 간의 상잔, 그리고 이젠 국가가 국민을 때려잡는 것까지.

더는 견딜 힘도, 의지도 없다.
이제 미래를 끊어내고, 그들의 품에 돌아가고 싶다.
이제 그만….

삶? 아는가? 삶. 그 모양이 사람을 닮기도, 사랑을 닮기도 했으며, 그 뜻에 살아있음이 더해진 숨쉬는 '삶' 말이다. 다른 말이 아니라 삶이라는 것을 지속하는 것은 사람이고 사랑이라는 쾌나 낯간지러운 결론을 문득 떠올려 본다. 그리고 거기에는 살아있어야 함 또한 끄나풀처럼 따라붙는다. 나는 40여 년 전 죽어야 했을 사람. 하지만 살았다. 하지만 젊은 날 죽여온 엄청난 내 자신 때문에, 결코 숨 쉬고 있음에도 숨 쉬지 못했던 삶을 산 사람. 나의 삶에 사랑으로 함께해 온 나의 여인들, 치에코, 어머니. 그들은 40여 년 전 죽어야 한 나를 대신해 하나하나 죽어갔다. 결국 내 삶에는 아무도 없다. 결국 나의 삶에는 아무 의미가 없는 것이다. 끊는다고 해도, 끊어진다고 해도 아쉬울 마음도 기분도 내겐 없다.

이 또한 거창한 말장난이다. 이제는 살아가는 것이 두렵다. 살아가려고 했다. 치에코의 죽음을 납득하지 않고, 아니, 사실은 진즉 받아들였으

먼서도 내 스스로를 죽이기가 무서워 그녀의 죽음을 받아들이지 않았다. 결국 껍데기뿐인 내 목숨이라도 이어보려 했던 비겁한 남자. 나는 모두의 기억을 가진 채 홀로 살아가고자 했다. 살아있는 자의 사명 따위는 던져 두고, 적당히 먹고살 만한 터전이 있었으므로 매달리지도 않았다. 구마모토 선배가 나에게 부탁했던 나의 조국의 안위 따위는 머릿속에서 싹 잊어버리고, 다만 나의 육신 하나를 건사해 살아가고자 했다. 의미 없음을 누구보다 잘 알았지만 그래도 죽는 것이 두려웠다. 잃어버릴 것이라고는 아무것도 없었는데, 그 두려움은 과연 무엇이었을까? 나는 나 스스로를 죽음 직전까지 몰고 갔었고, 또 죽음을 위해 마련된 무거운 관을 타고 하늘 또한 날지 않았던가? 나는 왜 죽음 직전에서 껍데기뿐인 삶으로 방향을 돌렸을까? 욕심? 그래! 욕심이다. 치에코가, 나의 동료가 보지 못한 그들의 미래를 차지하려는 욕심? 그들이 보지 못한 것들을 봄으로써 껍데기뿐인 내가 이룰 것이 있다고 생각해서였을까? 그래, 적어도 나는 나의 동료들이 그토록 탐하던 미래를 볼 수 있다. 빛나는 엘리트에, 나라를 걱정하는 데 그치지 않고, 알고 있던 것을 실천하기 위해 입대한 용기까지 갖춘 그들, 그들이 그리도 탐내던 미래, 그 미래를 나는 본 것이 아닌가? 그 하찮은 우월감을 위해 나는 내 존재를 자각하지 못한 채 40년을 살았단 말인가?

　어쩌면 나는 귀신일지도 모른다. 사람과 너무나도 비슷하게 생긴 귀신 말이다. 전쟁을 불러들이기 위한 귀신. 어쩌면 내 왼쪽 다리에 그 귀신이 붙어있을지도 모르지. 문득문득 보이던 붉은 하늘은 노을의 탓이 아니었다. 죽어야 했던 나의 육체에 들러붙은 귀신의 눈에 보이는 하늘이었던 것이다. 그래, 나는 귀신인 것이다. 40년이나 산 사람처럼 먹고 싸고 자는 그런 귀신 말이다. 이제 두렵지 않다. 미래에 대한 우월감은 내 나라에 대한 죄책감으로 색을 바꾸어 이미 죽은 마음을 누른다. 나는 잊지 않았다. 내가 얼마나 내 조국을 사랑했었는지를. 나는 끝낼 것이다. 전쟁을 부르는 더러운 귀신을 내 나라에서 몰아낼 것이다. 내게 모든 희망을 끊고 사랑하는 사람을 죽인 무자비한 귀신을 내 손으로 끊을 것이다. 그래, 문제는 나였어…. 나.

"하! 하! 하! 하…"

문득 바람이 코를 스친다. 농업의 비약이 이런 능력을 가지고 있는지 몰랐다. 차갑게 걸려있던 해의 기울기가 1도도 기울지 않았는데, 나는 40년의 시간을 얻어 나의 과거에 다녀오는 축복과 저주를 동시에 받았다. 나의 축복은 치에코와 어머니를 다시 만났음이오, 나의 저주는 하찮은 나의 존재에 대한 새삼스러운 자각이었다. 그리고 동료들이 계속 눈에 밟힌다. 이 생이 끝나면 그들을 만나 많은 이야기를 하고 싶다. 그대들이 사랑한 세상에 대해, 그대들이 후손이라 믿었던 이들에게 건네준 미래에 대해, 그대들이 놓아버린 목숨에 대해, 그대들이 기억시키고자 했던 우리의 치열한 사랑과 과거에 대해. 하지만 나는 그 모든 앎을 세상에서 끊어버리려 한다. 우리의 시간을 끊어버리려 한다. 나의 동지들은 그들의 세상에, 역사라 불리는 시간의 흐름에 자신을 남기고자 하지만, 나는 그것들 모두를 끊어버리려 한다. 이 더러운 세상의 사람들과 학자들은 우리의 순수한 기억과 삶의 의지, 받아들이려 하지 않았던 죽음을 모두 극심한 우국주의의 발현 혹은 매국, 혹은 광기 어린 군국주의의 한 형태라는 이름으로 정리해 부르고 있다. 나 또한 그런 사람의 한 종류가 되어버렸다. 나는 또 끊으려 한다. 전쟁을 불러들이는 귀신, 즉 나의 삶을 끊으려 한다. 모두 다 끊어버릴 것이다. 이렇게 나의 생을 끊음으로 말이다.

안녕하신가!

나의 동지여, 지금 나를 기다리고 있는가? 비겁하고 옹졸한, 혹은 그대들이 증오한 전쟁의 귀신 씐 나를 그대들은 기다리고 있는가? 지금의 나의 목소리가 그대들이 있는 곳에 전해지는가? 나의 벗이여, 나의 동지여, 나의 동료여, 나의 기억이여, 그대를 세상에 알리기를 원하는가? 허나 나는 나로써 조용히 닫으려 한다네. 그대들이 우주 같은 바다에 공명 없이 소리쳤던 착함과 고뇌의 울분을 나는 조용히 끊으려 하네. 파도 소리에 그대들의 외침이 함께 들린들 오늘을 사는 이가 그대들의 외침을 들을 수 있겠는가? 나는 그저 가만히 닫으려 한다네. 난, 그대들 곁에 가서 그대들과 함께 외치려 한다네. 우리가 미래라 불렀던 나의 오늘을 향해 말일세. 그러나 나는 또다시 나의 미래에게 희망을 걸어본다네. 나의 생이 이 세상에 피를 불러온 것이 틀림없네. 웃지 마시게! 사실일 것일세. 내가 가만히 나를 끊는다면, 아마 나의 조국이 흘리던 피는 멈출 것일세. 나는 그리 믿고 있다네. 훗! 그래. 사실 알고 있다네, 죽음에는 아무 의미가 없지. 그대들이 죽기 직전까지 들어왔던 죽음에 대한 미화. 실상은 더러운 그 죽음. 죽음에는 그래, 아무 의미가 없지. 나도 안다네. 그저 죽는다지. 어제의 죽음에 혹은 내일의 죽음에 이름을 붙이는 자들은 모르지. 지금의 죽음을 말이야. 그래, 이리저리 거창한 말을 갖다 붙여도 나는 그저 죽는 것이라네. 그대들이 그저 죽어버렸던 것처럼 나의 그녀처럼… 아! 그리고 나의 두 여인은 잘 있는가? 치에코와 나의 아이는 만났는가? 난 치에코를 닮은 딸아이를 원한다만, 어떤가? 그들에게 나를 위한 변명은 좀 해두었는가? 아…. 이제 곧 갈 테니 아주 조금, 아주 조금만 기다리게나.

안녕, 살아있는 모든 것들아.

위가 찢어진다. 이미 녹아내렸을지도 모른다. 내 입에 물린 거품이 흔히 말하는 게거품일 것이라는 희미한 의식을 움직여 본다. 눈을 뜨고 있는데 더 이상 앞이 보이지 않는다. 바람이 소리를 내며 나무를 흔들고 있는데 나를 만지는 바람이 느껴지지 않는다. 바다에 내던져진 듯 아무 소리가 들리지 않는다. 흙냄새도 더 이상…

지워진 이야기

시작은 호기심이었다.

어릴 적 우리 집엔 이상한 손님이 드나들었다. 아버지의 지인이었는데, 한쪽 팔과 다리를 전혀 가눌 수 없는 사람이었다. 어린 나는 그분이 무서웠고, 그분이 집에 오면 숨기 바빴다. 그러던 어느 날 더 이상 그 손님이 우리 집을 찾지 않았다. 나의 기억은 그렇게 끝이 났지만 아버지께선 TV에서 일제강점기나 태평양전쟁 이야기가 나올 때마다 그분에 대해 말하시곤 했다. 가미카제 특공대였지만 살아남았던 사람이 바로 그 사람이었다. 비행기가 공중에서 격추당해 바다로 떨어졌는데, 뭍으로 떠내려간 그를 미군이 구했다. 그런데 어머니 묘 앞에서 농약을 먹고 자살하고 말았다.

나는 이 이야기를 학교 선생님께 했다. 그저 신기한 이야기쯤으로. 그러나 선생님은 그건 거짓말이라고 했다. 자신이 알기로 가미카제로 살아난 사람은 없으며, 하물며 한국인이 그런 짓을 했을 리는 없다는 것이었다. 그래서 그분의 일은 내 기억 속에서 더욱 빨리 별일 아닌 일로 정리됐던 것 같다.

그러다 죽다 살아나는 것이 얼마나 기적 같은 일인지 몸소 체험을 하고 난 후, 그분의 이야기는 내게 호기심이 되었다. 어떻게 자살 비행 특공대가 된 후, 죽지 않고 살아날 수가 있었던 거지? 어떻게 그렇게 살아나서, 많고 많은 곳을 내버려 두고 어머니의 묘소 앞에서 다시금 스스로 죽는 선택을 할 수 있는 것이지? 가미카제 특공대로 죽으면 천황의 공신이 묻히는 야스쿠니 신사에 묻어주고, 살아나면 천황의 아들로 삼아주겠다고 했다던데 실상은 그렇지 않았다. 전쟁이 끝나자 모두들 그들을 역사에서 지우기 위해, 기억하지 않기 위해 필사적으로 외면했다고 했다. 그리고 그보다 더한 호기심. 그는 한국인이었는데, 어떻게 가미카제 특공대가 될 수 있었던 거지? 들끓는 호기심은 거짓말처럼 나를 잠 못들게 했다.

알고 싶다.

알아야겠다.

아저씨는 이미 고인이 돼있었고, 그의 가족은 그를 버린 지 오래라고 했다. 죽은 지 오래된 아저씨를 기억하는 이는 내 부모뿐이었고, 부모님은 당연히 내 깊은 호기심을 만족시켜 주지 못하셨다. 목마른 사람이 우물을 핀다고 했던가. 결국 나의 호기심은 나를 귀찮은 사관이 되게 만들었다.

하지만 누구도 기억하고 싶지 않은 역사는 그 사건이 아무리 많은 사람을 죽이고 큰 상흔을 남겼을지언정 자료가 많이 남아있지 않았다. 나의 호기심을 충족시키기에 자료는 턱없이 부족했다. 특히 한국에서 구할 수 있는 자료는 책 두세 권과 일본에서 만든 영화 두 편이 전부였다. 영화를 보고 감상문을 쓰는 게 아닌, 아버지의 지인이 밟아온 삶을 알고 싶었던 나는 조사의 방향을 바꾸지 않으면 안 되었다. 어떻게 하면 부잣집 아들인 그가, 일본에서 대학을 다니던 그가 파일럿이 될 수 있었을까에 초점을 맞추어 조사 방향을 바꾸었다. 그리고 당시 많은 부잣집 자제들이 일본에서 유학을 했던 것을 떠올리며 그 방법을 조사했다. 본인이 와세다 대학에 재학했다는 말을 했었기에, 그 당시 대학에서 무엇을 가르치고 있었는지도 자료 수집을 해가며 먼저 그 시대를 이해하기 위해 힘썼다.

턱없는 자료 부족으로 결국 글은 1인칭 주인공 시점으로 쓰일 수밖에 없었다. 주인공을 중심으로 일어난 사실만 언급하면 된다는 판단에서였다. 그러기 위해선 전쟁에 대한 이해 또한 필요했다. 먼저 전쟁 실황과 관련된 제2차세계대전, 가미카제 특공대의 공격과 관련된 전쟁 실황 영상을 뒤져봤다. 독일에서 만든 것은 물론이고 미국, 일본에서 만든 것까지. 하루에 수천 명, 수만 명이 죽어있는 모습을 영상으로 봤다. 그리고 가미카제 특공대원들의 인터뷰 영상도 입수해서 봤다. 하지만 어느 것 하나 자막이 달린 게 없었기에, 나는 사전을 뒤져가며 소리를 언어로 이해하려고 노력했다.

이것저것 자료를 준비하면서 내게 지워지지 않는 의구심이 하나 있었다. 이 문제가 해결되지 않는 한 내 호기심에 마침표를 찍을 수 없다고 생각했을 정도로 거대했던 의구심 하나. 일본이 전쟁에 질 줄 뻔히 알면서, 국가가 국민을 지켜주지 않고 도구로 본다는 사실을 알면서 왜 그들은 순순히 특공대의 비행기에 올랐는가. 마치 뿌리 깊은 치통처럼 나를 떠나지 않았던 의구심. 사실 어차피 죽을 것… 그냥 비행기를 타고 상관이 있는 막사나 대대를 공격하고 자폭한들 누가 뭐라 하리오. 왜 다들 그 억울한 죽음을 순순히 받아들였을까? 심지어 그들 중 누구도 죽고 싶어 하지 않았는데…

이런 고민을 하던 찰나 나는 신기한 꿈을 두 번 꾸었다. 흑백의 남자가 날 물끄러미 보고 있는데, 내 바지를 거꾸로 뒤집어 입고 있는 것이었다. 그 바지만 컬러풀했는데, 꿈에서 깼을 때 나는 그가 가미카제 특공대로 목숨을 잃은 조선인 조종사임을 직감적으로 알았다. 그냥 꿈에서 깨서 알게 되는 그런 것 있지 않은가? 논리적으로 설명할 순 없지만 꿈에서 그러했기에 그냥 알게 되는… 나는 꿈속의 그가 마치 나를 대신해서 특공대원이 된 것 같은 기분을 느꼈다. 하지만 이때는 그것이 무슨 의미인지 정확하게 답을 내릴 수 없었다. 그저 찝찝한 꿈이었을 뿐…

그리고 또 한 번의 꿈이 있었다. 이번에도 흑백이었다. 창백한 얼굴의 소년들, 파일럿의 고글을 머리에 쓰고 해맑지만 생기 하나 없는 얼굴로 웃으며 들꽃을 보고 있는 소년들이 꿈에 보였다. 그리고 그중 한 소년이 나를 가리키며 아무런 악의 없이, 그저 평온하고 부드러운 말투로 내게 말했다. "너 때문에…" 번뜩 잠에서 깨어났을 때 나는 많은 의구심을 가질 수밖에 없었다. 그렇게 다정한 목소리로 일본인이 나를 탓하다니, 왜?

내 바지를 뒤집어 입고 있던 조선인 가미카제 특공대원도 그렇고, 일본인 소년병들도 그렇고, 왜 마치 날 대신해서 죽은 것 같은 뉘앙스를 풍기는 것이었을까? 오랜 고민이 있었다. 그러다 문득 알아버렸다. 그들이 가리킨 존재가 누구인지. 그들이 가리킨 건 내가 아니었다. 아니, 어쩌면 나였다.

그들이 가리킨 건 정말 아무 상관없는 미래의 세대였다. 국적도 상관없는 어떤 미래의 세대. 그들은 단지 시간을 물려주기 위해, 자신이 살아간 현대가 자신들 대에 끝나길 바라며, 미래의 세대를 위해 비행에 올랐던 것이었다. 시대가 내몬 죽음의 덫은 발버둥 친다고 빠져나올 수 있는 것이 아니기에 미워하지도 않는 적을 공격해야 했다. 그들은 살고 싶은 마음을 철저히 죽여가며, 미래의 세대에게 시간을 넘기기 위해 그 끔찍한 자살 비행을 했던 것이었다.

혹자는 말한다. 천황을 위하는 가미카제 특공대로 죽을 바에는 자살을 했어야지. 한국인의 수치고 집안의 수치다. 분명 자원입대의 형식이었으니 거부하려면 얼마든지 거부할 수 있었을 거다. 하지만 만일 소중한 가족 중 한 사람이 나를 대신하여 강제로 동원된다면 어떨 것 같은가? 그리고 그 결과가 지금 이렇게 한 권의 책이 되어 세상에 알려질 준비를 하고 있다. 아무도 알고 싶지 않을지도 모르지만 이 또한 한국인의 아들들에게 스쳐 지나갔던 시간이었고, 한국의 역사였다. 이 사실을 기억하는 이가 기록하지 않으면 영원히 사라질 역사.

모두가 꺼리는 이 역사 소설을 출판해 주신 책들의정원에 깊은 감사를 전한다. 이 또한 책들의정원 속 다양한 꽃과 나무들 사이에 하나의 꽃으로 향기를 내길 소원해 본다.

2023년 여름
안재영

신이여
바람이여

초판 1쇄 발행 2023년 7월 31일

지 은 이 안재영
펴 낸 이 김동하

펴 낸 곳 페이퍼버드
출판신고 2015년 1월 14일 제2016-000120호
주   소 (10881) 경기도 파주시 회동길 445 4층 402호
문   의 (070) 7853-8600
팩   스 (02) 6020-8601
이 메 일 books-garden1@naver.com
인스타그램 www.instagram.com/thebooks.garden

ISBN 979-11-6416-165-2 (03810)